细读

二〇一九年 第二辑 李小荣 主编

人民文学出版社

图书在版编目(CIP)数据

细读. 第二辑 / 李小荣主编. —北京：人民文学出版社，2020
ISBN 978-7-02-015888-1

Ⅰ. ①细… Ⅱ. ①李… Ⅲ. ①中国文学—古典文学—文学欣赏—文集 Ⅳ. ①I206.2-53

中国版本图书馆CIP数据核字(2019)第271315号

责任编辑　刘　伟　陈　悦
装帧设计　崔欣晔
责任印制　任　祎

出版发行　人民文学出版社
社　　址　北京市朝内大街166号
邮政编码　100705
网　　址　http://www.rw-cn.com

印　　刷　三河市中晟雅豪印务有限公司
经　　销　全国新华书店等

字　　数　224千字
开　　本　680毫米×960毫米　1/16
印　　张　17　插页3
版　　次　2020年4月北京第1版
印　　次　2020年4月第1次印刷

书　　号　978-7-02-015888-1
定　　价　68.00元

如有印装质量问题，请与本社图书销售中心调换。电话：010-65233595

顾问：孙绍振　汪文顶　张　帆
编委会主任：郑家建
编委会成员（按姓氏笔画排序）：

丁　帆　王　宁　朱国华　杜泽逊　李守奎　余岱宗
张福贵　陈引驰　陈伟武　陈晓明　陈　颖　林庆彰
周云龙　郭英德　涂秀虹　黄科安　曹顺庆　普　慧
曾永义

主编：李小荣
本期执行主编：周云龙
本期执行副主编：林　强　李连生
编辑部主任：黄育聪　陈　芳

目录

新文学话语与现代性

交汇时空下的多维身份意识
　　——论现代旅外游记中的博物馆书写 …高　强　3
光复会与同盟会之争对鲁迅的影响…………王彬彬　20
中国现代文艺批评"人民话语"的生成与重构　黄　键　45
谈师陀《荒野》原著与修改稿的差异…………慕津锋　59
宋春舫与其游记《海外劫灰记》………………罗仕龙　77
潘雨桐与商晚筠小说的女体物化问题
　　………………………[马来西亚]陈颖萱　125

文思与认同

兰亭曲水图
　　——从中国绘画到浦上春琴
　　……[日本]中谷伸生　著　肖珊珊、吴光辉　译　151
政治困境与身份认同：梅曾亮论说文的士人
　　之思………………………………………李建江　169

性别与文技

略读高彦颐《石砚里的社会百态：清初的工匠
　　和学者》…………………………………郭婧雅　183
砚的背后………………………………………侯冬琛　194

不合时宜的慢书·················高彦颐 198
回应高彦颐·····················陈妍蓉 203
"匠心"著作让小人物发声
　　——回应高彦颐·············侯冬琛 205

社团,仪式与微观史

奇情、方法与中国微观史
　　——评王笛《袍哥:1940年代川西乡村的
　　暴力与秩序》················乐桓宇 209
评王笛《袍哥》的书写···············潘博成 222
王笛《袍哥——1940年代川西乡村的暴力与
　　秩序》书评··················张倍瑜 226
关于《袍哥》书评的回应··············王　笛 233

著述评价

哲学在场的诗歌实验
　　——读杨健民《拐弯的光》·········郑珊珊 245
《台湾当代散文空间诗学研究》的新视野
　　·····················谢泽昆　陈亚丽 256

编后记··························264

新文学话语与现代性

交汇时空下的多维身份意识
——论现代旅外游记中的博物馆书写

高　强

在现代中国历史上,曾有大批文人出游他国,尔后将自己域外行旅的见闻感受形诸笔墨,由此形成了现代中国文学史上蔚为壮观的旅外游记写作潮流。在所有这些现代旅外游记作品中,博物馆(又称博物院)均成了一个"出镜率"极高的异域存在。古时,博物馆的藏品主要是个人私品,参观也有特殊的身份限制。而近代以降,博物馆不再只是简单的"珍品保存库",而主要以"一般人民之教育娱乐为主眼",它绝非"骨董品之墓地,乃活思想之育种场",因而馆中陈列品便"不以珍奇为必要之条件,极普通者亦与珍奇者受同等或更在上之欢迎"①。而为了深化博物馆的教育效用,"不独今时之物、内国之品,即传自上古、产自遐方者,亦无不毕集焉。"②如此一来,"俾履其地者,足不必约方隅,时不必更年月,破仅少时间之消闲自在,而天下古今之至伟大珍奇之事物,可以浏览殆尽。"③

落实到中国,早在1897年京师设立中西学堂,聘任美国人差利颠琶总理其事,当时差利颠琶便向李鸿章上书道:"今学堂虽有书籍,讲

---

① 君实:《博物馆之历史》,《东方杂志》,1918年2月15日第15卷第2号。
② 朱炳照:《说博物院之利益》,《少年杂志》,1918年4月15日第8卷第4号。
③ 瀛鹤:《西洋诸国之博物馆及动物园》,《妇女杂志》,1915年4月5日第1卷第4号。

求尚嫌隔膜,不若设一博物院,陈列中外新奇各物,使学徒开其耳目,以资集益。"①此时对博物馆功用的认识还停留在简单的知识教育阶段,之后,这种教育作用则扩大至提升国民精神与构建民族国家意识层面,基于此,1935年5月18日丁文江、胡先骕、沈兼士、傅斯年等人便发起成立了中国博物馆协会,并创办《中国博物馆协会会报》,该报第一期的《组织中国博物馆协会缘起》的声明中详细阐明了博物馆的三大功用以及组织中国博物馆协会的三大目的:首先,他们认为民族历史上的器物寄托着先民精神,对此加以收藏,则可"使先民之遗迹,永久保存,固有之文化,日新又新"。其二,除了保存古物外,举凡动植、矿产、民俗、人种、教育、卫生、科学、工程、建筑、美术之类,博物馆"均宜兼收并蓄",如此则可使学子将书本学得的知识拿来进行实地试验,并对一国风俗价值与科学演进"俱能一目了然","至于世界各列国国势情形,亦复罗列一室,仰视俯观,不惟知己知彼;且可使爱国家保种族之心,油然而兴。"第三,欧美各国的博物馆,不仅具有保存文物、宣扬知识的功能,还将在殊方异域探险考查所得的物品陈列起来,"供专家之研索,资国防之借镜"。因此,博物馆在静的方面,"可以为文化之保管人,社会教育之良导师";动方面,则"可以为国家边陲,筹长治久安之策"。②质言之,博物馆广汇各国各时段的有意义之物,时间与空间在此叠加交汇,使其拥有巨大的教育作用,尤其是在民族国家身份的认同与感化方面,影响至深至远。

民国文人钱文选在其《环球日记》自序中有言:"天下事无不待相较而后知。所谓权然后知轻重,度然后知长短。苟不出户庭,而欲确知天下事,难矣。"③总体而言,现代旅外文人出游他国的心态和动机与钱氏之说若合符节,而如前所言,博物馆作为一个浓缩着一国乃至数国历史与现状概貌的空间,正是一个绝佳的"权轻重""度长短"之所。职是之

---

① 《京师设博物院》,《集成报》,1897年9月15日第17册。
② 丁文江等:《组织中国博物馆协会缘起》,《中国博物馆协会会报》,1935年9月第1卷第1期。
③ 钱文选:《〈环球日记〉自序》,上海:上海商务印书馆,1920年版,第1页。

故,由本国本土去往异地他乡的文人,几乎都会频频游览异域博物馆,并在游览之时反复比照联想起祖国的相关情形。进而,现代文人的异域博物馆观赏之行,便成为他们在故乡与他乡、自我与他者之间进行深入权衡度量的重要时机,最终折射出现代文人繁复深切的身份意识。

一、排他策略与帝国身份维护

号称"天朝上邦",自诩为"华夏中心"的古代中国,多数时间都无暇也不愿"屈尊"关心别国情况,及至清朝末年,坚船利炮的侵袭使得中国面临"数千年未有之变局",亡国灭种的危机逼使着中国人开始正视外国的优长。在此情形下,一批文人官僚受清政府派遣来到异国进行实地考察,汇集各国珍宝的博物馆自然而然成为他们的考察重点。按理来说,异域博物馆陈列着琳琅满目的奇宝珍品和先进发达的技术设施,这些都应该是晚清旅外文人官僚们震惊与欣羡的对象。然而,实际却是为数不少的晚清旅外文人官僚在异域博物馆中发现己胜于人的自豪情形,异域博物馆非但未能使其惊叹并自我反思,反而增强了他们的帝国意识和自大心态。

张德彝在参观卜立地集新院(即大英博物馆)时,记载到:"其中新增者,有《大清律》一部,古铜二,仙鹤花瓷帽筒一对,坤履一双。……馀皆些须之物,无暇细载。"[1]来到异域博物馆,让自己钟爱并录于笔端的竟然是本国的杂物,而别国的事物仅仅是些不值得记录的"些须之物",这里流露出来的分明是一派人不如己的傲慢情绪。类似的情形在刘锡鸿那里有着更加明晰的显示。刘锡鸿的根本立场是坚决反对把"夷狄之道""施诸中国",坚决捍卫"政令统于一尊,财富归诸一人"的封建专制主义。[2]而刘之去欧洲,绝非因他本人有向西方学习的要

---

[1] 张德彝:《欧美环游记》(再述奇),长沙:湖南人民出版社,1981年版,第118页。
[2] 钟叔河:《走向世界:近代中国知识分子考察西方的历史》,北京:中华书局,2000年版,第242页。

求,乃是守旧派大臣看中了他的"坚定立场",希望他对郭嵩焘起牵制作用。所以,刘锡鸿在前往英国时,思想上便做好了对一切"用夷变夏"的尝试都给以迎头痛击的充分准备,克尽一个大清臣子的职责。与此相应,英国博物馆则成了刘锡鸿"用夏变夷"思想的演练场。大英博物院在刘锡鸿笔下貌似华美壮观:"地广数百亩,结构数百楹,中央堂室连延,重阁叠架,自颠至趾,层层皮书,金题锦褾,各有鳞次。其陈诸案者,书与图并。"但紧接着这番正面描摹之词的则是一番竭尽全力的自我鼓吹与义正辞严的他者数落:"我中国自汉以后,校订群经,立碑太学。至于孟蜀,锓板刊行,天地至文,莫不公诸海内。人第有志稽古,即得取诸坊间,暑诸笈箧而诵之。其资学较优者,复选直禁中,俾尽窥内府之秘藏,周知本朝之掌故。用是名儒辈出,辉映后先,文教诞敷,为遐荒所共尊仰。……惟我朝四库,搜罗皆有关学问政治之要,至精至粹,足式万邦。今英人自矜其藏书八十万卷,目录亦六千卷之多,然观其所赠数册,闺阁之绣谱、店窑之图记,得诸中华者,且纂集以成一编。则其琳琅满目,得毋有择焉而不精者乎?是当有以进之。"①大英博物院表面看来富丽堂皇、收藏丰富,但其中所藏的中国书籍凤毛麟角,而在刘锡鸿看来中国书籍蕴含着宝贵的圣教学问,值得万世共尊仰。因此,大英博物馆的实质颇为"不精",应该急切加以改进。接着,刘锡鸿写道大英博物院的书院旁藏有图画宝玩及历代玺印之式,他认为英国之所以"博彩旁搜,综万汇而悉备于一庐",乃是为了"佐读书之不逮,而广其识也。英人之多方求洗荒陋如此"②。前面赞道中国"名儒辈出,辉映后先",现在贬曰英人仍在"多方求洗荒陋",我优彼劣的论断在对比审视中显露无疑。

1876年,李圭奉命前往美国费城参加美国建国一百周年博览会,回国后将其在美期间的考察、见闻写出,成《环游地球新录》一书。博览会某种意义上可以视为扩大版的博物馆,而李圭关于此次博览会

---

①② 刘锡鸿:《英轺私记》,长沙:湖南人民出版社,1986年版,第112页、第113页。

的记录,同样颇多自我夸耀的成分。费城万国博览会"萃万宝之精英,极天人之能事"①,但这些分属不同国家的展品在李圭眼里是存在着明确的价值等级的。英美诸国的展品显得光彩夺目,中国展馆的物品与之相比极易处于下风,因而李圭便将记述重点转向为中国与日本及其他弱小国家的对比之中。中国馆的物件悉遵华式,专为手工制造,无一借力机器,为他国游览官民前所未见之物,因而惹得外人久久驻足浏览,且"无不赞叹其美",并纷纷表示"今而后,知华人之心思灵敏,甚有过于西人者矣!"相形之下,日本馆中所陈列的手工艺品与中国相比则大为逊色,"又有大瓷瓶一对,高约六尺,式如胆,外绘虽尚美观,而其质似不若华产坚致,价亦二千元。牙器雕工不甚佳,所嵌金采颇细巧。仿造景泰器,质薄而轻,逊于华制。"其余诸国,如埃及、土耳其、葡萄牙、日斯巴尼亚、丹国等,李圭认为"地位小,物亦不甚出奇,故不专载"②。自己虽然在物质文明、科学技术层面遭到欧美强国碾压,但若与其他弱小国家相比,自己又分明处于明显的强势位置,如此一来,来自欧美国家对照后的威胁便轻而易举地得到了转化与消解。李永东的研究表明近代中国面临着"被殖民与向外拓殖的双重境遇",在此境遇中的中国知识分子则怀有"殖民地与帝国的双重心态"③,李圭的博物馆书写策略正是此类双重境遇和双重心态的完美例证。

对于近代中国知识分子而言,要想彻底走出华夏文明中心的壁垒绝非一朝一夕之事,晚清一批文人仕子的域外博物馆书写让我们得以清晰地窥见这一走出路途的艰难。异域博物馆对晚清文人而言本该是深切感受中外差距的场所,却成为他们强化帝国身份认同的地方。"所有的身份都通过排他来运作"④,异域博物馆便是晚清相当一部分文人的排外之物,经由此,一个低劣、简陋的西

---

①② 李圭:《环游地球新录》,长沙:湖南人民出版社,1980年版,第4页、第9—11页。
③ 李永东:《被殖民的"帝国"与半殖民地的殖民意愿》,《山东社会科学》,2017年第3期。
④ [英]斯图亚特·霍尔:《导言:是谁需要"身份"?》,[英]斯图亚特·霍尔、保罗·杜盖伊编著:《文化身份问题研究》(庞璃译),郑州:河南大学出版社,2010年版,第17页。

方博物馆与西方国家形象便得以塑造出来，它们反过来则在国族身份出现裂痕的时刻，起到了维护国朝人士的世界观念与自我身份认同的功用。

二、屈辱体验与民族怨愤抒发

域外博物馆聚集着多个国家的物品，对旅外文人而言，印象最为深刻的便是来自中国的陈列品。其中，那些提示着中国落后与委败面貌的物品又被特意展示出来，遭到世界各国人民的尽情赏玩，行走于此的中国文人，便会体验到一种强烈的屈辱，他们的尊严受到伤害或者遭遇到失败的刺激，此时民族主义便会"轰然觉醒、毅然奋起"[1]，一股愤激不平之情便不可遏制地发泄出来。

中国文人来到域外博物馆，首先映入眼帘的往往是中外两国在物质技术方面的巨大差异，如载泽参观芝加哥博物馆时，便看见馆中的中国陈列室"大半华商赛会时所遗。陈列无次，且多粤中窳劣之物，徒贻讪笑于外"，与其他国家的繁盛景象一相对照，便感到"深为愧疚"[2]。与此同时，外国博物馆又颇多由中国掳掠或廉价购买而去的物品，它们还被外人极为醒目的展示出来，以之代表中国的国家形象，宣扬他们的国势力量。钱文选参观纽约博物院时，看见名叫"摩根氏"的区域，专门陈设有中国有名之古董及乾嘉之名瓷，它们都是摩根氏在庚子匪乱时以廉价从清朝大内中所购之物，价值极为不菲。作者慨叹说："中国若不早立博物院，以保存原有之古物，恐数百年后，尽为他国所有也。"[3]中国之物流落异国他乡，绝非小事一桩，流落在外的中国物品往往成为他者"用以控制、重建和君临东方的一种方式"[4]，这背后体

---

[1] [英]吉尔·德拉诺瓦：《民族与民族主义》，郑文彬等译，北京：生活·读书·新知三联书店，2005年版，第47页。
[2] 载泽：《考察政治日记》，长沙：湖南人民出版社，1986年版，第593页。
[3] 钱文选：《环球日记》，上海：上海商务印书馆，1920年版，第47页。
[4] [美]爱德华·W.萨义德：《东方学》，王宇根译，北京：生活·读书·新知三联书店，2007年版，第4页。

现出来的权力关系、支配关系和霸权关系才是中国知识分子最为焦心之处。

1931年,法国曾组织了一个黑种人和黄种人远征队,把黑种人和黄种人的野蛮遗俗,拍成电影,做成反宣传工作,以期鼓励法国人侵略亚洲非洲。当时的黄种人远征队队长,却是中国的一位要人担任。后来,该"要人"忠于法国的成绩便被陈列在兵器博物馆内,龚学遂在参观该馆时,极为愤怒。接着他又在游览殖民地博物馆时,看见有一个房间陈列着从法国殖民地安南运送而来的匾额和对联,匾额上刻的是"德配山河",对联上刻的是"目于色,耳于声,五方皆有性舟所至,车所通,千里不同风"。而在一旁的玻璃窗子里,还陈列着身着龙袍的安南王正签订亡国协定的场景。此情此景,使得龚学遂慨然叹曰:"我们闭着眼睛,想一想近几十年来中国所丧失的土地,也应该惭愧无地,发愤图强呵!"①虽然描写的是安南的屈辱,但又何尝不是借他人之酒杯浇自己之块垒呢!

甲午之后,中日之间的关系急剧恶化,日本对中国的蔑视和侵略行为猛增。表现在日本博物馆中,便是充斥着种类繁多的被赏玩的中国器物,因而现代旅外文人在日本博物馆中感到的民族怨愤情绪最为强劲。顾倬在东京上野公园帝国博物馆内,看见馆中陈列有前清内府的珍藏品多种,照耀夺目,便赋诗一首:"重来犹是旧刘郎(十年前旧游地),万国珍奇一馆藏。借问楚宫和氏璧,何年输入秦咸阳。"看到馆中陈列的中国缠足妇人之畸形骨骼模型,则写道:"瘦小弓鞋竞入时,遗羞国体问谁知。如何赤悬闱中足,惯供扶桑笑骂资。"②言词之间分明可见一股浓郁的心酸不平、愤懑怨恨之情。与之相似,景惠在东京博物馆发现一件最惹游人注目的展品居然是台湾旧时居民的衣着式样,作者说:"台湾在甲午以前,本为吾国属地,自中日之役,乃为日人所割

---

① 龚学遂:《欧美十六国访问记》,上海:商务印书馆,1936年版,第116页。
② 顾倬:《游日本东京上野公园帝国博物馆有感》,《江苏第三师范学校校友会杂志》1912年第1期。

据。其风化习尚，固与吾国现在不同，而与三十年前之桎梏内地实无以异。观者不知，辄误为吾国现在之风俗如此。故频为欧美人士来游者所指点，岂非吾国之大耻欤！"该室中又陈设有一男一女的蜡制人形，"男子卧而吸鸦片，胸曲背弯，长辫垂于尻下。女则宽衣大袖，莲钩半握，著以绣履。"人形状貌甚为丑陋，使人见之"欲笑不能，欲啼不可"。①

  李清悚在日本博物馆中看见有甲午战争各种战利品及日俄战争战利品，又有诸如枪支旗帜，十九陆军军帽一顶，浏河义勇军大刀队旗帜及马占山将军之鸦片、烟灯、烟膏等"一·二八"事变纪念品。这些物品一是有意污蔑中国民族英雄，二是反复向外宣扬日本的国势国威，观之"令人感愤"。②在参观同一所博物馆时，王拱璧的态度则峻急得多。他开宗明义讲到自己往游日本，"恰似被盗苦主游观盗窝，无论何处，皆可发见其赃物盗谋；又似老幼被房，偶入房居，得见烹翁之羹，醢儿之脍，鼎镬杂陈，备房饗飧。纵使神精麻木、意老疏懒，亦思呼号家人御盗伐房。"③携带着这份浓烈的怨憎之感观览日本博物馆时，自然处处流露出决绝的民族敌对情绪。如写到初游此馆时，首先看见门外左右竖立兵舰取风口各一，前面各树有大木牌一柄，右边木牌上书写着"清国靖远号取风口"，左边书写着"清国来远号取风口"。"靖远""来远"系甲午战争中被日人击沉之中国二兵舰。当时，检票员看作者的眼神"类睨取风口，骤现洋洋之色"。而馆中的陈列品，尽属战争武器，包括维新战争捕获品，中日战争掳掠品，加入八国联军掳掠品，俄日战争掳掠品，以及各战役建功人物之肖像，各战役攻守地理之图形等数类，其主义曰"耀武"、曰"辱敌"。④此外，未游此馆以前，王拱璧听闻馆中曾以大玻璃瓶，酒渍我国人头一颗，题曰"请看亡国奴之脑袋"，置之

---

① 景悫：《环球周游记》，上海：中华书局，1917年版，第10页。
② 李清悚：《东游散记》，上海：大东书局，1935年版，第23—24页。
③④ 王拱璧：《东游挥汗录》，窦克武主编：《王拱璧文集》，开封：河南大学出版社，1991年版，第19页、第22页。

高柜,以供众览。河南人张国威见而愤怒,将瓶摔碎在地,日人因将人头撒之他处,而判张君以缧绁之刑。凡此种种,均变作日本"知识和权力的辉煌的战利品"①,作者身入此室观此遗物,顿觉"一矛一戈,一铳一弹,一戎衣一旌旄,莫不染有我先烈之碧血,附有我先烈之忠魂,觉我先烈披发垢面,疾首蹙额,向余哭诉黄海战败,全军覆没之辱国惨状"②。最后,作者将日本从中国盗取的所有"赃物"罗列于后,并高呼"我爱国好男儿,若不能直捣此馆,则此奇辱大耻,将万古长存于天地间。其奈之何哉,其奈之何哉!"③

即便是主要以正面形象呈现于中国知识分子眼前的苏俄博物馆,也依然不时给旅外中国文人带去屈辱体验,成为"触动民族感情的一种契机"④。譬如在龚学遂看来,中国知识分子在描写苏联时往往将其说得和天堂一样好,"只知有人,不知有己",乃至于"拼命替外国做宣传工作"。这种媚外心理主要由下列三种原因造成:"一是思想左倾,故意隐恶扬善。二是个人不得志,或竟与政府作对,觉得苏联的办法,也许是一条出路。第三是漂流海外,受了卢布的京贴。"⑤与此类唱赞歌的叙写模式不同,龚学遂笔下的苏联则负面意味浓厚,博物馆也经历了相应的形象倾覆。例如苏联的革命博物馆中陈列有许多别国共产党送来的图表,关于中国剿匪的照片尤其丰富,以至于专门开辟一室供人浏览。其中有一张照片,是五个可怜的农夫拉一犁,故意描写中国乡村的苦况。龚学遂曾在国内旅行十四省,在江西也曾视察过六十几县,并没有看见以人代牛耕田的现象。因此,他认为"这无非那些丧心病狂的分子,捏造事实,贡献此片希图唤起苏联的同情。或竟以

---

① [美]爱德华·W·萨义德:《东方学》,王宇根译,北京:生活·读书·新知三联书店2007年版,第43页。
②③ 王拱璧:《东游挥汗录》,窦克武主编:《王拱璧文集》,开封:河南大学出版社,1991年版,第31页、第24页。
④ 萧乾:《海外行踪》,长沙:湖南人民出版社,1983年版,第10页。
⑤ 龚学遂:《欧美十六国访问记》,上海:商务印书馆,1936年版,第145页。

之交换卢布,其结果只落得外国人骂一句'野蛮民族'。"①显而易见,苏俄博物馆在此不仅不是使人感奋而汲汲于师法的对象,反而成了民族怨恨的触发所。

一位名叫微言的作家说得好:"愈是身处异地的人们,愈觉国族观念的深厚,因为'世界大同',还是一个梦想,口里'和平亲善',尽管说得天花乱坠,但是鬼胎里'弱肉强食',依样的不会去掉。置身异国的人堆里,任凭你的言谈举止,怎样的温雅谦敬,但是还要不时遭到白种人对有色人种或强国对于弱国人民的轻视,特别是在祖国多事之秋,真使一般被压迫民族在国外的寄侨,无处容身!这时使你觉得什么'和平亲善'都是高调,欺人的假面具,只恨自家的不争气,没有大炮军舰在示威着。国族不能立足,人民真不如丧家犬!"②当中外事物在异域博物馆内彼此对照着陈列,当那些落后、耻辱的中国事物在异域博物馆鲜明地呈现出来,遭到外人的尽兴赏玩时,"弱肉强食"的道理体会得更加明显,欺人的假面具更是展露无遗,自己不争气,人民如丧家之犬的愤懑更是涌动不已。

三、追慕心态与自我反省审视

尽管在很长一段时间,国人因袭固守着帝国老大的心态眼光去看待他国,因而总是习惯于从他者那里剥离出种种负面因素来维护自己的中心身份观念。但"泰西诸国之相逼"来势汹汹,华夏中心的自我构设摇摇欲坠,迫在眉睫的危机感与对照清晰的强弱等级又逐渐促使国人开始反躬自省,越来越多的知识分子开始正视自己的衰败与落后,并服膺于优胜劣败、弱肉强食的道理。在此背景下的域外博物馆,便成为向中国文人展示西方物质技术、科学文明的先进性与引诱力的空

---

① 龚学遂:《欧美十六国访问记》,上海:商务印书馆,1936年版,第145页。
② 微言:《海外的感受》,生活书店编译所:《海外的感受》上,上海:生活书店,1933年版,第1页。

间,成为国人欣羡、渴慕与追逐的方向,激发他们对自我主体进行坚决的反省审视。

晚清时期,便不乏一批开明知识分子能够规避帝国中心主义视角的桎梏,理性观览异域博物馆并从中认真发掘值得效仿的有益因素。志刚在博物馆看见美国的先进机器技术后说到"若使人能者而我亦能指,何忧乎不富,何虑乎不强"①。看见轧铁机的方便快捷性时,又认为中国那些终日运锤成风的铁匠,与轧铁机相比,真乃"百不及一矣"②。薛福成明确表示太古时期,名物未繁,尚可闭关独治,老死不相往来。"若居今日地球万国相通之世",中国则万万不能"闭拒阻遏也",应该打开国门,努力西向而学。因此在参观法国的历代兵器博物院时,看见院中的武库"所列铜铁锁子甲千馀件,件各异制;刀矛弓剑,分映玻橱"。而历代兵卒蜡像院内,则以时间为序详细展示各个国家兵卒的造型装备情形,观此之后,作者叹曰:"一院之中,五大洲之人物具焉,于以考兵器之优劣,军事乌有不精者乎?"③王韬认为"虽游历而学问寓其中焉"④,在游历域外博物馆时,他所得到学问主要是由别国启发后的自我反思。爱丁堡博物馆中"动植飞潜,搜罗毕备;凡奇珍异物,宝玉明珠、火齐木难之属,悉罗而致之。"其中"凡石之自矿中出而内藏金银铜铁者,无不一一品第分别之",引导王韬参观的司院一一向其指示说明,并对王韬说道:"闻今中国山东境内,其山矿产金甚夥。苟掘取之,国家可以致奇富,足用增课,于兵食国饷两有所济。惜官民皆疑以为多事也。"后来又在博物院里看到一台大炮,该炮便捷精通,"从尾入药,而用机器转铁以塞炮尾之门,既速且固"。炮膛内多用螺丝槽纹,以保持弹道的笔直,且能抵消空气阻力。王韬看后感慨道:"倘我国仿此铸造,以固边防而御外侮,岂不甚美?惜不遣人来英学习新

---

①② 志刚:《初使泰西记》,长沙:湖南人民出版社,1981年版,第5页、第38页。
③ 薛福成:《出使四国日记》,长沙:湖南人民出版社,1981年版,第47—48页。
④ 王韬:《漫游随录·扶桑游记》,长沙:湖南人民出版社,1982年版,第130页。

法也。"①总之,域外博物馆在王韬等人面前展现出了一副进步文明的西方国家图景,并时时刻刻在其心中反衬出中国的衰落,使其萌生奋起直追的急迫愿望。"所望者中外辑让,西国之学术技艺大兴于中土"②,此之谓也。

民国以降,中国旅外文人眼中的域外博物院越发显现出迷人的面影。王礼锡眼中的大英博物馆是一个世界文化的总汇,"它所包含的东西,在时间上说来,从远古到今日,在地域上,也和这个看不见日没的帝国主义国家一样,在这博物馆里,太阳是不落的。"③这样的大英博物馆,不但可供学者们的终身研究,而且可使一般市民免费游览,"无形中可以得到许多历史地理文化的常识"。类似的博物馆在英国不胜枚举,民众均可来此"吸取精神的养料",因而它们"都是构成伦敦市民知识的大厦"④。同样,朱自清游览发现,伦敦各个博物馆的建立多靠私人捐助建造,一般不要门票,即便收取票值也极低。博物馆的工作人员印有图片及专册,廉价出售,销量惊人。而且还有定期的讲演,一面讲一面领着游人观看。凡此种种,全为了教育民众,朱自清认为其用意"是值得我们佩服的"⑤。德国博物馆以"教育国民常识"为宗旨,馆内陈列品极为丰富,且皆可以使人从中获益。如各种矿产陈列无遗,并以文字说明其用途。又有铁道、桥梁、火车、电机、军器等物,以真物陈列,且所有机件,任人扳动试验,"俾学者于校课之外,有随时研究探讨之机会"。天文表演室则将各种天文现象通过高科技的方式加以形象清楚的展示,使得游人特别是儿童对天文知识的了解极为深切。应懿凝参观此馆后赞叹道:"有如此美善之设备,宜乎其国民之富于科学常识也。"而同一博物馆中所陈列的中国物品,除音乐部有前上海同济大学校长阮介藩先生捐赠之箫笛全套外,别无他物,与西方国

---

①② 王韬:《漫游随录·扶桑游记》,长沙:湖南人民出版社,1982年版,第134—135页、第170页。
③④ 王抟今:《海外二笔》,上海:中华书局,1936年版,第13页、第19页。
⑤ 佩弦:《博物院:伦敦杂记之七》,《中学生》,1936年12月1日第17号。

家相比,"未免相形见绌"。①署名微言的作家走到欧美任何国家的博物院,总可以找出许多关于它们时代的遗物。欧美各国,对于保存古物,不遗余力,对于一般古董,即使是一木一石之微小,也保存得安全适当,"好给后人做一种研究参考的资料"。中国则因为"民智的过低,政府的无力",对于古物的价值,则缺乏"真的认识和妥善的保存"。而且"中国人对于自己古物的爱惜和保存,恐怕还不如西洋人对于中国古物的经心"。以至于中国的古物需要外人捐资才能修理;欧美各国差不多都设有专门研究中国文化的学院,博物院里也不时见到中国的古物。比如法国博物馆竟有将近十万卷中国书籍的收藏,极其丰富。这让在国外做研究的中国人,觉得收集资料的便利之外,深感惭愧。再比如赛尔尼西博物院藏有汉时的瓷器和房屋建造的模型,以及数种商周铜器,这些都使人遥想到两千年前的中国文化。作者认为"在每一个国家里,可以从她所遗留古物的多少,来断定她文化的久暂。更可以看她对于这些古物保存的好坏,去观察她国运的盛衰。"②域外博物馆凸显着他人之长,与自身之短一相比较,便可见出自身的落后以及与世界文明的差距。在此,中国文人对域外博物馆的礼赞与欣羡,实质便是对中国国运衰颓的叹惋,是对追赶上他国步伐的渴慕。

　　正如竹内好所言"东方的现代,是欧洲强加的产物"③。中国的被迫现代化历程,很大程度上则导源于日本对中国态度的恶化,尤其是1895年甲午战争的失败,彻底摧毁了中国传统的"天下"世界观。西方欺凌不说,中国眼中的"蕞尔小国"日本居然也能打败自己,国人受到了巨大的心理冲击。自此而后,中国看待外国的眼光便由"自尊自大"一变而为"自薄自小"④,中国文人的日本博物馆书写中,便是弥漫着激

---

　　① 应懿凝:《欧游日记》,上海:中华书局,1936年版,第88页。
　　② 微言:《中国古物的东鳞西爪》,生活书店编译所:《海外的感受》上,上海:生活书店,1933年版,第20页。
　　③ [日]竹内好:《何谓现代——就日本和中国而言》,张京媛主编:《后殖民理论与文化批评》,北京:北京大学出版社,1999年版,第444页。
　　④ 何成濬:《欧美考察记序》,黄公度:《欧美考察记》,上海:商务印书馆,1935年版,第1页。

切的自我审视与他者追慕心态。日本极为重视教育,社会所提供的有教育价值之设备也很周全,李清悚认为这一点从日本博物馆中即可管中窥豹。例如东京上野公园博物馆共四层,第一层为理工学部,第二层为动物学部,第三层为珍奇化石及植物学部,第四层为天文气象及海洋学部,每层的陈列室均可供学生自由试验。博物馆背后体现出来的强国强民诉求,实可为中国"攻错之资"[1]。王桐龄则将国内情形与日本情形加以对比论述,认为北京娱乐地只有茶园、饭馆、妓院,及贩卖鸦片之高等私娼下处,或读博俱乐部而已。故而导致"中国人日沉溺于下等快乐,无高尚思想也"[2]。反观东京之娱乐地,则包括各种博物馆、公园、动植物园等,都提供国民以甚多"高尚之快乐"。日本人脑筋多清醒,中国人则多昏闷,此两国国民不同之点,"非惟修养时卓有关系,即消遣时亦大有关系也"[3]。言外之意,博物馆等高尚娱乐地设施的多寡好坏与一国国民素质的优劣,与一个国家国势的强弱密切相关,这番扬彼抑己的表述背后分明蕴含着焦急的强国愿望。尽管日本不断侵略中国,时时与中国作对,从国族认同着眼,人人都"恶与相见"。但"就物质精神言,日本之进步,均足惊异;回视'天朝上国',竟反望尘莫及",所以戴东原认为理智的做法是"善者我扬之,不善者戒之可矣",不能"以事害意,默而不宣,甚至讳疾忌医,拒人千里之外耶"[4]。于是,戴东原的日本博物馆之旅便充满着对他者的赞赏和对自我的批判。大阪博物馆共有两层,陈列有新大阪港计划之地图模型,一目了然。又有如纽约、伦敦、柏林、巴黎各国都市的底下铁道、架空火车,以及桥梁等新建造的绘图模型。于此可见"日本人兴市之求猛进"[5]。馆中有一张明治以来贸易比较表,引人注目的是表上的输出线依次加长,茶叶和丝绸的情况最后居然由输入一变为输出。观此使人叹服,

---

[1] 李清悚:《东游散记》,上海:大东书局,1935年版,第1页。
[2][3] 王桐龄:《日本视察记》,北京:文化学社,1928年版,第51页、第52页。
[4][5] 戴东原:《日游絮思录》,上海:上海元益印刷公司,1928年版,第2页、第79页。

"夫岂必待兵争,方为胜负乎"。馆内悬有大阪城的筑造者丰臣秀吉像。馆中陈列新旧两层,宫室模型明晰非常。又有战争图、风俗画,古代情境,跃然纸上。作者叹曰:"呜呼,弹丸三岛地,以元人削平欧洲之勇,竟不能损其毫末。以英美气吞全世界之势,卒至自愿退出。夫岂偶然哉,夫岂偶然哉。"工艺机器部内有电灯机自开自闭,无线电话大谈大讲,军车电报,皆有肖形,详示内容。游览此馆后,戴东原深感己不如人,并告诫说"取人之长,理所当然。国人到大阪者,切勿忽此博物馆"[①]。

一般而言,久处某一文化环境中,很容易对其文化特性的感受力变得迟钝,而通过时空的转换,则可以刺激文化感受力的复苏。域外行旅正好包含这些变化,它经常在行游者身上唤醒一种"批判性思考的文化反省过程"[②]。因此张若谷有言:"身为异乡孤客,观光西方各邦,见闻虽广,感想也多。看到大都会中市政建设的美观,便要慨叹中国市镇的简陋污秽;看到彼邦实业的改良发达和商战的激烈竞争,不免又要感叹到中国工业的幼稚,以及商人的守旧;再看到列强积极扩充国防军备,自然又要忧虑我们国家……左思右想,想到事事落在人后的中国前途,不由人不受到深刻的刺激,而思奋起追踪他人的后尘。"[③]他人的优长使人联想到自己的缺漏,一面是对他者的追慕,一面是对自身的反省。这一思路在现代旅外文人的异域博物馆游览过程中体现得淋漓尽致。域外博物馆所陈列展示之物,往往折射出先进文明的异国风貌,并反复在旅外中国知识分子心理衬托和强化中国的萎靡之气,在此审视过程中,域外博物馆及其传递出来的强大的民族国家形象便成为中国知识分子极端欣羡并全身心仿效、追赶的目标。

---

① 戴东原:《日游萦思录》,上海:上海元益印刷公司,1928年版,第80—81页。
② 郭少棠:《旅行:跨文化想象》,北京:北京大学出版社,2005年版,第62页。
③ 张若谷:《游欧猎奇印象》,上海:中华书局,1936年版,第7页。

结语:博物馆的两副面孔与文人的多维意识

清末出国考察五大臣之一的戴鸿慈曾批评中国人对别国的看法往往是身居国内,拼接书本上的相关说法后,"逆臆而暗解"所得,其看法则总是摇摆于"崇拜"与"诟骂"两极。①相似的言论在之后的中国文人笔端屡见不鲜,如王桐龄说:"我国国民,昧于外情,非媚外,即排外;非暴动,即盲从也。"②吴鼎昌为曹谷冰的《苏俄视察记》作序时,认为"近年来,各国前往苏俄考察认识,络绎旅途。然其中不少预挟赞否成见而往者,各持其说,颇多所偏。"③何成濬则批驳中国人的国外书写,大都"以色镜窥物,实无当于物之真"④。毋庸置疑,所有这些批评都有理有据并直指现代中国文人旅外书写的病根。但是,所谓纯粹单一的真相则是值得怀疑的说法,至少也是难以企及的理想状况,对异域博物馆而言,尤其如此。

首先,博物馆这一空间本身便存在着两副面孔,"自纵的方面研究,则属人文,应就历来社会之演变,政教之过程,参证考察,明了其或得或失,寻出其民族性优点与弱点,以资改进;自横的方面研究,则属于自然,凡关于花卉草木鸟兽虫鱼均应从其环境上、体质上,如何使其合于优生的原则,以最少的耗费,得最大的收获,使人民物质的生活逐渐优裕。如此,在人文上可以发挥民族的精神,恢复民族的道德,激励一般的民族意识;在自然上使人民的生活逐渐优裕,破烂的乡村,日以复兴。"⑤换言之,人文层面的博物馆极力凸显的是一个民族国家的主体形象,不同国家的物品对照着陈列其中,一种无形但强有力的民族等级便暗含于此;而自然层次的博物馆,主要呈现的则是中性意义上的物质设备、科学技术与知识更迭。博物馆的两副面孔共生共存,自然使得现代

---

① 戴鸿慈:《〈出使九国日记〉序》,长沙:湖南人民出版社,1986年版,第296页。
② 王桐龄:《日本视察记》,北京:文化学社,1928年版,第223页。
③ 吴鼎昌:《序二》,曹谷冰《苏俄视察记》,天津:天津大公报馆,1941年版,第1页。
④ 何成濬:《欧美考察记序》,黄public度:《欧美考察记》,上海:商务印书馆,1935年版,第1页。
⑤ 王幼侨:《博物馆与民族复兴》,《中国博物馆协会会报》,1936年9月第2卷第1期。

中国文人的域外博物馆书写变得千姿百态,难以定于一尊。

其次,所谓"成见""有色镜"等不足对现代旅外文人而言是太难克服的东西,他们从满目疮痍、亟待奋起的中国去往异国他乡时,总是先期携带着一定的目的性,中国自身的现状总是时刻影响着他们看待别国的视角。亨利·巴柔形容得很好:"人们只有使用在自己的文化行李中携带着的工具才能去'看'异国。"①因此,任何异国行旅的见闻都是不完善而有缺陷的,但都与特定主体彼时彼地的处境、遭遇息息相关,这些不完善而有缺陷的异国形象却总是能映射出观照者丰富独特的自我形象。现代文人旅外游记中的博物馆便属于此类不完善而有缺陷的异国形象,不同的异域博物馆在不同文人笔下展现出互有差异的面貌,即便同一所异域博物馆在不同文人那里也是"横看成岭侧成峰"。不论成"岭"成"峰",都是中国文人的真切感受,表现出现代中国知识分子不同身份的撕扯和多维意识的纠缠。

周宁在研究西方的中国形象史时,令人信服地揭示出,"西方的中国形象的意义,无所谓'反映''认识',又无所谓'歪曲''误解'中国的真实,它只是表现西方文化心理的期望、缺憾、恐惧与幻想。"②同理,对于现代中国文人的域外博物馆书写,重要的也不是判断其真确与否,而是需要认识到域外博物馆传达出了中国文人自身怎样的身份观念与精神心态。一个主体的自我不能基于他自身而显现,自我只存在于"与某些对话者的关系中",即存在于特定的"对话网络"中。③现代中国文人在与域外博物馆的"对话"中,生成与形塑的自我形象,才是本文的研究所在。

(作者单位:西南大学文学院)

---

① [法]达尼埃尔-亨利·巴柔:《从文化形象到集体想象物》,孟华主编:《比较文学形象学》,北京:北京大学出版社,2001年版,第146—147页。
② 周宁:《隐藏了欲望与恐怖的梦乡:二十世纪西方的中国形象》,《华文学》,2008年第3期。
③ [加拿大]查尔斯·泰勒:《自我的根源:现代认同的形成》,韩震等译,南京:译林出版社,2001年版,第50—51页。

光复会与同盟会之争对鲁迅的影响

王彬彬

一

读鲁迅,有一些疑惑长久地存在于心中。例如,鲁迅对孙中山和蔡元培的态度,就是很微妙的,这份微妙就偶尔在杂文、书信和日记中表现出来。

1925年3月12日,孙中山病逝于北京,其时同在北京的鲁迅没有公开发表悼念性的文字。翌年3月10日,鲁迅写了《中山先生逝世后一周年》,发表于3月12日《国民新报》的《中山先生逝世周年纪念特刊》。1926年3月10日鲁迅日记记曰:"晨寄邓飞黄信并稿"[①],邓飞黄是《国民新报》的总编辑,鲁迅寄的这稿便是《中山先生逝世后一周年》,可见文章是应邓飞黄之请而作。行文的简略、粗放,也表明这是一篇应景之作。在这篇纪念性的文章里,鲁迅肯定了孙中山,其核心在这样几句话:"他是一个全体,永远的革命者。无论所做的那一件,全都是革命。无论后人如何吹求他,冷落他,他终于全都是革命。"[②]鲁迅虽然写了这篇纪念性的文章,但却没有将其收入自编的任何一种文集中。1935年5

---

① 鲁迅:《鲁迅全集》第14卷,北京:人民文学出版社,1981年版,第592页。
② 鲁迅:《中山先生逝世一周年》,《鲁迅全集》第7卷,北京:人民文学出版社,1981年版,第294页。

月,杨霁云编集、鲁迅亲自校订并作序的《集外集》出版,收入自1903至1933年间未收入各种文集的文章,却也没有收入这篇《中山先生逝世后一周年》。《集外集》编集过程中,鲁迅多次致信杨霁云。1934年12月11日、14日、16日、18日,鲁迅都给杨霁云写了信,主要是谈哪些文章可收入《集外集》,哪些则不必收入,但没有谈及《中山先生逝世后一周年》。杨霁云在搜集鲁迅未入集文章时完全没有注意这篇纪念孙中山逝世一周年的文章,而鲁迅自己也将其完全忘记了,这种可能性不能说完全没有,但不大。从1925年12月到1926年4月,鲁迅在《国民新报》上发表了十多篇译作,《这个与那个》《公理的把戏》《这回是"多数"的把戏》由鲁迅编入《华盖集》,《有趣的消息》《古书与白话》《送灶日漫笔》《谈皇帝》《"死地"》《空谈》由鲁迅编入《华盖集续编》。《国民新报》创刊于1925年8月,1926年4月即停刊。在这份报纸短暂的历史上,《中山先生逝世周年纪念特刊》应该是很重要的新闻行为和政治行动,杨霁云怎么会不注意到这篇文章?鲁迅又怎么会独独忘了这篇文章?鲁迅逝世后的1938年,《鲁迅全集》出版,《集外集拾遗》由许广平编定后纳入全集中,在这《集外集拾遗》中,收入了《中山先生逝世后一周年》。这篇文章,应该不是许广平从陈旧的《国民新报》上拾取的,而应该是本来就在家里、就在手边。这意味着,鲁迅生前一直不愿意把这篇文章编入自己的文集中。

1935年2月24日,鲁迅在致杨霁云信中写下了这样一段:

> 中山先生革命一世,虽只往来于外国或中国之通商口岸,足不履危地,但究竟是革命一世,至死无大变化,在中国总还算是好人。假使活在此刻,大约必如来函所言,其实在那时,就已经给陈炯明的大炮击过了。①

应该是杨霁云在写给鲁迅的信中谈及了孙中山,说孙中山如果活

---

① 鲁迅:《鲁迅全集》第13卷,北京:人民文学出版社,1981年版,第65页。

在当时,会受到怎样的打击、迫害,才引出鲁迅这一番议论。这番话表达的,无疑是鲁迅对孙中山的更真实更全面的看法。"革命一世"当然是肯定,这与十年前所写的《中山先生逝世后一周年》中的评价一致,但"足不履危地,"则是十年前公开发表的纪念文章中没有的。这无论如何不能说是一句好话。

蔡元培应该说是颇有恩于鲁迅的。鲁迅与蔡元培,也算是保持交谊到最后。通常情况下,鲁迅对蔡元培表现得很尊敬。但公开非议蔡元培的情形也有,在私下里,鲁迅则多次表现出对蔡元培的不敬。

据1926年2月5日《晨报》报道,1926年2月3日,从欧洲甫抵上海,蔡元培就对国闻社记者发表了关于国内局势的谈话,表示"至关政制问题,余殊赞成联省自治之论",谈话中且有"对学生界现象极不满。谓现实问题,固应解决,尤须有人埋头研究,以规将来"等语。1926年2月27日,鲁迅写《无花的蔷薇》,发表于3月8日出版的《语丝》周刊,其中之"4"针对蔡元培在上海的谈话:

> 蔡孑民先生一到上海,《晨报》就据国闻社电报郑重地发表他的谈话,而且加以按语,以为"当为历年潜心研究与冷眼观察之结果,大足诏示国人,且为知识阶级所注意也。"
>
> 我很疑心那是胡适之先生的谈话,国闻社的电码有些错误。①

鲁迅公开地指名道姓地批评蔡元培,只有这一次,而且批评得十分委婉。但在与章廷谦的私人通信中,则数次表达对蔡元培的调侃、嘲讽。

1927年6月12日,鲁迅致章廷谦信中说,有这样一段:

> 我很感谢你和介石向孑公去争,以致此公将必请我们入研究

---

① 鲁迅:《鲁迅全集》第3卷,北京:人民文学出版社,1981年版,第256页。

院。然而我有何物可研究呢？古史乎，鼻已"辨"了；文学乎，胡适之已"革命"了，所余者，只有"可恶"而已。可恶之研究，必为孑公所不大乐闻者也，其实，我和此公，气味不投者也，民元以后，他所赏识者，袁希涛蒋维乔辈，则十六年之顷，其所赏识者，也就可以类推了。①

此处的"介石"名郑奠。1927年2月17日，北伐军进入杭州。3月1日，在杭州成立了浙江临时政治会议，蔡元培是委员之一，同时还代理张静江任政治会议主席。5月间，浙江省拟建立浙江大学研究院，蔡元培参与筹备。其时鲁迅辞去了中山大学的一切职务而人仍在广州。章廷谦、郑奠等人"向孑公去争"，就是力争蔡元培聘请鲁迅到浙江大学研究院任职。鲁迅不愿意回浙江，也就罢了，还说了一通对蔡元培颇不恭敬的话，强调自己与蔡"气味不投"。

1927年9月19日，鲁迅还在广州但已定下尽快离粤赴沪，这天，致章廷谦信中，谈了自己接下来的行踪：

> 自然先到上海，其次，则拟往南京，不久留的，大约至多两三天，因为要去看看有麟，有一点事，但不是谋饭碗。孑公复膺大学院长，饭仍是蒋维乔袁希涛口中物也。复次当到杭州，看看西湖北湖之类。而且可以畅谈。但这种计画，后来也许会变更，此刻实在等于白说。②

1927年4月，南京国民政府一成立，蔡元培、李石曾等便提议建立中华民国大学院，作为国家最高学术教育行政机关。6月份，该提议得到认可，蔡元培被任命为大学院院长。大学院相当于教育部。民国成立时，蔡元培任教育总长，这回是第二次执掌教育部，所以鲁迅用了

---

①② 鲁迅：《鲁迅全集》第11卷，北京：人民文学出版社1981年版，第547页、第576页。

"复膺"一词。这番话中,谈及蔡培时,仍然是不够恭敬的。

1927年11月7日,鲁迅已从粤到沪,这天,致章廷谦信中,说:

> 季茀本云南京将聘绍原,而迄今无续来消息,岂蔡公此说,所以敷衍季茀者欤,但其实即来聘,亦无聊。①

季茀即许寿裳。国民政府大学院成立时,许寿裳被聘为秘书。大约此前许寿裳说建议大学院聘江绍原为特约著作员并得到蔡认可,但到这一天仍无准信,所以鲁迅怀疑蔡元培是在"敷衍"许寿裳,又说即使真聘,"亦无聊"。

1927年12月9日,在致章廷谦信中,又说到了江绍原与蔡元培:

> 绍原欲卖文,我劝其译文学,上月来申,说是为买书而来的。月初回去了,闻仍未买,不知何也。大约卖文之处,已稍有头绪欤?
>
> 太史之类,不过傀儡,其实不在话下的。他们的话听了与否,不成问题,我以为该太史在中国无可为。②

说江绍原"大约卖文之处,已稍有头绪",是猜测江绍原被大学院聘为特约著作员事已有结果。"太史"指蔡元培,因蔡曾是清末翰林,故有此种调侃。

其实,许寿裳是同时向蔡元培推荐了鲁迅和江绍原的。鲁迅此前也知道这一层。1927年12月18日的鲁迅日记,有这样的记述:"晚收大学院聘书并本月分薪水泉三百。"③实际上,鲁迅和江绍原最终都被大学院聘请为特约著作员,而每月三百大洋的薪水,是颇为可观的。

---

①② 鲁迅:《鲁迅全集》第11卷,北京:人民文学出版社,1981年版,第592页、第602—603页。
③ 鲁迅:《鲁迅全集》第14卷,北京:人民文学出版社,1981年版,第684页。

已故的中国近代史专家陈旭麓写有《孙中山与鲁迅》一文,其中说,鲁迅不愿将《中山先生逝世后一周年》一文收入文集,是因为鲁迅"感到它是一篇不太成熟之作而任其飘零",而鲁迅之所以说孙中山"足不履危地",则"是指他不能到群众中去组织革命力量"①。我觉得这样的解释是有几分牵强的。鲁迅与孙中山没有过私人交往,而鲁迅与蔡元培则可谓私交颇深。在致章廷谦的数封信中对蔡元培的讥讽、怨怒,如果就事论事,有些难以理解。尤其是"我和此公,气味不相投者也";"太史之类,不过傀儡……我以为该太史在中国无可为"一类的话,表面看来,显得很过分。这总让人感到有更复杂的原因隐藏在时间深处。

实际上,鲁迅对孙中山是有"保留"的,对颇有恩于自己的蔡元培也有着不满,这种不满,是超越了私人恩怨的。鲁迅对孙中山、蔡元培内心深处的某种排斥,应该与当初光复会与同盟会的剧烈冲突有关。光复会与同盟会的冲突,不仅影响了鲁迅对孙中山、蔡元培的态度,也影响了鲁迅对蒋介石和南京国民政府的态度。

二

关于光复会与同盟会之争,许多著作都有过叙述,这是清末民初的一种历史常识,在此毋庸详细叙述其冲突过程,只依据相关资料简略说明。

冯自由所著的《中华民国开国前革命史》,有专章(第三十五章)叙述光复会之兴衰。冯自由说:"光复会成立于前清甲辰(清光绪二十九年)之冬,而源流则出自癸卯(清光绪二十八年)留日学生所设军国民教育会。"所谓"前清甲辰",就是1904年。冯自由把光复会的历史追溯到了军国民教育会。总之,是一群留日学生先是在日本组织了"义勇

---

① 陈旭麓:《近代史思辨录》,广州:广东人民出版社,1984年7月版,第331页。

队",后因日本政府不允许外国人在日本有军事行为,遂改称"军国民教育会"。不久,这些留日学生"以满虏甘心卖国,非从事根本改革,决难自保,于是纷纷归国,企图军事进行。"①他们认为,满清甘心卖国,欲救国须先推翻满清政府,而推翻满清政府,只有依靠"军事进行"。回国后,他们在上海成立了光复会。光复会成立时,蔡元培、陶成章、龚宝铨(章太炎女婿)是主要领导人。蔡元培其时任中国教育会会长,得知陶成章、龚宝铨等人成立了这个组织,主动要求加入,陶、龚等人自然十分欢迎。蔡元培声望卓著,遂被推为会长。此时章太炎尚在狱中,但也参与其事。章导在《章太炎与王金发》一文中说:"我父太炎先生虽因《苏报》案,身系上海西牢,闻光复会成立,暗中积极支持,欣然参与。"②"光复会"之名,就出自章太炎1903年5月为邹容《革命军》所作的序:"同族相代,谓之革命;异族攘窃,谓之灭亡;改制同族,谓之革命;驱逐异族,谓之光复。今中国既灭亡于逆胡,所当谋者,光复也,非革命云尔。"③按章太炎的说法,推翻满清,不能谓之"革命",只能谓之"光复",所以陶成章们把他们志在推翻满清的团体称为"光复会"。光复会成立时章太炎虽在狱中,但出狱后则成为光复会的重要人物。1913年,章太炎撰《光复军志序》,说:"而光复会初立,实余与蔡元培为之魁,陶成章、李燮和继之"④。这大体符合事实。

冯自由在《中华民国开国前革命史》中说:"光复会既成立,与会者独浙皖两省志士,而他省不与焉。"⑤这是说,刚开始时,加入光复会者,都是浙皖两省人。其实皖人尚少,主要是浙人,而浙人中又主要是绍兴人。谢一彪、陶侃合著的《陶成章传》中说,光复会的主要成员,基本上是浙江人,尤以绍兴人为多,如蔡元培、陶成章、徐锡麟、秋瑾、陈伯

---

① 冯自由:《中华民国开国前革命史》,桂林:广西师范大学出版社,2011年3月版,第239页。
② 章导:《章太炎与王金发》,见《追忆章太炎》(陈平原、杜玲玲编),北京:三联书店,2009年4月版,第111页。
③④ 汤志钧编:《章太炎政论选集》上册,北京:中华书局,1977年11月版,第193页、第681页。
⑤ 冯自由:《中华民国开国前革命史》,桂林:广西师范大学出版社,2011年3月版,第240页。

平等都是绍兴人。其实正因为最初的领导人主要是绍兴人,所以后来发展的绍兴籍会员也就特别多,"在他们的带动下,参加光复会的绍兴籍志士特别多。光复会的首任会长、副会长以及主要骨干,几乎都是绍兴人。兄弟相邀,父子联袂入会者,比比皆是,仅《绍兴市志》有名可查的光复会会员就有265人。"①一定意义上,可以说,"光复会"就是"绍兴会"。

光复会真正的灵魂和柱石是陶成章。冯自由说:"会长蔡元培闻望素隆,而短于策略,又好学,不耐人事烦扰,故经营数月,会务无大进展。"②蔡元培是一块好招牌,一面好旗帜,但却不是合格的实干家。联络会党,筹措经费,这些事蔡元培办不了。策划、组织和指挥武装斗争,蔡元培就更不成了。当然,章太炎这些方面也不比蔡元培好多少。写文章、办报纸,章太炎堪称好手,但更实际、更艰难的工作,也干不了。陶成章则在这些方面有着卓越的才干。所以,光复会成立几个月以后,真正撑起门面、使光复会发展壮大的,是陶成章、龚宝铨几人。

陶成章,1878年1月生,绍兴陶家堰人,号焕卿,长鲁迅三岁多。陶成章自幼小时起便萌生反清思想,后来愈加强烈。甲午之战,中国败于日本,使陶成章认为欲救中国,必须首先推翻满清统治。而且陶成章一向主张"中央革命",即在满清统治的核心地带发动军事攻击。1900年,陶成章只身北上,打算在颐和园刺杀慈禧,未能如愿,于是游历满蒙地区,考察山川民情,为直捣满清老巢做准备③。1901年,再度北上入京,希图策划"中央革命",仍然无功而返。④1902年,陶成章三度北上燕京,这回,他更加意识到军事斗争的必要,想进陆军学校学习军事,但也未能实现⑤。当光复会在上海成立时,陶成章当然是欢欣鼓

---

① 谢一彪、陶侃:《陶成章传》,北京:人民出版社,2009年5月版,第98页。
② 冯自由:《中华民国开国前革命史》,桂林:广西师范大学出版社,2011年3月版,第240页。
③ 《陶成章史料》(《绍兴文史资料选辑》第六辑),1987年11月版第20页,浙出书临(87)第73号。
④ 陶玄:《陶成章与光复会》,《江苏文史资料选辑》,南京:江苏人民出版社,1981年5月版,第59页。
⑤ 陶成章:《浙案纪略》,《辛亥革命》第3册,上海:上海人民出版社,1957年1月版,第22页。

舞的。陶成章欣然加入了光复会并很快成为实际的领导人。徐锡麟也是有实干精神和杰出能力者。陶成章、龚宝铨、徐锡麟这几个绍兴人，很快把大本营移到了绍兴，"即光复会本部之事权，亦已由上海而移于绍兴。"①光复会在上海成立后，陶成章等人认为应该在留日学生中积极发展会员。1904年底，陶成章、魏兰一同到了东京，成立了光复会东京分部，蒋尊簋、许寿裳等人是第一批在东京入会的会员。鲁迅是否也于此时加入了光复会，至今仍是疑案。

但鲁迅与陶成章早就相识，则是毫无疑问的。谢一彪、陶侃合著的《陶成章传》，几次说到了陶成章与鲁迅的友谊。

鲁迅于1902年3月赴日本，9月间，陶成章在蔡元培资助下也到日本留学。同在东京，都是绍兴人，二人很快便相遇、相识并成为好友。沈瓞民在《记光复会二三事》中说，1900年冬，杭州教育界人士成立了"浙学会"，因受到清政府迫害，遂移至日本东京活动。1903年2月，东京浙江同乡会创办了刊物《浙江潮》。1903年10月，浙学会举行秘密集会，商讨以武装革命的方式推翻满清统治的问题。沈瓞民说，其时陶成章正在东京，军国民教育会的魏兰、龚宝铨正准备回国，而周树人（豫才）在弘文学院读书，都是革命意志坚决之人。②从沈瓞民的回忆看，鲁迅是参与了这种活动的，当然就已与陶成章相识。

陶成章的族叔陶冶公，其时也在东京加入了光复会，后来回忆说，在日本期间，陶成章与鲁迅往来十分密切，陶成章是鲁迅住处的常客，经常与龚宝铨、陈子英等人到鲁迅处畅谈，有时就在鲁迅那里吃饭，饭菜虽极简单，但陶成章却总是吃得津津有味。③周作人也几次说及在日期间陶成章与鲁迅的交往。在写于1936年11月7日的《关于鲁迅之二》中，周作人说，留日期间，鲁迅虽然"始终不曾加入同盟会"，"也没

---

① 冯自由：《中华民国开国前革命史》，桂林：广西师范大学出版社，2011年3月版，第240页。
② 沈瓞民：《记光复会二三事》，《绍兴文史资料选辑》第六辑，1987年11月版，第101页，浙出书临(87)第73号。
③ 周芾棠：《陶冶公忆鲁迅与"中越馆"的一段史实》，《绍兴文史资料》第4辑，杭州：浙江人民出版社，1988年12月版，第49页。

有加入光复会",但经常出入《民报社》,"所与往来者多是与同盟会有关系的人"。"当时陶焕卿(成章)也亡命来东京,因为同乡的关系常来谈天,龚未生(引按:宝铨字未生)大抵同来。焕卿正在联络江浙会党中人,计划起义,太炎先生每戏称为焕强盗或焕皇帝,来寓时大抵谈某地不久可以'动'起来了,否则讲春秋时外交或战争情形,口讲指画,历历如在目前。尝避日本警吏注意,携文件一部分来寓属代收藏,有洋抄本一,系会党的联合会章,记有一条云,凡犯规者以刀劈之。又有空白票布,红布上盖印,又一枚红缎者,云是'龙头'。焕卿尝笑语曰,填给一张正龙头的票布何如?数月后焕卿移居,乃复来取去。以浙东人的关系,豫才似乎应该是光复会中人了。然而又不然。这是什么缘故呢?我不知道。"①"龙头"就是会党首领。让鲁迅填一张"正龙头"的票布,就是让鲁迅在"光复会"中当个头领。周作人强调了鲁迅与陶成章的亲密无间,也让人们知道陶成章极其信任鲁迅,最隐秘之事亦不瞒鲁迅,但又强调鲁迅并未加入光复会。

由于没有登记表、会员证一类原始资料证明鲁迅曾加入光复会,鲁迅是否曾是光复会会员,便一直是有争议的问题。认为鲁迅没有加入光复会者,主要依据便是周作人的回忆。但其时也在东京,与鲁迅亲如兄弟的许寿裳,却认为鲁迅曾加入光复会。许寿裳最早说及此事,是1937年撰《鲁迅年谱》时,1944年,在答复林辰就此事询问的信中,许寿裳又说:"光复会会员问题,因当时有会籍可凭,同志之间,无话不谈,确知其为会员,根据惟此而已。至于作人之否认此事,由我看来,或许是出于不知道,因为入会的人,对于家人父子本不相告的。"②林辰写有《鲁迅曾入光复会之考证》,以许多资料证明鲁迅确如许寿裳所说,曾是光复会会员。另一个很细致地考证了鲁迅加入光复会问题

---

① 周作人:《关于鲁迅之二》,《鲁迅回忆录》中册,北京:北京出版社,1999年1月版,第892—893页。
② 林辰:《鲁迅曾入光复会之考证》,收入《鲁迅史料考证》,石家庄:河北教育出版社,2002年5月版。

的,是倪墨炎。倪墨炎2006年出版的专著《鲁迅的社会活动》,第三章是"鲁迅加入光复会"。倪墨炎除了援引种种他人言说证明鲁迅曾加入光复会外,还从鲁迅自身的某些言行中见出其是光复会会员的可能。倪墨炎指出,辛亥革命中绍兴光复时,鲁迅是绍兴府中学堂学监,相当于教务长。但绍兴民众集会,却公推鲁迅为主席,商讨如何迎接绍兴光复;鲁迅还带领学生、佩带刀枪,上街维持秩序。这些行为,与鲁迅的中学堂学监的身份不大相符,也不大合乎鲁迅一贯的性格,所以,倪墨炎认为:"这些活动都像是光复会布置他做的"①。鲁迅1912年6月21日日记有"收共和党事务所信"之记载,次日日记则有"收共和党证及徽识"②之记载。倪墨炎认为,共和党于1912年5月成立时,原光复会会员都转为共和党员。正因为鲁迅曾是光复会会员,所以也收到了党证党徽,在未征得本人同意的情况下,将其"转入了共和党"。③

其实,鲁迅是否在组织上加入过光复会,并不重要,重要的是思想上是否曾加入光复会。完全可以说,鲁迅在思想上、情感上确实曾经"加入了光复会"。至于是否填过一张入会表,是否领取过一张会员证,是否履行过入会手续,实在是无关宏旨的。

三

冯自由在《中华民国开国前革命史》中说:"是时留日十七省革命志士在东京发起中国同盟会,已历数月,浙江人入会者有蒋尊簋、秋瑾数人。成章于丙午东渡,旋即加入,且见推为《民报》之发行人。元培于同盟会成立之初,已由本部指定为上海分部创办员,因是光复会员泰半入同盟会籍。独锡麟志大心雄,不欲依人成事,且因捐官办学二

---

① 倪墨炎:《鲁迅的社会活动》,上海:上海人民出版社,2006年1月版,第60页。
② 鲁迅:《鲁迅全集》第14卷,北京:人民文学出版社,1981年版,第6页。
③ 倪墨炎:《鲁迅的社会活动》,上海:上海人民出版社,2006年1月版,第60页。

事与成章意见不洽,故未入会。"①这说的是光复会员加入同盟会之事。1905年8月,中国同盟会在东京成立,孙中山被推为"总理",以东京为同盟会本部,黄兴任庶务,大概相当于常务副总理,主持本部日常工作。而光复会会员则大多加入了同盟会,蔡元培、章太炎、陶成章等人都成了同盟会会员。但是,光复会会员是以个人身份加入同盟会,并非光复会作为一种组织并入同盟会。沈瓞民在《记光复会二三事》中强调:"有人认为光复会已并入同盟会,这样说法是不符合史实的。"秋瑾是先加入同盟会复加入光复会,可见同盟会成立后,光复会仍然作为一种独立的组织存在着,"一九〇九年,(巳西)光复会总部移设东京,推章炳麟为会长,陶成章为副会长。"②徐锡麟作为光复会的重要成员,就拒绝加入同盟会。而徐锡麟1907年在安庆刺杀安徽巡抚恩铭,也只能视作是光复会的行动。同盟会成立时,蔡元培是光复会会长。光复会会员以个人身份加入同盟会,应该与蔡元培的示范和提倡有关。蔡元培加入同盟会后,立即成了同盟会上海分部的领导人,在同盟会中,这也是重要角色。这时候,蔡元培既当着光复会会长,又当着同盟会上海分部领导人,可谓在两个组织中都是要角。而此后,蔡元培则日益向同盟会靠拢,光复会最初的会长,后来成了国民党元老。

光复会会员以个人身份加入同盟会,与后来的国共合作颇为相似。1924年8月,国共开始了第一次合作,共产党员以个人身份加入国民党,而共产党仍然作为一种独立的政治组织存在着活跃着。光复会领导人章太炎、陶成章很快与同盟会领导人孙中山、黄兴等发生尖锐冲突,以致发展到两个组织水火不容的地步,同盟会不仅在上海刺杀了陶成章,许多地方都发生同盟会对光复会的迫害、屠杀,而这也与1927年国共合作破裂后国民党对共产党的清除和屠杀很相像。

章太炎于1906年6月29日出狱,当晚即登上赴日本的航船,到日

---

① 冯自由:《中华民国开国前革命史》,桂林:广西师范大学出版社,2011年3月版,第240页。
② 沈瓞民:《记光复会二三事》,《绍兴文史资料选辑》第六辑,1987年11月版,第105页,浙出书临(87)第73号。

本后即加入同盟会,并于9月间接任《民报》主编。章太炎接任《民报》主编后不久,即与孙中山发生剧烈冲突。周作人在《鲁迅的故家》(署名周遐寿)中说,在鲁迅、周作人等人往《民报》社听章太炎讲课期间,《民报》被日本政府查禁了,"还处以百五十元的罚金"。《民报》虽说是同盟会的机关报,但孙中山一系的人早已不管,罚款要章太炎自己设法,到期交不出,便要一元一天拉去苦工。到了最后一天,龚宝铨来找鲁迅商量,结果是转请许寿裳挪用了《支那经济全书》译本的印费一部分,才算度过难关。周作人说:"为了这件事,鲁迅对孙系的同盟会很是不满。"①

　　鲁迅对孙中山一系的人不满,不仅是出于道义,也因为这事直接给他带来了损害。周作人说,鲁迅那时经济很拮据,只得做校对挣点小钱。恰逢湖北在翻印同文会编的《支那经济全书》,由湖北学生译出,正准备付印。负责此事的陈某毕业回国,便将此事托付许寿裳,"鲁迅便去拿了一部分校正的稿来工作。这报酬大概不会多,但没有别的法子,总可以收入一点钱吧。"②既然《支那经济全书》的印费挪去交罚款了,鲁迅的那点校对报酬,也会受影响吧。总之,从这时起,鲁迅便对孙中山和同盟会,心怀不满了。

　　因为钱的问题,章太炎、陶成章等还与孙中山一系发生了更激烈的冲突。据汤志钧所编《章太炎年谱长编》,1907年,章太炎与孙中山发生"异议"。年初,日本政府应清政府要求,驱逐孙中山出境,孙中山便与胡汉民、汪精卫等立即离开日本到了越南。孙中山离日前得到日本政府和股票商人铃木久五郎馈金一万五千元,却只留二千元作为《民报》经费,章太炎大为不满。不久,又传来潮州、惠州起义失败的消息,于是,"五月,章太炎又在东京就潮、惠起义失败及孙中山离日前分配馈款事,发起攻击,要罢免孙中山的总理职务,改选黄兴继任,遭到

---

①② 周遐寿:《鲁迅的故家》,《鲁迅回忆录》中册,北京:北京出版社,1999年1月版,第1041页、第1037页。

黄兴、刘揆一等的反对。"①冯自由在《革命逸史》中说,章太炎还做出更激烈的举动,他把挂在《民报》社的孙中山的照片撕下,在下面写道:"卖《民报》之孙文应即撤去。"章太炎以为孙中山尚在香港,竟把照片寄往香港,羞辱孙中山。②

如果说章太炎与孙中山颇为不睦,那陶成章与孙中山的矛盾就更尖锐,最后甚至势同水火。章太炎《自定年谱》中说:"是岁(引按:1907年)山阴徐锡麟伯荪刺杀安徽巡抚恩铭。伯荪性阴鸷,志在光复,而鄙逸仙为人。余在狱时,尝一过省,未能尽言也。后以道员主安徽巡警学堂,得间遂诛恩铭,为虏所杀。其党会稽陶成章焕卿时在日本,与余善,焕卿亦不喜逸仙。而李柱中以萍乡之败,亡命爪哇,焕卿旋南行,深结柱中,遂与逸仙分势矣。"③李柱中即李燮和。徐锡麟一开始就没有加入同盟会,1907年是作为光复会会员在安庆刺杀恩铭的。章太炎说徐锡麟"鄙逸仙为人",这大概也是他不愿加入同盟会的原因之一。而"焕卿亦不喜逸仙",不喜到也不愿为伍的程度。陶成章遂与李燮和紧密携手,脱离孙中山和同盟会,独立进行革命活动。总之是,章太炎、陶成章们与孙中山一系发生了一系列冲突,他们几次要求罢免孙中山的"总理"职务,未能得到黄兴等人认可,便决意脱离同盟会了。从1907年开始,章太炎、陶成章等光复会会员与孙中山一系矛盾公开化,相互在报刊上恶语攻击。1909年,陶成章着手重组光复会。1910年2月,重组的光复会在东京设立总部,章太炎任会长,陶成章任副会长,"南洋英、荷各埠亦设分会","和同盟会在南洋争夺权力"。④

光复会与同盟会虽同为革命组织,都志在推翻满清、光复中华,但却争权夺利、水火不容。如果说,当满清尚未推翻时,光复会与同盟会

---

① 汤志钧编:《章太炎年谱长编》(增订本)上册,北京:中华书局,2013年版,第148页。
② 冯自由:《革命逸史》第5集,北京:中华书局,1981年7月版,第191页。
③④ 汤志钧编:《章太炎年谱长编》(增订本)上册,北京:中华书局,2013年版,第139页、第184页。

虽然冲突、对立，还能并存于世，那么，满清推翻后，一山不容二虎的局面立即出现，光复会与同盟会的矛盾冲突也就上升到你死我活的地步，最后以光复会的柱石陶成章被孙中山一系的人刺杀收场。

章太炎在1912年的《自定年谱》中说："初，赵伯先之死，未有疑克强者，焕卿不能分别，并恶之。至是，日与黄、陈不合，自设光复军总司令部于上海。余告之曰：'江南军事已罢，招募为无名。丈夫当有远志，不宜与人争权于蜗角间。武昌方亟，君当就蛰仙乞千余人上援，大义所在，蛰仙不能却也。如此既以避逼，且可有功。恋此不去，必危其身。'焕卿不从，果被刺死。"[1]赵伯先即赵声，1911年4月与黄兴共同领导了黄花岗起义，不久即辞世。赵声之死，陶成章怀疑与黄兴有关，于是与黄兴、陈其美的关系日益恶化。蛰仙即浙江光复后被推为省都督的汤寿潜。所谓"蜗角"则指上海。上海光复后，陈其美被推为沪军都督，而陶成章却在上海设立光复军司令部，自任总司令，领导着一支近万人的光复军，与陈其美分庭抗礼。一山不容二虎，便在上海这蜗角之地尖锐地表现出来。

陈其美决定干掉陶成章，把这一任务交给了最亲密的把兄弟蒋介石。蒋介石与光复会叛徒王竹卿，于1912年1月14日凌晨二时许，在上海广慈医院的病房里，将陶成章枪杀。陶成章是光复会的灵魂。陶成章一死，光复会也就瓦解、溃散了。

蒋介石杀陶成章，是受陈其美指使，这尽人皆知。但也有人认为真正的指使者是孙中山。不过，没有任何史料证明孙中山授意杀陶成章。但陶成章之死令孙中山高兴，却是事实。历史学家杨天石曾摘出蒋介石的一段日记并加以评说。蒋介石1943年7月26日日记写道："看总理致吴稚晖先生书，益愤陶成章之罪不容诛。余之诛陶，乃出于为革命、为本党之大义，由余一人自任其责，毫无求功、求知之意。然而总理最后信我与重我者，亦未始非由此事起，但余与总理始终未提

---

[1] 汤志钧编：《章太炎年谱长编》（增订本）上册，北京：中华书局，2013年版，第214—215页。

及此事也。"杨天石说:"这则日记很有意思,说明蒋介石始终认为他在1912年刺陶是'革命行动',出于'大义',其授意者虽非孙中山,二人之间也始终未谈及此事,但蒋介石自我估计,孙中山之所以长期信任他、重视他,却和此事密切相关。"①通常认为,1922年4月陈炯明"叛变",孙中山逃到永丰舰上,而蒋介石危难中来到身边,陪侍左右,自此获得孙中山好感与信任。而实际上,蒋之获得孙中山赏识,比这早了十年。孙蒋二人从未谈过杀陶成章事,就因为这毕竟不是什么光彩之事吧。

陶成章被杀,意味着光复会与同盟会的矛盾发展到极致,于是,同盟会排斥、迫害甚至残杀光复会员之事在多地发生。冯自由在《中华民国开国前革命史》中说光复会员,在潮汕光复中卓有功勋的汕头民军司令许雪秋、陈芸生等人,"与同盟会员之领军者不合,势同水火"。②许、陈等人最终还是被同盟会杀害。章太炎得知此事,立即发表致孙中山的公开信,敦促孙出面阻止此种行为继续发生。章太炎说:"自癸、甲以来,徐锡麟之杀恩铭、熊成基之袭安庆,皆光复会旧部人也。近者,李燮和攻拔上海,继是复浙江,下金陵,光复会新旧部人,皆与有力。虽无赫赫之功,庶可告无罪于天下。"这是强调光复会在推翻满清、光复中华中的功业。接着说,光复会与同盟会之间,"纵令一二首领,政见稍殊,胥附群伦,岂应自相残贼。"这是说,即使光复会与同盟会的几个领袖政见有所不同,底下的人也不应该相互残杀。但是,同盟会会员残杀光复会会员的事情毕竟发生了,章太炎对孙中山说:"惟愿力谋调处,驰电传知,庶令海隅苍生,咸得安堵。"③

---

① 杨天石:《寻找真实的蒋介石》(上),太原:山西人民出版社,2008年版,第12页。
② 冯自由:《中华民国开国前革命史》,桂林:广西师范大学出版社,2011年版,第249页。
③ 章太炎此信以《章太炎先生致临时大总统书》为题发表于《大共和日报》1912年1月28日,此处引自汤志钧编,《章太炎政论选集》下册,北京:中华书局1977年版,第557—558页。

四

陶成章被杀，使章太炎与孙中山的关系进一步恶化，更使得章太炎痛恨蒋介石，终身站在与蒋介石敌对的立场上。

1926年8月13日，章太炎发出通电，反对北伐，对蒋介石尽情责骂："详其一生行事，倡义有功者，务于摧残至尽，凡口言国家主义者，谓之反革命，是其所谓革命者，非革他人之命，而革中华民国之命也"；"且其天性阴鸷，反颜最速"；"权利所在，虽蚁伏叩头以求解免，必不可得，幸而为彼容纳，则奴隶之下，更生阶级，地权兵柄，悉被把持"。①蒋介石政权当然也会以某种方式教训章太炎。1927年6月16日，国民党上海市特别市党部临时执行委员会以"通缉学阀事呈中央"，而请求中央"实行通缉"的"著名学阀"中，名列第一的，便是章太炎。②蒋介石推行"以党治国"，也让章太炎不满，而蒋介石以青天白日旗取代五色旗为国旗，尤令章太炎悲愤。1928年5月27日致李根源的信中说："今之拔去五色旗，宣言以党治国者，皆背叛民国之贼也。前后诸子罪状，惟袁氏与之相等，而徐、段、曹辈，皆视此为轻。"③章太炎把蒋介石与袁世凯相提并论，认为都是背叛民国的罪人。6月3日，黎元洪卒于天津，6月5日，章太炎致李根源信中说："地坼天崩，哀感何极！唯中华民国业已沦亡，公在亦徒取辱，任运而去，未始非幸。"④章太炎为黎元洪作的挽联是："继大明太祖而兴，玉步未更，倭寇岂能干正统；与五色国旗俱尽，鼎湖一去，谯周从此是元勋。"下署"中华民国遗民章炳麟挽"⑤。章太炎以"中华民国遗民"自称，意味着在他看来，"中华民国"已然灭亡，蒋介石政权决不能代表"中华民国"。1928年11月21日，在一个记者

---

① 该通电以《章炳麟通电》为题发表于《申报》1926年8月15日，此处引自汤志钧编，《章太炎年谱长编》（增订本）上册，北京：中华书局，2013年版，第507页。

②③④⑤ 汤志钧编：《章太炎年谱长编》（增订本）上册，北京：中华书局，2013年3月版，第512页、第515页、第516页。

招待会上,"章太炎又责骂孙中山,对新三民主义也肆攻击",于是,上海市三区党务指导委员会以章太炎"图谋危害政府",议决通缉,并由上海市特别市党务委员会常会通过。《申报》1928年11月22日在"本埠新闻"中以《三区党部呈请通缉章太炎》为题,报道了此事,并刊载了三区党部的呈文,呈文对章太炎极尽辱骂之能事。11月24日,上海市特别市党务指导委员会召开第五十八次常会,"宣传部提案,呈请中央通缉反动分子章炳麟案。议决,通过。"《申报》11月25日在"本埠新闻"中报道了这一"议决"。①

章太炎是作为一个老光复会会员在与蒋介石政权作对。光复会与同盟会之争,陶成章被杀,同盟会在各地排斥、迫害、残杀光复会会员,这些恩怨,使得章太炎对孙中山始终不满,对蒋介石则尤为痛恨。而在对孙中山,对"民国",对蒋介石和蒋介石政权的态度上,鲁迅基本上与章太炎是一致的。鲁迅即便没有在组织上加入光复会,也在情感上、思想上认同光复会,这一点前面已经说过。所以,某种意义上,鲁迅也是站在光复会的立场上,对孙中山有所不满,对"民国"有所非议,对蒋介石和蒋介石政权心存憎恶的。

仅仅是陶成章被杀,就足以令鲁迅对蒋介石怨恨终身了。陶死后,鲁迅应该经常想起他,仅仅1926年春夏,便几次在公开发表的文章中提及他。

1926年5月,鲁迅写《为半农题记〈何典〉后,作》,本来与陶成章没有什么关系,但鲁迅忽然说起了陶成章:

> 想起来已经有二十多年了,以革命为事的陶焕卿,穷得不堪,在上海自称会稽先生,教人催眠术以糊口。有一天他问我,可有什么药能使人一嗅便睡去的呢?我明知道他怕施术不验,求助于药物了。其实呢,在大众中试验催眠,本来是不容易成功的。我

① 汤志钧编:《章太炎年谱长编》(增订本)上册,北京:中华书局,2013年版,第517—518页。

又不知道他所寻求的妙药,爱莫能助。两三月后,报章上就有投书(也许是广告)出现,说会稽先生不懂催眠术,以此欺人。清政府却比这干鸟人灵敏得多,所以通缉他的时候,有一联对句道:"著《中国权力史》,学日本催眠术。"

《何典》快要出版了,短序文已经迫近交卷的时候。夜雨潇潇地下着,提起笔,忽而又想到用麻绳做腰带的困苦的陶焕卿,还夹杂些和《何典》不相干的思想。但序文已经迫近了交卷的时候,只得写出来,而且还要印上去。我并非将半农比附"乱党",——现在的中华民国虽由革命造成,但许多中华民国国民,都仍以那时的革命者为乱党,是明明白白的,——不过说,在此时,使我回忆从前,念及几个朋友,并感到自己仍然无力而已。①

在这样的潇潇的雨夜,鲁迅想起了陶成章,满怀深情地回忆了陶成章。是对"中华民国"之现状的不满让鲁迅想起了陶成章,说起了陶成章。

1926年,鲁迅在《补白》一文中,有一段专忆陶成章:

清的末年,社会上大抵恶革命党如蛇蝎,南京政府一成立,漂亮的士绅和商人看见似乎革命的人,便亲密的说道:"我们本来都是'草字头'的呵。"

徐锡麟刺杀恩铭之后,大捕党人,陶成章君是其中之一,罪状曰:"著《中国权力史》,学日本催眠术。"(何以学催眠术就有罪,殊觉费解。)于是连他在家的父亲也大受痛苦;待到革命兴旺,这才被尊为"老太爷";有人给"孙少爷"去说媒。可惜陶君不久就遭人暗杀了,神主入祠的时候,捧香恭送的士绅和商人尚有五六百。

---

① 鲁迅:《鲁迅全集》第3卷,北京:人民文学出版社,1981年版,第305—306页。

直到袁世凯打倒二次革命之后,这才冷落起来。①

　　这简略地回忆了陶成章生前死后的荣辱变化,对陶成章的怀念和敬佩之情,溢于言表。

　　章导的《记先父母章太炎、汤国犁在抗战中二三事》一文这样开头:"先父在一九二八年以后,为陶成章被杀事,始终耿耿不忘,由此而遭到国民党上海特别市党部'通缉'。"②章导把章太炎与国民党,与蒋介石的冲突完全归因于陶成章被杀,固然有失偏颇,但陶成章被杀,的确令章太炎耿耿不忘;同样耿耿不忘的,还有鲁迅。章太炎、鲁迅对孙中山不满,对蒋介石痛恨,绝不仅仅因为陶成章被杀,但仅仅有陶成章被杀,就足以让章太炎、鲁迅不能完全原谅孙中山,终身憎恶蒋介石。

　　现在我们明白了,孙中山逝世一周年,鲁迅应约写了《中山先生逝世一周年》,以为纪念,但却终身不愿将此文收入文集的原因了。写这篇纪念文章,是因为鲁迅认为孙中山的确是值得纪念的伟人。而不愿将纪念文章收入集中,则说明鲁迅心中始终对孙中山存有芥蒂。在私人通信中说孙中山"足不履危地",是对孙中山的微词,但同时也隐含着将孙中山与陶成章对照之意。作为同盟会首领的孙中山"足不履危地",而作为光复会首领的陶成章则刀山剑树、出生入死,自然也曲折地表达了对光复会与同盟会的褒贬。

　　1927年4月,鲁迅在广州目睹了国共合作的破裂和国民党的清党。对国民党的屠杀共产党,鲁迅是十分义愤的。1927年5月6日,日本记者山上正义在广州访问了鲁迅,后来在《谈鲁迅》一文中记述了这天鲁迅的某种表现:

---

① 鲁迅:《鲁迅全集》第3卷,北京:人民文学出版社,1981年版,第102页。
② 章导:《记先父母章太炎、汤国犁在抗战中二三事》,见《追忆章太炎》(陈平原、杜玲玲编),北京:三联书店,2009年4月版,第117页。

在鲁迅潜伏的一家民房的二楼上同鲁迅对坐着,我找不出安慰他的言语。刚好有一群工人纠察队举着工会旗和纠察队旗,吹着号从窗子里望得见的大路上走过去。

靠窗外的电杆上贴着很多清党的标语,如"打倒武汉政府"、"拥护南京政府",等等,在这下面,甚至还残存着由于没有彻底剥光几天以前新贴的"联共容共是总理之遗嘱"、"打倒新军阀蒋介石"等意义完全相反的标语。

鲁迅望着走过的工会纠察队说:"真是无耻之徒!直到昨天还高喊共产主义万岁,今天就到处搜索共产主义系统的工人了。"给他这么一说,我发现那倒确是一些右派工会工人,充当公安局的走狗,干着搜索、逮捕左派工人的勾当。

从鲁迅的评语中,只能感到一种近乎冷峻、阴暗和绝望的东西。我只有默默地听着,而找不到一句安慰的言语。①

前面说过,1924年开始的国共合作,很像当初光复会与同盟会的"合作"。而国共的矛盾、冲突,也有些像当初光复会与同盟会的矛盾、冲突。今日的国民党,就是当初的同盟会。鲁迅目睹国民党对共产党的清除、屠杀,一定想到了当初蒋介石的杀陶成章和同盟会在各地对光复会员的排斥、迫害、杀戮,因而表现出冷峻、阴暗和绝望。

鲁迅对蔡元培的非议,也应该从光复会与同盟会的矛盾、冲突中找原因。蔡元培是光复会首任会长。在光复会与同盟会"合作"后,光复会的领袖人物章太炎、陶成章等很快与同盟会的孙中山一系发生尖锐的矛盾、冲突,最后陶成章被同盟会杀害,光复会会员在各地遭到同盟会迫害、残杀。而蔡元培却一直与同盟会保持良好的关系,同盟会成立后的几年间,担任同盟会上海地区领导人。这种与章太炎、陶成

---

① [日]山上正义:《谈鲁迅》,见《鲁迅回忆录》散篇下册,北京:北京出版社,1999年1月版,第1553页。

章等相异的作派，无疑令章、陶等人有所非议，也令鲁迅腹诽。这还是小事。最令鲁迅不能理解的，应该是蔡元培对国民党清党的支持。1926年2月初，蔡元培从欧洲归来。据高平叔编著《蔡元培年谱》和周天度著《蔡元培传》，1927年3月28日，国民党右派吴稚晖、李石曾、古应芬在上海召开国民党中央监察委员会常务会议，推举蔡元培为主席。会上，吴稚晖宣称"共产党员谋叛国民党"，提议对共产党进行弹劾，而蔡元培附和吴稚晖，主张"取消共产党人在国民党党籍"。吴稚晖的反共提案获得通过，常务会议委托吴稚晖拟具草案，提交监察委员会全体会议公决。这次监察委员会常务会议，把清党反共运动定名为"护党救国运动"。此后，蔡元培参与了国民党的一系列反共活动，在蒋介石与共产党和国民党左派的斗争中，明确地站在了蒋介石一边。1927年4月18日，蒋介石的南京国民政府成立，由蔡元培代表国民党中央党部授印，胡汉民代表国民政府接印。蔡元培并且发表演说，声称当时的武汉国民政府是"受共产党妨害"和俄国人操纵的"破坏政府"，表示应该消灭这个政府。6月20日至21日，蒋介石、冯玉祥等在徐州开会，决定取消武汉政府，驱逐共产党。蔡元培与李石曾、吴稚晖、张静江以国民党元老身份参加了会议。[①] 当蔡元培支持蒋介石时，正是章太炎在公开声讨蒋介石时。当蒋介石执掌国民党大权后，章太炎、蔡元培这两个光复会元勋表现出截然相反的政治姿态，而鲁迅无疑是站在章太炎一边的。蒋介石的清党，令鲁迅想到蒋介石当年对陶成章的刺杀和同盟会对光复会的迫害，因而义愤填膺，而蒋介石的清党，却得到蔡元培的支持，蔡元培甚至参与了策划。尽管在私人关系层面，蔡元培有恩于鲁迅，也仍然让鲁迅对蔡元培的行为看在眼里，厌在心里。也正是在国民党清党开始后不久，鲁迅在私人通信中表示与蔡元培"气味不相投"。鲁迅对蔡元培的不以为然，在1927年下半年发展到顶点。作为光复会的首任会长，作为陶成章的亲密师友，

---

① 周天度：《蔡元培传》，北京：人民出版社，1984年版，第258—260页。

蔡元培竟然与亲手杀害了陶成章的蒋介石携手合作，仅仅这一点，就令鲁迅对蔡元培心生反感。进入三十年代，蔡元培也成了蒋介石政权的批判者，并与宋庆龄、杨杏佛等组织中国民权保障同盟。同盟成立后，蔡元培亲自写信邀请鲁迅加入同盟，鲁迅欣然应允，二人的关系又变得亲密起来。

1928年11月，章太炎被国民党当局通缉。1930年，鲁迅因为参加自由运动大同盟也被国民党当局通缉。两个与光复会关系极深的人，在由同盟会变成的国民党治下，都成了通缉犯，命运颇为相似。这时候，鲁迅与章太炎虽然并无来往，但鲁迅是深切地怀念着章太炎的。1933年6月18日，在致曹聚仁的信中，鲁迅忽然说起了章太炎：

  古之师道，实在也太尊，我对此颇有反感。我以为师如荒谬，不妨叛之，但师如非罪而遭冤，却不可乘机下石，以图快敌人之意而自救。太炎先生曾教我小学，后来因为我主张白话，不敢再去见他了，后来他主张投壶，心窃非之，但当国民党要没收他的几间破屋，我实不能向当局作媚笑。以后如相见，仍当执礼甚恭（而太炎先生对于弟子，向来也绝无傲态，和蔼若朋友然），自以为师弟之道，如此已可矣。①

虽然章太炎晚年的表现令鲁迅"心窃非之"，但这并不影响鲁迅对他的敬爱。鲁迅提及了国民党对章太炎的迫害，而自己也正受着同样的迫害。1936年6月14日，章太炎病逝苏州，各种新闻报道和悼念文章，都只说章太炎在"国学"研究上的巨大成就，"朴学大师"成了章太炎唯一的头衔。针对此种状况，鲁迅于十月九日扶病写了《关于太炎先生二三事》，强调"战斗的文章，乃是先生一生中最大，最久的业绩"②。10

---

① 鲁迅：《鲁迅全集》第12卷，北京：人民文学出版社，1981年版，第185页。
② 鲁迅：《鲁迅全集》第6卷，北京：人民文学出版社，1981年版，第547页。

月17日,又开始写《因太炎先生而想起的二三事》。这篇未完的文章中,提及了章太炎当年与吴稚晖的激烈论战。在回顾了章、吴二人当年的笔战后,鲁迅说:"这笔战愈来愈凶,终至夹着毒詈,今年吴先生讥刺太炎先生受国民政府优遇时,还提起这件事,这是三十余年前的旧账,至今不忘,可见怨毒之深了。"①吴稚晖在1936年1月1日出版的《东方杂志》第三十三卷第一期上,发表《回忆蒋竹庄先生之回忆》,为其在辛亥革命前受到章太炎指摘、攻击的行为辩护,并对章太炎大肆辱骂:"从十三年到今,我是在党里走动,人家看了好像很得意;他不愿意投青天白日的旗帜之下,好像失意"。这是说,自1924年以后,吴稚晖与章太炎彻底分道扬镳。吴稚晖是1905年加入同盟会的会员,当年章太炎与吴稚晖之争,某种意义上是光复会与同盟会之争的一部分。1924年后,吴稚晖在由同盟会变成的国民党中"走动",而章太炎与国民党挥手告别。吴稚晖接着说:"今后他也鼎鼎大名的在苏州讲学了,党里的报纸也盛赞他的读经主张了。说不定他也要投青天白日旗的下面来,做什么国史馆总裁了。"②

  吴稚晖重算三十余年前的旧账,对章太炎尽情嘲骂。当年的章太炎,在论战中嬉笑怒骂、所向披靡。如今,一来早无与人论战兴趣,二来身体状况也很差。吴稚晖应该是知道章太炎已无心和无力应战,才旧事重提。但鲁迅看不下去了。写了《关于太炎先生二三事》后,又写《因太炎先生而想起的二事》,原因之一,就是要代替章太炎应对吴稚晖的挑战。鲁迅想起的二三事中,就有吴稚晖当年的滑稽表现、丑恶行径。不妨说,鲁迅代替章太炎狠狠地回击了吴稚晖。可以说,鲁迅是作为学生在替老师应战;也可以说,鲁迅是作为一个当年同情、认同光复会的人,在替过去的光复会会员回击过去的同盟会会员。可惜,这篇《因太炎先生而想起的二三事》,鲁迅未写完便也离开人世了。

---

① 鲁迅:《鲁迅全集》第6卷,北京:人民文学出版社,1981年版,第558页。
② 汤志钧编:《章太炎年谱长编》(增订本)上册,中华书局,2013年版,第559页。

林辰在《鲁迅曾入光复会之考证》中说："至于他后来常常用那么亲切的笔触去述说那'用麻绳做腰带的困苦的陶焕卿',他对章太炎的终生敬礼不衰,我想,这都和入光复会有关,决不仅是什么单纯的'同乡'或师生关系所能解释的。"[①]一定要说鲁迅曾经加入了光复会才对陶成章、章太炎终生怀着深情,未免胶柱鼓瑟了。重复一次前面已说过的话:鲁迅是否在组织上加入过光复会,并不重要,重要的是,他在当年是同情、认同光复会的,当光复会与同盟会发生争执、势同水火时,是站在光复会一边的。而这,对鲁迅终生都有着影响。

---

① 林辰:《鲁迅曾入光复会之考证》,收入《鲁迅史料考证》,石家庄:河北教育出版社,2002年5月版。

中国现代文艺批评"人民话语"的生成与重构

黄 键

晚清民初以来,在中国近现代思想论说中,"民众""国民""人民""大众"一类概念与话语无疑构成了极为重要的层面。可以说,这类"人民"话语的生成、建构与转型在很大程度上构成了中国现代思想文化演进的表征,同时也塑造了中国思想文化话语形态极为重要的方面。

一

可以说,晚清以"新民"为主导论说的"民众"话语,建构了中国近代启蒙思潮的基本形态。在这一话语系统中,"民"被描述成亟待新派精英士大夫教化与重塑的一个数量庞大而政治与文化素质低下的群体。在梁启超等人所规划的社会启蒙工程中,文学——主要是小说——占据了举足轻重的地位,身为作者的文学知识分子便必须承担起教导作为读者的中国社会全体成员的责任。这种作者与读者、启蒙者与被启蒙者的关系显然是不平等的,在很大程度上,承继了中国传统的士大夫与下层小民之间的教化与被教化的关系,而由梁启超等人所发起的对包括小说在内的俗体文学地位的提升运动,在很大程度上正是要重新构造这一新的精英与草根、作者与读者之间的教化与被教化的文体平台。

晚清知识分子对于俗体文学的重视延续至"五四",终于成为胡适与陈独秀文学革命思想的重要成份。但是与此同时,这一成份也发生了某种微妙的变化。当时知识分子在渐形澎湃之势的平民意识的裹挟之下,周作人于1918年提出的"平民文学"的概念,标示着"平民"已经成为一个凝聚现代中国人在政治与文化方面的主要诉求的范畴。

同样指涉的是经济、政治、文化的下层群体,与晚清知识分子笔下的"民"仅仅是被教育与引导的对象、读者不同,"五四"的"平民"更是一个文学主体精神的象征符号,囊括了当时知识分子的社会文化理想与文学精神。周作人在《平民文学》中说:"我们说贵族的平民的,并非说这种文学是专做给贵族或平民看,专讲贵族或平民的生活,或是贵族或平民自己做的。不过说文学的精神的区别,指他普遍与否,真挚与否的区别。"①显然,"贵族"与"平民"在这里已经超离了具体实存的社会阶层群体,而成为一种精神符号。这两个概念所指涉的已经不是作为具体读者或者作者乃至书写对象的实际社会阶层,而是作者所秉持的文学精神。可以说,这样的设定所体现的正是当时知识分子自我身份认同。周作人认为:"平民文学应以普通的文体,写普遍的思想与事实。……普通的男女是大多数,我们也便是其中的一人,所以其事更为普遍。"②这里着重强调的并不是"平民"作为社会底层群体的特征,而是其"普通"与"多数",正是在这个意义上,作为文化精英的知识分子作者得以实现其作为"平民"的自我身份确认:"既不坐在上面,自命为才子佳人,又不立在下风,颂扬英雄豪杰,只自认是人类中的一个单体,混在人类中间,人类的事,便也是我的事。"③正是通过这种"普通人"意识,知识分子的自我意识与人道主义的普世情怀融合为一,获得了某种正当性,于是,这种表达所谓"平民精神"的"平民文学"实质上

---

①②③　周作人:《平民文学》,《每周评论》,1919年1月19日第5号。

的精英性也就可以堂而皇之地得到认可:"平民文学不是专做给平民看的,乃是研究平民生活——人的生活——的文学。……凡是先知或引路的人的话,本非全数的人尽能懂得,所以平民的文学,现在也不必个个'田夫野老'都可领会。"①这种作者身份的自我认定甚至可以拒绝实存的"平民"作为现实读者的可能性。

周作人的这些论述,正透露出,所谓"平民文学",究其实质,仍然是知识分子的精英文学,尽管文学知识分子们高扬"平民"的大旗,但是,此"平民"并非彼"平民",作为承载知识分子心目中的应然的"平民意识"的前者与作为实然的"平民"的后者之间仍有着难以弥合的距离。如果说这种距离在1918年的周作人那里显得无关宏旨的话,那么到了1920年代之后,这两种"平民"之间的距离就使得知识分子们感到了深深的困扰。

"五四"知识分子多少都受到西方浪漫主义一系的现代文学观念的影响,在他们的心目中,作者自我的自然流露是文学之为文学的基本条件与法则。俞平伯与许多"五四"知识分子一样,将民间文学视为文学的典范形态,他极度推崇民间文学——"做诗原是自己发抒所要说的,不得不说的话,博心理上一种痛快安慰……我平素很喜欢读民歌儿歌这类作品,相信在这里边,虽然没有完备的艺术,却有诗人底真心存在。"②总而言之,因其真实自然,民间文学总是好的。于是可得结论:"艺术本来是平民的"③,"平民性是诗主要素质。"④很显然,俞平伯的观念颇具代表性,对于相当一部分"五四"知识分子来说,"平民"或"民众"构成了一个具有救赎意义的符号,承载与寄托了他们对于文学的主要的价值诉求,成为引领他们摆脱当下的知识分子文学危机的精神标杆。但是,与此同时,一旦面对现实中的"民众文学",他们仍然不

---

① 周作人:《平民文学》,《每周评论》,1919年1月19日第5号。
② 俞平伯:《诗底自由和普遍》,《新潮》,1920年第3卷第1号。
③④ 俞平伯:《诗底还原底进化论》,《俞平伯全集》第3卷,石家庄:花山文艺出版社,1997年版,第542页、第549页。

禁要发出慨叹:"近代通俗读物里,能称为文学的绝少。看了刘半农底《中国下等小说》一文,知道所谓下等小说底思想之腐败,文字之幼稚,真不禁为中国民众文学前途失声叹息!"①1922年,茅盾在《小说月报》上回复读者来信时甚至直白地写道:"要晓得民众的鉴赏力本来是低的,须得优美的文学作品把他们提高来。——犹之民众本来是粗野无识的,须得教育的力量把他们改好来。"②于是,我们看到,在"五四"知识分子建构的关于"民众"的话语中潜藏着一种知识分子与民众的关系悖论,作为作者的"民众"成为知识分子的救赎者的同时,作为读者的"民众"却成了亟须他们救赎的对象。

　　这一关系悖论产生的根本原因,在于现代中国的思想现代性与社会现代性发展的不同步。对于中国知识界来说,于"民众"话语的建构实际上是建构中国国家与社会现代性的一种工具性手段,在"平民""民众"等符号中蕴含着"平等""民主"等现代社会主流意识形态观念。在西方社会,这些现代性观念是随着国家与社会现代性的成长而同步或者渐进生成与成熟的,而在近现代中国,这些由知识分子迅速引入的现代观念显然远远超前于中国社会现代性的成长步伐,造成了中国社会的思想现代性在相当范围与程度上超前于社会现代性的状况,于是,对于知识分子来说,思想现代性就成为引领与建构社会现代性的愿景与手段。因此,中国现代知识分子一方面膜拜着体现思想现代性的"民众"与"平民"的观念符号,另一方面又企图去启蒙与拯救远远落后于这些观念符号的实存的中国"民众"。在讨论"民众文学"问题的过程中,许昂诺所说的一段话可以说真正揭示出了其中消息:"试想共和的国家以民众为本位,而民众思想的基础,乃建筑在海淫、海盗、佞鬼神、养成奴隶性的小说曲本上面。闭目一想,真使人不寒而栗!……挽救的方法,就是重新改造民众心理,亦就是将旧有的小说

---

① 朱自清:《民众文学谈》,《朱自清全集》第4卷,江苏教育出版社,1996年版,第28页。
② 雁冰:《怎样提高民众的文学鉴赏力?》,《小说月报》,1922年8月10日第13卷第8号。

曲本等等的势力根本推翻,重付以新生命。"①——够格的"民众"才是现代国家的本位,无奈现实的"民众"不够格,故而必须改造。

二十年代末之后,在左翼作家的"大众"话语中,知识分子与民众的这一关系悖论继续困扰着他们。在左翼作家的描述中,大众读者的形象仍然充满了矛盾。一方面,作为革命的主体阶级,工农劳苦大众被视为真理与革命的根基与源头,这一观念在来自托尔斯泰的《艺术论》等民粹主义倾向的理论与列宁等苏俄理论家关于文学"人民性"问题的经典论述的支持下显得无可争议,但是,另一方面,对于大众实然的思想状况与文化艺术趣味的不满与批判在左翼作家这里仍然延续,"五四"知识分子对于"大众"的启蒙意图在相当一部分革命知识分子那里甚而变得更加强烈与理直气壮。1928年,在"革命文学"论争中,郭沫若直截了当地要求革命文艺青年"接近工农群众去获得无产阶级的精神",要当无产阶级的"留声机器",因为,"那种声音是那大地最深处的雷鸣",但是"无论你如何接近那种声音,你终归不是那种声音"②,1930年,瞿秋白在《普洛大众文艺的现实问题》一文中一方面反对"提高大众的程度"说法,认为知识分子作家"不配"群众去"高攀"他,另一方面,又认为劳动群众所熟悉与喜爱的文艺作品中充斥着封建的与资产阶级的意识形态。而曾经宣称要做工农群众的"留声机器"的郭沫若到了1930年又以不容置疑的口气宣称:"你不是大众的文艺,你也不是为大众的文艺,你是教导大众的文艺! 你是先生,你是导师,这个责任你要认清!"③而要完成这一任务似乎并不困难,就是写出通俗到大众看得懂的作品,郭沫若甚至宣称:大众文艺"通俗到不成文艺都可以。"④似乎只需"通俗"就足"可以"应付"大众",文艺不文艺已经不需要费心考虑了。

---

① 贾植芳等编:《文学研究会资料》,河南:河南人民出版社,1985年版,第220页。
② 郭沫若:《留声机里的回音》,《"革命文学"论争资料选编》,北京:人民文学出版社,1981年版,第216—218页。
③④ 郭沫若:《新兴大众文艺的认识》,《大众文艺》,1930年第2卷第3期。

正是在有关"通俗"的问题上,左翼文艺大众化运动中的文学批评话语呈现出某种矛盾的状况。尽管相当一部分左翼作家们都从阶级分析的角度将"五四"以来的新文学所使用的知识分子文体判定为资产阶级文化而对之持否定态度,但是,对于这些由"五四"新文学哺育成长起来的一代文学知识分子来说,"五四"的新文学惯习已经成为他们的文化思维的一部分,尽管在理智上努力从左翼政治意识形态的立场对"五四"新文学进行批判,但是,新(文学)高旧(文学)低的文学价值判断已成为他们无意识,因此当他们出于政治意识形态的功利目标而企图将大众读者设定为自己的读者的时候,他们不得不怀着一种俯就与权宜的心态去利用这些为大众读者所熟悉与喜爱的传统文学形式。就如沈端先所认为的,这些大众形式只是为了使群众能够接受革命意识形态"药料"而使用的"糖衣"而已。①

出于同样的心理,在1940年前后关于"民族形式"的论争中,包括茅盾、郭沫若在内的国统区的大多数左翼文艺知识分子都非常肯定地认为向林冰以民间形式为"民族形式"的"中心源泉"的观点是"不大正确"的。以"民族形式"的名义提升"旧形式"地位的思路受到了国统区左翼文艺知识分子的普遍抗拒,甚至被冠以"新国粹主义"的恶名。对于相当一部分知识分子来说,"五四"传统是他们无法放弃的文学正当性之源,在这一传统中,知识分子享有崇高的文化主导地位,而作为读者的"民众",则是他们启蒙或者教育的对象。如果如向林冰所说,以民间文艺形式为"民族形式"的主导,则意味着知识分子所习惯的文艺价值秩序都将被倒转,而要求知识分子在历史发展与文艺创造上从属于实存的"人民大众",并对于"人民大众"的文艺创造力与欣赏力绝对信赖。对于当时身处大都市的革命知识分子来说,要接受这些无疑有些困难。

---

① 沈端先:《文学运动的几个重要问题》,《拓荒者》1930年第1卷第3期。

二

　　直到《讲话》发表与延安整风运动之后,知识分子与民众之间的这种悖论式关系才得以改变。延安整风运动,有效地对知识分子的文化价值观念实行了结构重组,使人民大众——即工农兵群众的文化惯习占据了革命文艺的正统地位,长期以来困扰左翼文艺界的"文艺的大众化"与"高级文艺"的关系问题被毛泽东从阶级意识形态的角度干脆利索地解决了:"我们的文艺,既然基本上是为工农兵,那末所谓普及,也就是向工农兵普及,所谓提高,也就是从工农兵提高。用什么东西向他们普及呢?用封建地主阶级所需要、所便于接受的东西吗?用资产阶级所需要、所便于接受的东西吗?用小资产阶级知识分子所需要、所便于接受的东西吗?都不行,只有用工农兵自己所需要、所便于接受的东西。"[①]

　　当"工农兵自己所需要、所便于接受的"成为具有政治正确性意义的标准的时候,占根据地人口最大多数的农民所喜闻乐见的民间文艺形式无疑获得了当然的合法性与优先性。将周扬这个时期的观点与1940年发表的《对旧形式利用在文学上的一个看法》一文相对照就很容易看出他的转向。在1940年,他还强调"必须以新形式为主",而在这个时候,他却说:"实在说,在新文艺工作者的脑筋里,洋教条不是太少而是太多,民间艺术不是太多而是太少。"[②]

　　相对于"民族形式"论争中大多数论者都对民众的艺术趣味抱持怀疑与保留态度不同,《讲话》后的延安文艺界显示出对于民众的艺术才能极度的尊崇。周扬宣称:"群众有卓越的创造才能。我们必须信任他们的才能。群众有自己的文艺传统,又受过新文艺的影响,自己

---

① 毛泽东:《在延安文艺座谈会上的讲话》,东北书店,1948年版,第13页。
② 周扬:《表现"新的群众的时代"》,《周扬文集》第1卷,人民文学出版社,1984年版,第451页。

多少有一些文艺的经验,我们必须尊重他们的经验。特别是群众固有的文艺形式,我们必须特别予以重视。"①

"人民"成为了文艺的至高无上的主体,也成为文艺的、当然的、几乎是唯一合法的受众,成为判定文艺价值的最高标准。可以说,中国文艺的"人民话语"已经生成,在当时以及此后相当长的时间中,它对中国文艺施加的影响,无论如何估计都不过分。

但是,这一"人民话语"并不单纯。可以说,它实际上是一个集党、民众与知识分子文化协作的话语平台。

《讲话》之后,"与工农兵相结合"成为知识分子自我改造运动的一个指令性口号,知识分子的思想、情感、文学趣味,被要求完全"工农化"。延安的新秧歌运动可以说就是知识分子走向工农兵群众的一次努力。而周扬等延安文艺理论家对于这一运动的描述与评价,可以说是"人民话语"在文艺批评领域的一次典型运作。

周扬大力褒扬的是新秧歌的"群众性",认为新秧歌是"既为工农兵群众所欣赏而又为他们所参加创造的真正群众的艺术行动"②,新秧歌所表现的是"新的群众的时代"。周扬在论述中指出,新秧歌是一种经过改造的农民群众的艺术形式,而群众对于新秧歌的接受正反映了农民对于共产党的阶级斗争观点的认可与接受,反映了农民的政治观念与欣赏趣味的进步。周扬指出,农民将新秧歌称为"斗争秧歌",正体现了农民对于新秧歌中的政治内容的接纳:"新秧歌取消了丑角的脸谱,除去了调情的舞姿,全场化为一群工农兵,打伞改用为镰刀斧头,创造了五角星的舞形,这些不都是'斗争秧歌'的鲜明标志吗?这种改革虽是由知识者开始的,现在却已经变成群众的了。"③在周扬看来,新秧歌已经成为了一个艺术平台,通过这个平台,作为作者的文艺

---

① 周扬:《谈文艺问题》,《周扬文集》第1卷,人民文学出版社,1984年版,第505页。
②③ 周扬:《表现新的群众的时代》,《周扬文集》第1卷,人民文学出版社,1984年版,第439页、第441页。

知识分子与作为受众的农民协同表达了对于革命政治意识形态的认同，最终这个由知识分子创造的意识形态的象征符号已经成为"新的群众"——人民的表现形式。

但是，在周扬的描述中，一个极为重要的角色——党的干部在新秧歌的产生与推广之中所起的重要作用被有意地隐去了。据张庚回忆，新秧歌运动的发起恰恰与周扬有着直接关系。正是由于周扬提出的工作要求——"不但要让老百姓懂得所宣传的内容，而且还要让他们爱看"①，才使得鲁艺的艺术工作者们从民间文艺形式中去寻找资源。同样，对传统的旧秧歌的改造，也是起因于周扬的批评与授意："秧歌队胜利回来，周扬同志就召集开会总结……他指出我们的秧歌是新秧歌，要表现新时代的人物；旧秧歌有许多丑化劳动人民的地方，我们必须抛弃。"②

显然，作为中共主管文艺工作的高级干部，周扬的意见无疑在鲁艺文艺工作者改造传统秧歌的工作中发挥了指导性与决定性的作用。在《白毛女》的创作中亦是如此，在这期间，中共中央书记处甚至特别向创作人员发来文件，对剧情安排提出具体的修改意见。可以说，正是通过周扬这些干部的尽心履职，中国共产党的政治意识形态与政策的要求才顺利地贯彻到了延安文艺知识分子的创作活动中，使得延安文艺成为对农民宣说党的政治意识与政策的一种通道。

但是，在这里，周扬等人所执行贯彻的党的政策意志往往通过"人民"的话语形式进行表述。事实上，在中共乃至毛泽东的话语中，党性与人民性这两者几乎是重合的，毛泽东在《讲话》引言中说："我们是站在无产阶级的和人民大众的立场。对于共产党员来说，也就是要站在党的立场，站在党性和党的政策的立场。"③显然，无产阶级的立场就是

---

①② 张庚：《回忆〈讲话〉前后"鲁艺"的戏剧活动》,延安文艺回忆录》（克恩编）,北京：中国社会科学出版社,1992年版,第173—174页、第175页。
③ 毛泽东：《在延安文艺座谈会上的讲话》,东北书店,1948年10月再版,第2页。

人民的立场，也就是党的立场。在左翼政治传统中，这三者是同一的。而事实上，中国共产党通过土地革命政策，将农民的利益和党的政治纲领与革命理想相统一，从而获得了农民的拥护与支持，终于整合起巨大的资源，取得了革命战争的最终胜利。可以说，毛泽东对于党性与人民性的一致性的自信并非无因。通过整风运动，中国共产党成功地使文艺知识分子服膺于党所建构起来的人民话语，承认个人话语的非正当性，在"为工农兵服务"的旗帜下，按照党的政策意志来构建"人民的文艺"。

可以说，以阶级意识形态为基础，通过革命战争、土地革命以及整风运动的政治实践，以党的革命纲领与策略整合并重塑现代知识分子的"民众"想象，延安文艺的"人民话语"终于锻造成形，并在建构中国国家现代性的过程中发挥了巨大的动员力量。

于是，在延安文艺理论话语中，"人民"成为一个崇高的意识形态符号，成为文艺舞台上照耀一切的太阳。这个太阳是政治正确性的根源，不会有任何的阴影，知识分子与民众的关系悖论自然不再存在。

人民永远是正确的。于是，在不少作品——如《白毛女》等的创作中，大量征集并按照党组织与群众（观众）的意见来修改作品成为当时一种颇为通行的常规。而作品的优劣好坏则往往与是否采取了"群众观点"直接相关，赵树理正是这样一个范例。赵树理之所以在周扬那里得到"人民艺术家"的高度评价，很重要的一点，就是赵树理写作上的"群众观点"。显然，赵树理是以农民为隐含读者的，而这种写作的方式，包含着对于"人民"的政治正确性的信任与肯定："他把每个人物或事件在群众中的反映及所引起的效果，当作他观察与描写这个人物或事件的主要角度。农村的事情，还有谁比农民了解得更深切，更透澈的吗？……群众的意见总是正确的。"①

---

① 周扬：《论赵树理的创作》，《论赵树理的创作》，东北书店，1949年版，第13页。

新中国成立后,由于"冷战"的国际政治背景,也出于稳定与强化国家政权的需要,更重要的是,无产阶级意识形态作为由革命战争中浴火重生的新中国的政治合法性的基石,具有不可动摇的地位,以阶级意识形态为基础的人民话语在新中国文艺批评话语中的地位由此得到了进一步确认。因此,一切文艺创作都必须以工农兵的阶级意识形态标准进行衡量,在此标准之下,不仅表现为被划归小资产阶级的知识分子的思想与情感的作品往往要受到批判质疑,对于劳动人民——工农兵人群——的负面表现更是绝对不容许的。这种以阶级意识形态为基础的"人民话语"最终使得中国当代文艺创作走向了内容与形式单一,思想观念狭窄的死胡同。从新中国成立以来的文学史来看,这样的教训显然并不少见。

1950年,赵树理主编的《说说唱唱》上发表的小说《金锁》激起了一场不大不小的争论。显然,《金锁》的主人公性格让许多人感到困惑甚而无法接受,小说中写到金锁是一个受过压迫的人,"似乎说明他是一个劳动人民",但是他的市侩鄙俗的人生哲学与言行,又让一些读者认为"和劳动人民的性格有点不相合"。①邓友梅等人认为小说对金锁的描写是对劳动人民的诬蔑,"希望作者对作品对人民负责,做一下必要的修改。"②

赵树理则持有不同意见。他认为这篇小说对农村的描写是真实的,并指出:"有些写农村的人,主观上热爱劳动人民,有时候就把一切农民都理想化了,有时与事实不符,所以才选一篇比较现实的作品来作个参照。"③

赵树理的观点是基于自己的农村生活经验,当然是有道理的。但他完全忽略了,"人民"在这时已经成为一个崇高的政治符号,承载着党和革命知识分子对于政治正确性的诉求,关于金锁的争论,重点并

---

① 陶君起整理:《读了〈金锁〉以后》,《文艺报》,1950年2月5日第2卷第5期,第15页。
② 邓友梅:《评〈金锁〉》,《文艺报》,1950年2月5日第2卷第5期,第15页。
③ 赵树理:《〈金锁〉发表前后》,《文艺报》,1950年2月5日第2卷第5期,第17页。

不在于金锁这种人物在现实中是否真实存在,而是"人民"应该是什么样的——或者说,应该被表现为什么样的。一个中学教师读者的观点很能说明问题:"小说中的主角,应该选择好的典型,使读者得到教育。……农村中个别乱七八糟的事情是有的,但无原则的写出来,是会起副作用的。"[1]在这样的压力下,赵树理也多少认识到了问题的所在,他写了《对〈金锁〉问题的再检讨》,在多家报刊上发表,承认自己错了,并说"指导我作这样辩护的思想是自己有个熟悉农村的包袱。"[2]——"熟悉农村"已经成了包袱,足见操持着"人民"话语的读者所要求的,并不是对于现实生活的真实刻画,而是符合某种崇高政治理念的宣示。

三

新中国成立后中国文艺评论所标举的"人民性"话语很大程度上来源于从别、车、杜到俄苏马列文论传统,但同时也是晚清与"五四"以来"人民话语"建构的历史与理论的双重逻辑惯性造成的结果。尽管"人民"的概念具有其历史的流变性,但是这一概念的内涵往往指向人群中的大多数,并内含劳动伦理与公平正义等价值追求,而这一话语的建构体现的正是文学人对于大多数人的生存境况的关注,对于社会进步与正义的追求。在现代中国,人民话语的建构更从思想与观念上支持了国家与社会的现代性建设。从这个角度看,人民话语的建构必定是一项开放性的未完成的工程,随着国家与社会现代性建设的进展,必须做出相应的调整与应对。中国现代人民话语中所包含的知识分子与民众的关系悖论与社会文化发展阶段的局限性所导致的物质与精神资源分配不均衡密切相关,这一悖论关系体现的也正是知识分

---

[1] 常佳东等:《读者对于〈金锁〉的看法》,《文艺报》,1950年第2卷第8期,第17页。
[2] 赵树理:《对〈金锁〉问题的再检讨》,《文艺报》,1950年第2卷第8期,第15页。

子所操持的思想现代性与整体社会现代性之间的巨大差距,现代中国通过以阶级意识形态为基础来建构人民话语,将知识分子与下层民众一起整合在党的政治领导之下,以实现国家现代性的目标。而随着新中国的建立,尤其是改革开放以及二十一世纪以来中国社会的发展,中国社会现代性建构的主题已经不再是阶级的对立与斗争,而是国家、社会与全体社会成员个人的发展,是不断增加全社会的物质财富与精神文化财富,以满足全体社会成员日益增长的物质需求与精神文化需求。在这样的社会语境之下,人民话语若是要继续为中国国家与社会的现代性提供助推,就必须进行结构性调整。

而随着新技术革命与新经济的模式的形成,即使是在物质财富的生产领域,智力劳动相对于体力劳动的重要性与比重也大幅上升,而且构成了未来先进生产力与社会进步的引领性力量,在这种情况下,人民的外延与构成必定发生变化,我们很难想象,从事脑力劳动以及知识产品的创造的都市白领与技术人员这些在现代经济社会结构中占据重要位置,甚至引领先进生产力方向的人群不被归入人民的范畴。而受教育人群的比例大幅提高,知识精英和大众读者之间的距离已经大大缩小,甚至,由于网络与自媒体的发展,作者群体与读者群体之间的壁垒与鸿沟已经趋于消解,参与文学写作活动的人群比例也比过去有了极大的提高,而且,经过长期的现代思想的启蒙与教育,现代思想理念已经越来越被社会各阶层大多数人共同认可,至少,对于大多数社会成员来说,都是可以获取与理解的思想资源。在这种情况下,以前难以消弭的知识分子与民众之间的关系悖论也将随着社会的发展而趋于消除。因此,新时代的人民话语必须超越原来的阶级意识形态的视角,而更应该强调公平正义以及一切关于社会进步的价值取向,不仅关注底层人群的利益诉求,更应包容与反映最广大、最多元的社会成员的利益、趣味与需求,直至关怀整个人类命运共同体的生存境况。

所有这些,都是为了持续推进整个社会的现代性发展,是为了使社会现代性的阳光能够照进社会的每一个角落,使最广大的社会成员都能够在公正的前提下享受社会进步的发展红利,实现自我发展的理想与目标。而这正是"人民"概念的题中应有之义。

(作者单位:福建师范大学文学院)

谈师陀《荒野》原著与修改稿的差异

慕津锋

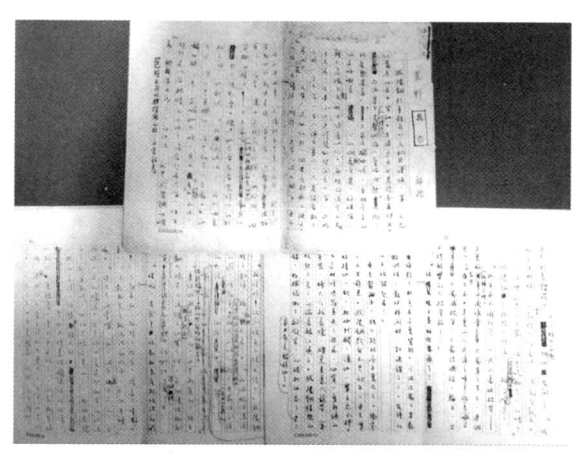

《荒野》原稿

1943年7月1日,师陀小说《荒野》开始在柯灵主编的杂志《万象》上连载。"师陀"即"芦焚",原名王长简,这是"师陀"作为笔名第一次出现在刊物上。(师陀在一次采访中,曾讲起该笔名的寓意:"我所师的其实是高地或小丘陵,表示胸无大志。"[①])1945年6月,柯灵

---

① 刘增杰编:《师陀研究资料》,《师陀谈自己的生平与创作》,北京:北京出版社,1984年版,第184页。

被日军逮捕,《万象》被迫停刊,师陀也终止了该小说的创作。此时,《荒野》已发表十五章。之后,师陀未再续写此文,《荒野》遂成为一部未完稿。

小说《荒野》讲述了白沙集土匪头子顾二顺与穆家寨"娇姐"动人的爱情,以及婚后顾二顺不被岳母接受而引起的家庭痛苦与矛盾,最后因内奸告密,顾二顺被官府设计抓捕的悲剧故事。对于该小说,师陀后来很少谈及,也未将它收入自己的任何著作集中。直到2004年9月,由刘增杰编校,河南大学出版社出版的《师陀全集4》(长篇小说卷)才将其作为师陀长篇小说之一收入。

一、《荒野》修改稿的两章内容

二十世纪八十年代中期,师陀将创作于1943—1945年,仅存第十四、十五章,共28页的《荒野》手稿(文物编号:DG010012)捐赠中国现代文学馆。2010年11月,中国现代文学馆编纂的《中国现代文学馆珍品大系·手稿卷》曾收录该稿。不久前,笔者在中国现代文学馆手稿库中,又发现了一部师陀本人用蓝黑色墨水书写在蓝色稿纸上的《荒野》修改稿第一、二章,共6页。

第一章,师陀从县衙罪犯卷宗引出小说男主人公"顾二顺"。随

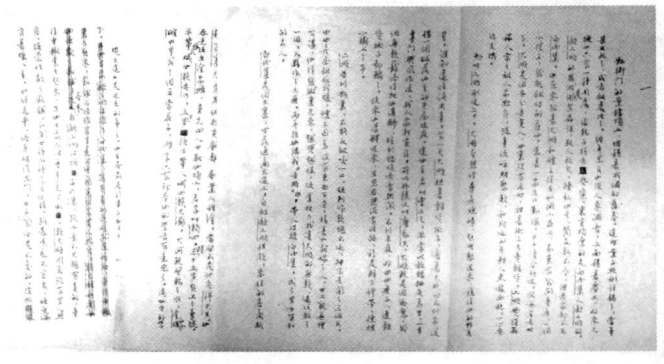

《荒野》修改稿

后,开始讲述顾大顺为何自杀以及二顺如何成为土匪。后,又从"白沙集"引出了"穆家寨"中的赖大爷、赖大娘、娇妹一家。

  县衙门的案档顶上,堆积着成捆的旧卷。这些案子照例注销了,当事甚且死了,或者被处决了。经年累月也没人来调看,上面积着尘土,收来大概也只有一种用处,给耗子拉去垫窠。里实顶厚的是白沙集人顾二顺的。顾二顺的罪状是绑架奸淫,杀人放火,扰乱地方,简直数不尽,但老家却不在白沙集。他原来跟着大顺和嫂子住在一个小庄上,家里有几间草房,一个小院子,几亩祖传的薄地。靠着一家三口勤俭,日子凑合能过。父母全去世了。大顺是个安分老实人,地里没有活时,担着挑子去卖杂货。二顺觉得庄稼人常常被人家欺负,没事便呼朋聚类,和附近的年轻人东游西逛,一心要做光棍。

  那时二顺刚过二十。大顺本想给寻房媳妇,赶快娶进来,稳住他的野马星。谁知道活该出事。有一天大顺担着杂货挑子,看着天晚回不到家,便借一个破落地主的牛屋过夜。这地主名叫曹又之,平常以放赌抽头为生,一生专门兴风作浪,找人家打官司,所以外号又叫磨动天。大顺既是个乡愿,几个无赖笼络住把他灌醉,拉到赌场去看热闹,不到半夜,将田地房子,连杂货挑子都输了。后来他清醒过来,左思右想没有活路,于是解下裤带,捡棵小树上了吊。

  二顺告到县里,不料反被咬一口,硬判作赖账不还,押下去关了三个月。田地房屋被折成账,嫂子因为没有东西可守,接着也就嫁了人。世上既无理可讲,他从监狱里出来,越想越恼,便拿把刀找害大顺的无赖,逮住杀了一个,入伙做了土匪。两年后他混成"老将",带人占据白沙集,成了男女皆知的名人。

  白沙集是个土寨,坐落通商大道上,自被顾二顺占领,来往的客商断了。他于是租下大街上的骡马店,作他的巢子,人平常称

61

为司令部。土寨占着三不管,形势本来险要,又邻一条大干河,在前清就以人命盗案出名。大河本身有十来里宽,几百年前河水改了道,剩下的尽是黄沙。年长日久,人只管它叫大河,早把名字忘了。只有一件事不容忘,因为河底没有东西遮掩,冬天春天照例起大风。干燥的沙土飞起来,河岸被吹走,两岸的田地,年复一年给毁坏了。到现在打横走已经超过七八十里,一望但见沙土,穷荒的庄子,被沙土埋了树和房屋。为防风灾起见,人到处栽上河柳,围住能耕种的田地。因此到了春天,上天乐生无私,虽是飞沙不毛的地方,绿色还照样生出来。那时走路成了苦事,在昼夜统治着大地的荒寂中,脚下是大把深的流沙,四面是整天走不出去的河柳,连老鸹都难得看见。偶然有人在柳树间种西瓜,上面落了一层尘土,走路的时候可以摘下来解渴。

白沙集就藏在这些河柳里头。据说寨墙是"长毛"时垛起来的。其实远在清朝以前,假使把白沙集人的祖宗掘起来,他们会证明明朝曾安过税卡,徐达两征时下过大营,张献忠就在这里全军覆没。寨后是一列沙岗,大风积无数岁月吹来的,终年光秃秃的,看上去像小山岭。出寨往东走,大路通过河身。河底上不长庄稼,只有低洼的地方,山春柳和茅草一片一片的,秃子头发似的自己生出来。正常人走不到,狐狸便趁夜间跑出来,雁有时飞得累了,也大胆的落下来歇脚。过河有三四间草房,临了大路,独独的坐落在荒野上。

无论谁都会奇怪,虽是这么个可怜的地方,人家却管它叫穆家寨!穆家寨本来是个打尖饭铺,创业人姓金,当然不是什么穆天王。他原先住在金家滩,弟兄四人中数他顶小,名字叫赖四。从三十五岁起上了尊号,平辈总喊他赖老四,五十岁后下辈人喊他赖大爷。大河既然干了水,金家滩也早成了平常庄子,滩字只有对本地的学者有意思了。这地方的学者正和别处的一样,勤恳的搜集了许多材料,说话从不肯后人。比方白沙集油行的掌柜罢,他就能告诉你当初赖大爷的浑劲。赖大爷那时还不到四十岁,吃喝嫖赌,走邪门长了疮。他以前和赖大娘生了个闺女,后来疮好了,两口子却不再生养。大半个家业给他化了,有一天被三兄弟揍了一顿,家长写禀帖送进县衙门,又办强盗似的打了两百板子。弄得本家邻居都瞧不起,亲戚们见了害怕。

赖大爷毕竟是个志气人,他自知名誉已经扫地,便在荒地上搭个草棚,把老婆闺女搬来。家里巴不得他出来,情愿分一份田地,但他决心白手起家,为表示正直起见,一口拒绝了。这荒地离金家滩五里,离白沙集十里,本来没有名称。所以给他看上,只因路边有一口井,挖井的据说是个下边的大商人,因为年深日久,照例被忘了姓甚名谁,他就借着这口井的光开饭铺卖茶卖饭,又特地备了木槽,供过往的牲口喂草饮水。

必须承认他有眼光,这地方既是通商要道,四近又没人烟,特别是夏天,走路的非来歇息喝茶不可。因此出门人全知道金家饭铺,生意十分兴隆。数年后,他居然买了十几亩地,房子盖起来,地虽然不值钱,日子还算过得去,看上去像份人家。

现在这也是过去的事了,他在屋前屋后栽的树长大了,两年前他自己也死了。自顾二顺占据白沙集,路上看不见跑买卖的,草从车辙里长起来,在他生前已经无生意可做。赖大娘因为没有男人照应,便索性歇了饭铺,和闺女种瓜种花生过活。路远走动不容易,娘儿俩守着鸡、羊和纺花车,终年难得出门。日子几乎是不变的,除非刮黄风下大雨,太阳见天从河柳和荒沙那面升起来,照到她们的草房顶上墙上,院子里枣树上,门前井边的大柳树上,梁上神奇的嫣红色。同时她们厨房顶上冒起青烟,开始做早饭了。随后母鸡咯咯叫着,她们把绵羊牵到屋后土岗子上或河柳底下,放在青草顶多的地方。以后太阳便经过长长的白天,慢慢向西转过去,落到暗紫色的晨雾里。黄昏于是来了,夜色从东面伸过来,寂静包围了这个孤独人家,一天便不知不觉过完了。

赖大娘的闺女娇妹,性子仿她爹,心底清楚,做事有本事,又因为是独生姑娘,老的平常看的重,脾气自然比别人刚强,对谁都不肯马虎。想不到竟因此惹了许多麻烦。远在她爹活着时候,附近庄上的年轻人,无事便绕着饭铺闲逛,或坐在棚子底下吹哨。他们有个共同目的,遇着她单独一个人,仿佛竞赛似的,大家争着说俏皮话。本来娇妹人品不赖,借用那些个无赖小子的说法,她不高不低,长眉杏眼,脚跟下利落,只是瓜子脸嫌黑了点,他们又说黑的耐看。大家被她撩得心里痒痒的,全把她当作肥肉,想着弄上手尝尝滋味,抱着丰满结实的身子睡一觉。不料这肉却是块骨头,假使谁敢不尊重,就会骂得他祖宗翻身,甚至拿放羊的鞭子抽过去。等到失意的人一多,下流点的便造谣言,说她有相好的了。另外送她个外号穆桂英,金家饭铺自然也叫作穆家寨了。从那时起她便恨男人,小子们也断了妄想,平常不敢来撩她。但谣言却向外飞开,大家确信她给坏过,不是原封闺女,比较有钱的谁肯娶破货?赖大娘又不肯轻易许给人家,她的亲事于是拖下去,表面好像被忘了。

第二章,师陀主要描述女主人公"娇妹"在屋后河柳下做活、唱歌的场景。在该章最后,随着娇妹的低声呼唤,与她相识的"顾二顺"出场。

当我们在这里讲她的时候,娇妹是二十二岁,按乡下习惯算老姑娘了。这天上午她带着活篮子,上屋后瓜地边看老鸹,顺便把羊也牵去。到那里拴好羊,她便坐在河柳底下,拿起活做起来。她做的是自己穿的蓝洋布布衫。阴历六月的天气,地里虽然有风,刮过来有点热。风吹着鬓角上的头发,给人一种痒痒的非常舒服的感觉。周围又那么安静,她为免得瞌睡起见,于是低头唱起来。

杨柳年年青,奴家住河东,奴河东,你河西,青的他自青,谁管我心思？杨柳年年绿，奴家住河西，奴河西，你河东，绿的他自绿，谁顾我二人？

　　这个歌大概是长远以前流传下来的。那时大河里还拍岸流着水，来往驶着帆船，不像现在似的一片荒沙。一个姑娘思念她的情人，没有人想到他们的苦处，中间又被河水隔开，一年又一年地过去了。

　　"咳！"娇妹唱完，轻轻叹了口气。

　　她想起甚么来了？她可怜那个苦命的姑娘吗？或是想到自身来着呢？接着她住了手，抬起头去看看天。天是难得的青，好像一批蓝绢，教人看了身子发飘。越过她左首的黄土岗子，一只老鹰擦天飞着，乍看像停在那里的，一扎眼又傲慢的去打旋了，但从她眼睛里表示的渺茫看，足见她什么都没有看见，甚至什么都没有想。她不知怎么着忽然感到一阵凄凉，似乎和那将来谁都拿不准的命运关联，可是又浮云淡，旨在心头留下个唆溜溜的影子。可是她到底听见了，一回头看见背后站着个男人，便忍不住低声叫："二顺！"那人中上身材，头戴马鞍草帽，穿一身紫花布单衫袴，年纪约莫在二十七八岁上下，粗眉细眼，扁平的鼻子，圆脸上有几颗雀斑，下面光脚穿一双半旧扳尖鞋，脸上沾着黄土。从打扮和横宽有力的身子上，处处都表示是个朴实的庄稼人。唯一显得野的是笑时露出的那排白牙。

　　"你这会来干甚么？"娇妹瞧着他悄不及的只管笑，略带几分责备。

　　这就是顾二顺。

二、《荒野》修改稿中的删除与增加

　　《荒野》修改稿第一章共10个自然段，作者有4处较大删除，2处增加。

	删除/增加位置	删除/增加内容
第一处删除	第3页第3段	在"必须承认他有眼光"与"这地方既是通商要道，四近又没人烟"之间，师陀曾写有"数年后他居然买了十几亩地，房子也盖起来，地虽不值钱，日子总算过得去。"，后又用钢笔将其全部划去。
第二处删除	第3页第3段	师陀将"房子盖起来"之后的一句"房前屋后，栽的树也长起来了"用笔划去。
第三处删除	第3页第4段	师陀将"两年前他自己也死了"之后的一句"在他生前顾二顺占据了白沙集，跑买卖的便避开这条路，草从车辙里长了起来，饭铺已经没有生意可做，因为没有男人照应，赖大娘和闺女便歇了饭铺，况且"划去。
第四处删除	第4页第2段	师陀将最后一句"到现在二十二岁，按乡下习惯算是老姑娘了"划去。
第一处增加	第4页第2段	师陀在"心底清楚，做事有本事"，与"脾气自然比别人刚强，"之间，增加了一句话"又因为是独生姑娘，老的平常看的重，"
第二处增加	第4页第2段	作者在"借用那些个无赖"之后，增加了一句"小子的说法"。

第二章共7个自然段，作者有3处较大删除。

	删除位置	删除内容
第一处删除	第5页第1段	师陀将"况且每次抬头，她看见天又那么青，仿佛一匹无缝的蓝绢"划去，其后又将与本句基本相同的"抬头看看天，天又青得像一匹蓝绢，直都得身子轻飘飘的。"再次划去。
第二处删除	第6页第1段	师陀将"看见背后站着个男人"后面的"悄不唧的在那里直笑，'二顺'"划去。
第三处删除	第6页第3段	师陀将开头第一句"那人约莫有二十七八岁，中上身材，强壮有力，穿一身紫花布草衫跨，头上戴马鞍草帽，中上身材。"全部划去。

三、《荒野》修改稿与原著之间的差异

笔者将修改稿两章内容与《师陀全集4》(长篇小说卷)收录的《荒野》前两章比对,发现两者存在着较大差异。

(一)小说人物的差异

1.在男主人公"顾二顺"的描写上,修改稿较之原著有较大调整。

	原著	修改稿
1.县衙卷宗对于顾二顺罪行的描述发生了变化。	顾二顺的罪行是"绑架勒索,杀人越货。"这八个字体现出作为土匪的顾二顺,在官府眼中,罪行主要在于"劫财",而"绑架""勒索""杀人"只是手段。	顾二顺的罪行大大增加,变成了"绑架奸淫,杀人放火,扰乱地方,简直数不尽,"。这里的顾二顺不仅"绑架"劫财,还犯有奸淫妇女的禽兽行径,以及"杀人""放火"等严重扰乱地方治安的重大罪行,他所实施的犯罪对他而言,简直是其家常便饭,他的罪行"简直数不尽"。在官府的卷宗描述中,顾二顺已成为当地官府"必杀之而后快"的"魔鬼",其罪行"罄竹难书"。这表明顾二顺与当地官府之间充满了极其尖锐的矛盾。
2.顾二顺交友的原因不同。	"父母全不在了,因为无人出来管束,没有事的时候顾二顺照例跟着附近的年轻人到处跑。"原著中的二顺,之所以成为一个跟着周边的年轻人到处瞎逛的"浪荡鬼",是因为父母去世,连兄长在内没人愿意管束他。	二顺交友的原因是"二顺觉得庄稼人常常被人欺负,"所以他"没事便呼朋聚类,和附近的年轻东游西逛,一心要做光棍。"在二顺生活的时代,庄稼人会被谁欺负?不外是"不为民做主"的反动贪腐的官府、残酷剥削农民的地主,依仗官府、地主撑腰的流氓、地痞、无赖,还有那些无恶不作的土匪。二顺正是为了自保、不被欺负,才主动结交朋友。 修改稿从社会深层次矛盾道出了二顺结交朋友的理由;原稿则只是从家庭原因,告诉了二顺为什么会去"闲逛"。

	原著	修改稿
3.顾二顺杀人、投匪的原因有差异。	原著对于顾二顺杀人、投匪只有简单的一句描述,"顾二顺于是一怒杀了人,做了土匪。"在这里,作者对顾二顺在得知大哥死讯后的内心及思想活动没有过多描述。在原著中,顾大顺的醉酒、赌和自杀,虽有外在的诱因,但他自身原因也是占了很大一部分。但顾二顺却不问青红皂白,"一怒"之下就"杀了人",后,又一不做二不休的落草做了土匪。这里的他,给人感觉是一个极易动怒、做事只凭一己好恶、好勇斗狠之徒。这样的人,似乎并不可爱。	二顺杀人投匪是因为,"二顺告到县里,不料反被咬一口,硬判做赖账不还,押下去关了三个月。……世上既无理可讲,他从监狱里出来,越想越恼,便拿把刀找害大顺的无赖,逮住杀了一个,入伙做了土匪。"这里清楚地表明,顾二顺之所以走上不归路,都是因为黑心的官府与落魄地主"磨动天"勾结,狼狈为奸,诬陷二顺,不仅收没家产,还将其无辜下狱。在面对腐败、黑暗"官逼民反"的政治势力,无处说理的顾二顺只能靠一己之力为其兄报仇,之后为了安身立命,二顺不得不入伙做了土匪。这里的二顺充满了太多的无奈与悲苦,走投无路的他实属被逼,只能选择"落草为寇"这唯一一条求生之路。
4.顾二顺出场时情形的差异。	当顾二顺出场时,娇姐对于他的到来,完全不知情,而且娇姐也并不认识这个人是谁。"一个男人正从背后抄荒走过来,娇姐不知道。……娇姐吃了一惊。"做什么?"她转过去大声问,眼睛上下打量着站在后面的男人。……他打量她,分明感到了不安。随后他加上一句:"你就是穆桂英?"娇姐一瞬间脸变成了通红,整个激动起来,再没有比这话更使她恨了。"我就是你姑奶奶,你问她做什么的?"她高声骂。男的碰了没趣,冷了脸。他的脚在下面动了动。她跳起来,将活抛在地上,手里紧紧握了鞭。"	顾二顺是在娇妹听见他的声音并低声呼唤自己后,才出场的。"可是她听见了,回头看见背后站着个男人,便忍不住低声叫:"二顺!"可见,这时他们早已认识。对于这部分内容,作者完全改变了原著的情节安排。由于无法看到其后的修改内容,我们不能知悉作者这样安排的意图是什么。

2. 对于女主人公，修改稿与原著之间也有不小的变化。

	原著	修改稿
1.称呼不同。	娇姐	娇妹
2.长相描述的不同。	原著描述更为细致，"娇姐，一个被晒黑的长脸蛋儿，尖下颚，人们说她黑的耐看；她弯了腰在井上打水或踮起脚尖从河柳上给羊折树枝，背部显出相当丰满，人们说她不高不低；只有一样没有人能确定论断，有的以为它使她可爱，有的说它可怕，这是她的眉：它差不多是高高的一直向鬓角冲上去。"	修改稿只用了23个字进行描述，变得极为简洁，"她不高不低，长眉星眼，脚跟下利落，只是瓜子脸嫌黑了点，"
3.性格上的差异。	原著中，娇姐的性格更像是一个被父母宠爱的具有偏激性格的野性的公主。因为自尊与骄傲，她对男人，从心底产生了一种"与生俱来"的恨。当有人向她靠近，她便要去敲打对方。原著中的娇姐并不太讨人喜欢，她总是任性的认为全天下的男人都不好。"在性格上她受流光大爷的影响，更明显的是受四周围荒野的影响，单单从她的眉毛上也能看出来，她果敢坚决，跟流光大爷同样富于自尊心。因为没有兄弟姐妹，父母遂把她当成他们身后的唯一种子，很早她就自觉地感到在世界上应有一个应得的位置。看见游荡者走近她便咒骂，或将他们赶开，有时候她能战败一群无耻男人，骂的他们不敢抬头。……她自然也更加恨男人了。她从心底里恨他们，看见有人向她走来，她便抓住什么是什么的敲打他们。"	修改稿中，娇姐则成为了一个独立、刚强、自尊，分得清是非、能做事的女孩。"赖大娘的闺女名叫娇妹，性子仿她爹，心底清楚，做事有本事，又因为是独生姑娘，老的平常看得重，脾气自然别人刚强，对谁都不肯马虎。""不料这肉却是块骨头，假使谁敢不尊重，就会骂的他祖宗翻身，甚至拿放羊的鞭子抽过去。"

3.对于女主人公父亲,两个版本在描述上也存在着一些差异。

	原著	修改稿
1.名称上的差异。	被人称之为"流光大爷""流光",或者"流光蛋"。	被改称为"赖大爷""赖四",以前人称"赖老四"。
2.早年经历不同。	"流光大爷"早年被兄弟们打,并被叔父告到官府,因为他"赌"输了家产,官府不仅打了他两百板子,而且还把他在监狱里"押了一年"。"他是一个赌鬼,在五年中,当他自己三十岁的时候输掉了大部分家产,他的兄弟跟他打了一架,他的叔父告了一张状子,衙门里把他捉去打了两百板子,押了一年。以后的半生中他也没有忘记这种耻辱。他从监狱中出来,他在这荒野上更改了两件草房,接流光大娘搬来住下,同家庭脱离了关系。"	修改稿中,赖大爷则变成了一个早年间"吃喝嫖赌、走邪门"之人。正因如此,他在化掉大半个家产后,被兄弟打了一顿。其后赖大爷家族长辈到官府将其告发,他被官府打了两百板子。"赖大爷"是兄弟四人,他排行老四。他因"还不到四十岁,吃喝嫖赌,走邪门……大半个家业给他化了","有一天被三兄弟揍了一顿,家长写禀帖送进县衙门,又办强盗似的打了两百板子。弄的本家邻居都瞧不起,亲戚们见了害怕。……家里巴不得他出来,情愿分一份田地。"
3.对于赖大爷为何只有"娇姐"一个孩子的原因描述有差异。	对此没有任何交代。	修改稿做了含蓄的解释,赖大爷"不到四十岁,吃喝嫖赌,走邪门长了疮,他以前和赖大娘生了个闺女,后来疮好了,两口子却不再生养。"

4.对于顾大顺"为何去赌",两个版本也有很大差异。

原著中,顾大顺去"赌"主要源于他自己的"大醉",而这"大醉"很大一部分是因为农民与生俱来的一种习性,正是这种内因导致他后来"去赌、赌输家产、自杀"。

说起来也是活该有事。有一天晚了,顾大顺看出赶不到家,将杂货挑子寄放在一个地主的牛屋里,被几个流氓笼络住灌醉了酒。乡下的老实人——特别是乡下的老实人——常常有这种脾气,他们一生中难得有一次大醉,而一醉,所有他们平时遵守这儿的道理便忽然离开了他们。顾大顺便是这种人。地主的客厅中原是个大赌场,他们去看热闹,不到半夜,他输掉了祖传的土地和房屋。①

而在修改稿中,作者却全新塑造了一个开设赌场的破落地主"磨动天",正是他设计陷害了顾大顺,让他醉酒,并随后带他到自己的赌场赌博。因为"磨动天",顾大顺被一步一步带向死亡。

谁知道活该有事。有一天大顺担着杂货挑子,看着天晚回不到家,便借一个破落地主的牛屋过夜。这地主名叫曹又之,平常以放赌抽头为生,一生专门兴风作浪,找人家打官司,所以外号又称"磨动天"。

而后紧接着描述"磨动天"如何让顾大顺就范。

大顺既是个乡愿,几个无赖笼络住把他灌醉,拉到赌场去看热闹,不到半夜,将田地房子,连杂货挑子都输了。

笔者认为作者这样修改,其意图是想告诉读者:在一个人吃人的乱世中,作为一个普通而善良的农民,顾大顺只是希望自己的小家安宁和顺,一家人靠辛勤劳动都能有一口饭吃。他的愿望其实很朴实,也很简单。但就是这样一个普普通通的农民,作为反动地主阶级代表的"磨动天"依旧不肯放过他。磨动天为谋得他那点家产,通过卑劣手段让他家破人亡。正是地主阶级这种无情的剥削与残忍,增加了他们

---

① 刘增杰编校:《荒野》,《师陀全集4·长篇小说》,开封:河南大学出版社,2004年版,第685页。

与农民之间的矛盾与冲突,这也为顾二顺申冤、被害入狱,进而出于激愤杀人、投匪埋下了伏笔。

(二)对于"白沙集"自然环境的描述,两个版本也不尽相同

原著中的白沙集"周围是连绵不断的河柳的迷阵,红薯、落花生,间或看见披满了尘土的甜瓜或西瓜——当初人们也许种过别的谷类,譬如小麦,""卑湿的地方有山春柳,有茅草、有车前子、有辣蓼,还有一种叫做稗子的植物。"①这里所描述的白沙集至少还可耕种4—5种农作物,有5种植物生存。

而修改稿中的"白沙集",却成了一个较之原稿更为荒凉的地方。

> 偶然有人在柳树间种西瓜……低洼的地方,山春柳和茅草一片一片的,兔子头发似的自己生出来。

这里的自然条件变得更加恶劣,土地更加贫瘠,能存活的农作物只有偶尔有人种的"西瓜",植物也只剩下山春柳和茅草。作者这样描述,其意图可能是要突出:在这样的环境下,当地人们的生活是多么地艰辛。但他们却在这样如此枯竭、贫瘠的荒野中,顽强不屈地生活着,并追寻着自己的梦想。

(三)在故事情节设计上,修改稿与原著也存有差异

1.修改稿不仅塑造了破落地主"磨动天"一角,还增加了他如何一步一步陷害顾大顺的情节。正是因为"磨动天"的设计,顾大顺死了。顾大顺的死,由原著的"内因"(顾大顺自身原因)占主导,变成了"外因"占主导,而这外因恰恰是农民"天然的敌人"地主"磨动天"所为。

2.修改稿增加了顾二顺到官府为哥哥申冤,(本想寻求官府正义的

---

① 刘增杰编校:《荒野》,《师陀全集4·长篇小说》,开封:河南大学出版社,2004年版,第686页。

保护)但却因官府与"磨动天"的相互勾结,二顺被无辜下狱的情节。这让人看到,在那个时代,中国社会黑暗的症结到底在哪里。这症结正是逼迫农民起来造反,推翻这反动统治的根源。

3.在原著中,当顾二顺出场与娇姐相见时,男女主人公不仅不相识,还发生了激烈言语冲突,最后更是扭打在一起。处于劣势的娇姐,还故意拉出"顾二顺"来吓唬这个陌生男子。

> "听你的话,你认识顾二顺吗？你防备着他会听见你的？"
> "听见不听见一个样！翻过来我也认识他,他的心,他的肠子肚子我全认识！小的时候他拖拉鞋,人家喊他虾米眼……"
> 顾二顺是震动全地方的人物,关于他的一生——连没有人注意的他孩子时候的事迹在内——她全知道。但是借了他的威风吓唬别人她觉得害羞,所以说到中间她停住了。①

而修改稿在描写顾二顺出场情节时,却将二人关系改为了早已相识的朋友。

> 可是她到底听见了,一回头看见背后站着个男人,便忍不住低声叫:"二顺！"

四、探究师陀修改《荒野》的原因

由于《荒野》修改稿目前只存有第一、二章,其后的修改篇章是否存在？该稿写于什么年代？因师陀本人对于《荒野》的修改从未提及,笔者对此查不到任何相关资料。

但通过修改稿与原著的对比,笔者发现师陀在人物形象、人物关

---

① 刘增杰编校:《荒野》,《师陀全集4·长篇小说》,开封:河南大学出版社,2004年版,第693页。

系、故事情节等方面,都做了较大调整,这反映出他创作思想发生了较大变化。

在原著中,作者对导致农民悲惨命运的半殖民地半封建的中国社会政治制度,并没有进行直接的批判,更多的是以自己悲悯的情怀来表达对旧社会农村下层人民的悲凉与凄苦命运的关注。但在修改稿中,作者一方面加大了自己对旧社会反动腐朽的统治,对地主阶级贪婪、残忍本性的揭露与鞭挞。为此,他新增了"磨动天"这一人物,正是"磨动天"使得顾大顺的死不再是由他个人原因导致,而是由"磨动天"这种在农村占据统治地位的农村地主阶级黑恶势力带来的。为了谋财,"磨动天"无所顾忌地对朴实、善良的顾大顺设计陷害,使其家破人亡。其后,顾二顺杀人、投匪,也不再是原著所说"一怒之下的冲动",而是因为"官府与磨动天相互勾结,狼狈为奸",让本还指望官府主持正义的二顺不仅"家破兄亡嫂子改嫁",还被诬陷导致"无辜下狱"。正因为这种乱世的"官逼民反",让无处申冤的顾二顺只有靠自己为兄报仇,其后为了自保,他只得落草为寇。另一方面,作者对一些农民在形象上给予了重新塑造。譬如"娇妹"父亲,作者将其从旧版中的"吃喝嫖赌"走邪门的人,改为只是好"赌",其后更是把他塑造成一个知错能改、勤劳辛苦的农民形象。又如对于顾大顺的醉酒、赌博,作者也做了较大调整,将其悲惨遭遇更多的转化为外因所致。

这些修改,笔者认为作者是想表达出一种新的创作思想:导致顾大顺这样的普通农民由人变成"死鬼",顾二顺由一个朴实的农民变成官府眼中的"魔鬼"的原因,正是旧社会不公平的社会政治制度。这种创作思想,师陀在新中国成立后所改编的其他作品中也有体现。

新中国成立后,有两个时期,师陀对自己原作进行过集中修改。一个是上世纪五十年代末到六十年代上半期,譬如1958年的《果园城记》、1962年的《大马戏团》;另一个是"文革"结束后的八十年代初,有1983年的《无望村的馆主》、1982年的《结婚》。这两个时期作品的修改均体现出:师陀作为从旧社会走进新中国的知识分子,他对新生政权是认同的,即使在十年"文革"中遭受了严重迫害,文革结束后,他依旧对这个政权抱有归属感。在《从我的旧笔记而想起的及其他》一文中,师陀曾明确表达出这个观点:

> 作为一个旧知识分子,我深深感谢解放,是它挽救了我;是它使我的生活安定;使我有机会学习马列主义和毛主席的著作,投身各种运动,改造思想。作为旧知识分子,思想改造很艰难。但是我总在学,总在走,总在努力地一步步向前,不是后退。①

正是出于对新政权的认同,师陀在文学创作上积极迎合主流文学意识形态。在修改旧作时,他也是非常注意在作品中增加自己对旧社会的鞭挞与控诉力度,以及对新社会的赞扬。60年代初,当黄佐临要重新演出《大马戏团》,师陀自己表示要重新修改旧作:

> 我不能让社会主义时代的观众再看到那样一个充满了黑暗又毫无出路的戏。②

师陀这样修改也是为了反击蒋介石"反攻大陆"的叫嚣。
他在《〈果园城记〉新版后记》中,也曾表达出同样的创作思想:

> 校改这本小书的过程中,我但愿推开这些老印象,时作时辍,精神上老在斗争。今天再来看这些小故事是令人痛苦的。……片面、肤浅,都是它的严重缺点,但是如果拿它来和我们今天的小城镇比一比,拿那个社会和我们今天的社会比一比,从反面——从对旧时代的憎恶中,也许到能发生点积极作用。③

---

①② 刘增杰编:《从我的旧笔记而想起的及其他(代序)》,《师陀研究资料》,北京:北京出版社,1984年版,第121—122页、第127页。

③ 刘增杰编:《〈果园城记〉新版后记》,《师陀研究资料》,北京:北京出版社1984年版,第98页。

在修改反映旧社会农村题材小说时,师陀更是加大统治阶级与被统治阶级、农民阶级与地主阶级之间尖锐的矛盾与对立。他一方面增加对善良、朴实、勤劳农民所遭受的各种压迫的描写,表明在旧中国善良无辜的农民受尽欺压与剥削,只有反抗才是他们唯一的出路;另一方面,作者增加了对剥削阶级(贪婪的地主阶级及反动的旧政府)冷酷、残忍、无情的描写,指出他们毫无人性可言。他修改后的作品少了原著的温情,取而代之更多的是"斗争"。正如师陀80年代初在改编《无望村的馆主》时,曾说过:

> 由于我憎恨一切地主阶级,百合花最后讲三从四德,要埋进陈家的老坟,这就冲淡了读者对陈世德(地主的一种代表人物)的憎恶,我把她改为离婚,嫁给她私塾的以前同学,学新知识,准备日后到外面做事。①

师陀在这两个时期的作品修改,突出了其创作思想中的"政治立场和政治态度"。不论他在思想上是自觉认同还是被动地接受,他的修改让我们有机会探求新中国成立后,在文学领域,国家意识形态与文化语境对于师陀创作与修改产生的影响。从这一点来讲,研究作者的修改稿意义重大,因为它研究者留下了研究其创作思想演变的重要素材。

---

① 刘增杰编:《师陀谈自己的生平与创作》,《师陀研究资料》,北京:北京出版社1984年版,第191页。

宋春舫与其游记《海外劫灰记》

罗仕龙

宋春舫(1892—1938),二十世纪中国现代戏剧先驱,也是西方戏剧的重要引介者。一般论及他的文学事业,主要集中探讨三册《宋春舫论剧》。这三册著作分别出版于1923、1936、1937年,既全面介绍西方戏剧的渊源与流派,又涵括宋春舫对中国戏曲传统与革新的评价,无论在当时或今天,都有相当高的参考价值。

除此之外,学贯中西且熟谙外语的宋春舫,还曾以法语出版过若干著作。此事最早可见于英国作家毛姆的记载。1919年,毛姆访华,拜见当时任教于北大的宋春舫,事后毛姆将会面经过记于散文集《在中国屏风上》(1922年出版,较为近期的译本有2013年上海译林出版的唐建清教授译本)。毛姆述及宋春舫"在学校讲授的课程是戏剧,最近还用法文写了一册有关中国戏剧的书",但毛姆并未指出该法文著作的确切标题。1968年1月,台北《纯文学》杂志刊载了宋春舫之子宋淇(林以亮)撰写的《毛姆与我的父亲》一文。该文既补充毛姆言有未逮之处,并纠正了毛姆的错误理解与偏见。关于宋春舫的法文著作,宋淇是这么说的:"我父亲一共用法文写过三本书,一本讲中国戏剧,一本是中国当代文学,另一本是旅行游记《海外劫灰记》,当时我自己的法文程度不够,看不出他文字的功力如何。后来拿了那本游记给一位法国学者看,据他说,写得同法国人一样,看不出来是外国人写的,连腔调都是纯法国味的。"近年,陈子善教授重新集结宋春舫文字,编为《从莎士比亚说到梅兰芳》一书,书中序言亦提到宋春舫曾出版数本法文著作之事,惜限于篇幅,未进一步评述。

从戏剧研究的角度切入,宋春舫以法文撰述的中国戏剧著作应当是最吸引人注意的一本。事实上,早在1886年,晚清外交官陈季同已以法文写就《中国人的戏剧》一书,于巴黎出版。该书通过一介士子的眼光,以中西比较的视角,向法国读者阐扬中国古典戏曲之美。可惜宋春舫以法文写成的中国戏剧著述标题已不可考,相关材料难寻,否则若与陈季同的著作两相对比阅读,亦可比较不同时代文人如何向西方读者介绍中国戏剧。倒是宋春舫另外两本法文著作仍然可在国内外部分图书馆寻得:一本是《海外劫灰记》,1917年于上海出版;另一本是《中国当代文学》,1919年于北京出版。

《海外劫灰记》一书共收有散文三十篇。中文标题为宋春舫本人所命名。法文主标题直译的意思是"走遍着火的世界",副标题意为"一个天朝子民在旅途上的铅笔速写"。"走遍"一词,点明本书的游记性质。世界之所以"着火",是因为宋春舫写作此书期间正值第一次世界大战,欧洲炮火连天,而中国共和体制肇建,战乱频仍。"铅笔速写"则是自谦之语,提醒读者全书写作系兴之所至,不需过分认真。

然而,宋春舫是否真的不假思索,随意下笔?从他巧妙经营的文章架构、法语的用字遣词等看来,答案显然是否定的。当时才二十出头的宋春舫,往返欧洲与中国之间,既感受到西方文明的新奇与冲击,又屡屡回头观照自身传统文化。幽默酣畅的笔墨下,满溢着他初接触现代文明的喜悦,但动荡的世局又迫使他不得不严肃比较与思考东西文化的优劣和竞争;在轻松如行云流水的文采间,暗涌着各种对自己、对民族、对世界人类的质疑与揣度。有意思的是,深谙戏剧之道的宋春舫却常在乍看失望之余,为读者另辟蹊径,别开一条趣味横生的思维线索。在每一则简短篇幅的散文里,宋春舫的笔调冷热调剂,悲喜交错,不仅在显示一位年轻作家的气度与才华,也说明本书的文学价值与可读性。

1932年,年届不惑的宋春舫进入上海银行。这段时间由他主编的《海光月刊》固定登载其欧游杂记,后集结成册,以《蒙德卡罗》为书名出版。同早年出版的《海外劫灰记》相较,《蒙德卡罗》谐趣不减,唯昔日少年的感时忧国,已被人生历练之后更为含蓄圆融的雅量所取代。尽管如此,不少年轻时候的心得或体验,仍然可以在《蒙德卡罗》里观察到一些痕迹。例如西方人分不清中国人、日本人,因而给宋春舫带来的困扰,此事在《海外劫灰记》与《蒙德卡罗》两书中各有例证。《蒙德卡罗》并非《海外劫灰记》的译本,也不是根据《海外劫灰记》改写,而是宋春舫前后十五年间思索中西文化差异的进程。《蒙德卡罗》近年重新印行,收入1996年辽宁教育出版社汇编的《欧游三记》。读者若将《海》《蒙》两本游记对照阅读,当可读出不少作家的心路历程。

除了上述法文专著之外,宋春舫在1921—1922年间,也就是他返国任教以后,还曾经为《日内瓦期刊》撰写过两篇文章,分别题为《过去与现在的中国戏剧》《中国诗歌》。总的来说,宋春舫的法文著作以《海外劫灰记》的流传相对广泛。例如法国国家图书馆迄今仍收藏有本书,系1917年上海东方出版社印行的初版。本译文根据的即为此一版本。

要特别说明的是,宋春舫固然旁征博引,见多识广,但《海外劫灰记》毕竟是散文随笔,不是学术论文,所以各篇所引述的诗句、典故等,偶有疏漏或讹误。为保留原作笔触,本译文不予以修订,也不加以注解。幸赖网络科技发达,读者身居斗室亦可海天游踪,不妨自行进一步考证之。书前所题诗句,出版时即为中文刊印。宋春舫原文所附脚注,因数量不多,亦无碍中文读者理解,为精简篇幅,已并入正文。

海外劫灰记

一个天朝子民在旅途上的速写

"省城里沿街叫卖的小贩,举目所见比你环游世界看到的还多。"——贾科萨(Giacosa)①

题海外劫灰记

蔡振华

其 一

频年奔走天南北　海外归来话劫灰
国自兴亡人自醉　不平都付掌中杯

其 二

他乡久客凄凉惯　大地经秋感慨多
检点平生惆怅事　著书容易奈愁何

自 题

去国曾为汗漫游　人间无地寄浮鸥
病春病酒年年事　听雨听风处处秋
花草三生余旧梦　管弦一夕是长愁
征衫涕泪琳琅遍　悔着新书付校雠

前言:中国1911年的辛亥革命,意大利与土耳其之间的战争,以及

---

① 贾科萨(Giuseppe Giacosa,1847—1906),意大利诗人、剧作家,曾为普契尼(Giacomo Puccini,1858—1924)的《波希米亚人》《托斯卡》《蝴蝶夫人》等三出歌剧作品填写台词。此处宋春舫的引文,出自贾科萨的剧本《如树叶一般》(*Comme les feuilles*)。较完整的台词是:"省城里沿街叫卖的小贩,举目所见比你环游世界看到的还多。你总抱怨什么国家都一样,可你却没发现每个人各自不同。"《如树叶一般》意大利文版写于1900年,法文版翻译刊登于1909年的《戏剧画报》(*L'Illustration théâtrale*)。由此也可推知,宋春舫当时相当积极注意新近出版的剧本。

当前的世界大战,一波波连续爆发,丝毫不让人有喘息余地。1916年,适逢我在"拉法叶号"船舰上横渡大西洋两岸,美墨两国的战火点燃;犹记得先前几年欧洲大战淌血成河时,美墨这场冲突才刚萌芽呢。这一场又一场的兵燹人祸,足以证明我这本小书的标题,而且也说明了它写作的环境。

这一页页文字,时而严肃,时而说笑。不可预期的事情一桩接着一桩发生,所以前前后后也修改了好几次。原先并非为了我的同胞而写,也不是为了写给旅居中国的欧洲人。在中国的欧洲人读了,大概会把自己当成恶棍,因为我这些文字足以给予他们丰富的反省材料。中国人读了,则绝对不会谅解我对政治的看法,因为有时太过大胆狂妄,有时又或许太食古不化。

唯一的优点在于,书里的片段都是我一时心血来潮写下来的。意所至,笔亦所至,坦白到有些段落甚至显得太过随兴。我骨子里那股喜爱装腔作势的本性,大概很难原谅这本书。

一、在路上

"一出发,就向死亡更迈进一点。"——雨果①

我离开中国的时候,革命正开始要向四面八方扩展。袁世凯过世不久前一再上演的事件,就是中国各省一个接着一个宣告独立。中国革命的原因,数都数得出来。革命无关乎什么热切期望,老百姓没热情到想看见中国自己治理中国。走在大街随处可证,中国这个民族根本少之又少关心政治独立与否,而且只要让他们安心营生,他们就会心满意足。所以革命的原因是经济方面的动荡;表面上看不出来,但这是无能政府不可避免的结局。其实中国人对清廷本身没什么意见,

---

① 宋春舫误引。此句并非出自雨果之手,而是法国诗人阿侯库(Edmond Haraucourt,1856—1941)诗作《永别回旋曲》(*Rondel de l'adieu*)的第一句。

但就是怨他们治理无方!

没亲眼见识过中国的欧洲人,打从心眼里以为中国革命真是场奇迹。但是方方面面来说,它都远不同于一个半世纪前在法国上演的革命大戏。而我也敢说,如果满清政府的大人们多点儿马虎,别那么认真计较,如果广大的老百姓们聪明点儿,别让天灾人祸搞得一发不可收拾,那革命还不见得会成功哩。

一直到1916年我回到同胞身边时,这场浩大的革命盛事还老让我有所幻想。本来我还相信它会给政治跟社会方面带来确确凿凿的好处,但我后来却大失所望,坦白说我看不出它给百姓带来什么好处。唯一切身感受到的结果,就是辫子没了。这倒是让有些汉学家到今天还在抱怨,因为他们觉得那玩意儿活灵活现,把中国人的性格都给刻画了出来。

虽然我的冒险精神十足,老被同乡们责骂,但那一天,当"努比亚"(Nubia)号轮船离开吴淞老家的心灵堡垒时,我心可还是揪在一起的。人怎能离弃故乡,尤其是正当同胞们互动干戈的时候?虽然人们总说,祖国就像你一生挚爱的那个女人,不管她到头来怎样不忠,怎样任性。

印度给我留下无法忘怀的印象。站在那些壮阔恢弘的建筑前,古老神话历历在目;在喀利亚(Kayraha)与提里巴提(Tripatty)神庙前,我掉入无止境的神游里。人性尽管脆弱且虚浮,总还是成就了一些作品,让人着迷于它的永恒无限。过了不久之后,同样的感觉再度出现。那是我来到金字塔底,细细寻思人面狮身的司芬克斯(Sphinx)谜样面容时。

一眼望去亚丁城(Aden),它坐落在干涸岩壁上,穷凶极恶的环境叫我害怕。索马里人躺卧沙地,懒洋洋地拿着丝绸与鸵鸟羽毛好招徕过往游客。

对航向亚洲的人来说,红海是场梦魇。因为它隐约浮现的那几个小时里,热得足以让你窒息。不过人人都预期碰上的热浪,终究没有出现。相反地,是温柔的风伯(Le Sagittaire)①一路伴随我们同行。

---

① "Sagittaire"即西洋神话里的射手座。"风伯"一词是作者原译,为原书脚注。

今日世界尽为白人所把持，唯独没法让四方风土人情乖乖听命。最显著的例子，就是他们在亚洲所耗费的力气。事实上在热带地区，黄种人的人力已是不可或缺，因为黄种人既比白种人耐劳又比黑人好用，哪怕在有些地方被当成黄祸。所以在热带地区，白人现在没办法，将来恐怕也绝不可能不仰赖中国人或日本人。这一点也足以证明，人不可能所向披靡，不管使出多少力道想宰制天下。

二、误　会

参观博物馆的艺术品总让我心醉神迷。疯狂尝鲜的旅行者也都有这项狂热爱好。我曾经花上整整好几天的时间，远观也好，近看也罢，就为了研究那些名画。然而，有次我偶然看到一幅未来派的画，地点是在苏黎世新建的艺术博物馆里。从来就没有其它画作能够像这幅一样深深吸引我，叫我久久不能离去。画的尺寸不大。至于作者是谁，之后我也回想不起来。画的是一个半裸露的女子，倾靠着椅子。我在想她究竟是正在穿衣服，还是正在脱衣服。自问自答，倒也自得其乐。只是我绕着画转啊转，转了几圈反复观察，还是没法斩钉截铁下断语，说她到底是打算穿呢还是打算脱。女人啊，实在是神秘难解的一道题！

关于裸身露体这件事，我们还有其它更有趣的奇遇。人们常会这么描述，中国人逛卢浮宫时，看到那些裸体画总觉得浑身不自在……这时导游就会亲切殷勤地对中国人解释说，在欧洲，人们认为裸体是一件再自然不过的事情；反倒是半裸不裸，那才叫做惊世骇俗。中国人牢牢记下这个审美观，当天晚上来到了歌剧院。形形色色的女士尽收眼底，舞台上有，包厢里也有。她们个个身着低胸礼服，香肩微露，一身装束只能用轻薄短少来形容，似乎是为了印证剧院内外大家老挂在嘴边的一句话："我家里呀，连一件像样的也没得穿。"中国人听到这话，实在是忍不住要跟朋友们告解，说他无论如何就是参不透欧洲。

只是说到底,这不过就是一场小误会。其它还有更多更大的误会。就在第一次世界大战爆发后不久,德国人千盼万盼,心急如焚,眼巴巴地就盼着日本宣布加入同盟国并肩作战。不久之后,一位中国学生来到柏林。他一从住所出来,忽然就被人群团团包围。震天价响的欢呼声中,他只听到"日本万岁!日本人万岁!"想抗议也没用,因为他会的德文没几句。很快地,他就被一个德国男人扛在肩膀上,后面尾随一大群欢欣鼓舞的民众,冲进腓特烈大街(Friedrichstrasse)上的每一间咖啡馆里。红酒、白酒、啤酒,甚至还有香槟,肉品、香肠,全都免费招待,他也毫不客气和大家一起大碗喝酒、大块吃肉!接下来的好几个晚上,同样的场景和遭遇不断重复……然后日本对德国宣战的消息传来柏林了。群众的欢欣鼓舞一夕之间转为咬牙切齿的愤怒。但我们那可怜的同胞还一无所悉。当晚,他照旧出门,满心期望有同样的境遇。可他一出门就立马被逮。这回他使出吃奶的劲儿,在警局监牢里拼命狂喊:"我压根儿不是日本人,我是中国人!""克制一点,亲爱的朋友!这几天下来和我们大伙儿一起酒足饭饱,事到如今才满口否认自己是日本人,这岂不是太丢脸了。"事情拖了十天,多亏一位中国部长的要求,他才被放了出来。

显然洋人总把我们当成是日本人,特别是没了辫子以来。只是又有谁能想象没了辫子的中国人,是不是有朝一日可以戏谑地嘲弄洋人,耍个洋猴戏。再说皮肤的颜色到底不同,让人一眼就识破了!

倒是对洋人来说,中国人跟日本人的不同,不过就只是可可豆跟巧克力的差别罢了!

三、文明人

卢梭怎么办到的?十八世纪的社会组织架构还不太复杂,工业革命也根本还没起步,他为什么会挺身反对当时的社会与各种人类文明机制,并且鼓吹回到自然状态?要是卢梭生在今天,目睹人类文明催生的第一次世界大战,他会做何感想?

人类的贪婪没有界限,而文明恰好给了贪得无厌的人绝佳口实。于是欧洲征服世界与殖民的时代就这么开始了。天下万物任其所有,但不幸的是,天下万物不是漫无限制的。平衡的理论产生摇摆,不可避免的事情也就发生了。

在中国人的眼里,文明一词恰好证明了这句话:"拳头硬才是硬道理。"不然的话,英国有什么权力强迫我们吸食鸦片?日本怎么有办法向我们提交《二十一条》?那是为了用文明教化我们,让我们更加明白文明带来的好处。只是文明是要付出代价的。中国跟欧洲国家接触以前,本来是个富强的国家,但今天却是哀鸿遍野。这么说吧,文明,它的代价可还真高!

文明也为人的自私自利提供正当性。在所有社会机制当中,中国人的家庭纵有百般缺点,总还是一种利他主义的具体实践。都说百善孝为先,这就显示亚洲人的社会里,多半有牺牲自我的观念。虽然现代化的亚洲社会在进步,但日本人的家庭观念还是不可动摇,中国革命的巨变也没能让家庭消失。那么,欧洲人的家庭是什么样呢?且看这段描述:

"家,就是座监狱。这座监狱外加亲情、友情种种锁链,越显复杂。一个家庭,就是夫人、先生,再加上另一个人;一群哭闹又全身脏兮兮的小孩。再加上一点做牛做马,一点荒谬可笑,一点不光彩的事,混合起来倒还挺吸引人!"①

其实,文明的脚步是跟着个人主义走的。某些人身上的个人主义走过了头,就发展成利己主义,极端自私并且损人。

也就是利己主义,才让文明人这么定义中国的治外法权:"我们要的不过就一件事,希望好好儿被保护。实在是因为贵国乱无章法,所

---

① 作者原注:见 Claude Farrère, *Les Civilisés*。译者按:《文明人》(*Les Civilisés*),是法国作家法瑞尔所著小说,1905年出版,同年荣获法国龚古尔文学奖。

以我们才认为有必要在贵国土地上争取些领事裁判权。"永别了,中国人当家的主权!

每个人的智力、才能的确不尽相同,自我发展的机会也有所差别,不过天下人心或多或少有些相同的情感。这就是文明人还无法理解的,也正因为如此,所以他们不断想教化全世界,好让大家变得更文明!

四、马　赛

经过一段漫长的航行之后,内心总渴望重见陆地。那感觉完全就像夏天过后,看到太太从乡下度假回来。无论如何就是想拥抱她亲吻她!

我们在地中海上唯一听到的,只有浪潮拍打的窸窣声,还有耳边阵阵海风呼啸。埃特纳火山(Etna)、斯特龙博利火山岛(Stromboli)永无止尽喷发的浓烟,①缕缕朝我们飘散,持续好几个小时,让我们叹为观止。这差不多就是唯一的消遣。于是我们了解到,自己有多迫不及待想看到陆地,认识新面孔,离开船上这些逐渐叫人厌倦的老面孔。就是这种求新的渴望,让我们重新享受陆地时,总觉得街道比想象中热闹,商品陈列比原先设想的壮观,就连女人也远超出预期的漂亮!

我在马赛靠岸下船的时候,还跟所有亚洲人一样,坚信上海是世界上最美的城市(我这话说得斩钉截铁,还盼日本人原谅我小小的放肆)。不过一旦离开亚洲,我们马上就了解这是错误的认知。

欧洲城市只有一样东西没有,那就是黄包车。

为什么黄包车没引进到欧洲来呢?黄包车方便、实用,重点是还那么便宜。它甚至不会堵塞交通,因为欧洲警察把秩序维持得井然有序,想必管理起黄包车也会比在中国城市好得多。有人觉得黄包车是野蛮落后的习俗。真是这样吗?那为什么日本(虽然我们心里头有点不情愿,但不得不承认它还算是个文明先进国家)没抛弃这个习俗

---

① 埃特纳火山位于意大利西西里岛上,斯特龙博利火山岛则位于西西里岛北方。

呢？若把黄包车引进欧洲，可以让更多人有机会挣碗饭吃，降低生存的紧张压力，说不定还可以因此避免眼前的这场大战哩！……

来到了马赛火车站前。见到一对外形体面却年迈的弗莱蒙（flamand）①夫妇从一辆四轮马车上下来。他们两位满脸皱纹，老泪纵横，头发斑白。做丈夫的要远行，做太太的来送他。

火车在鸣笛了。紧紧拥抱的老夫老妻颈项交缠，开始互吻。他们用尽气力，使劲儿地搂得更紧，好像要互相勒死对方一样。这是我生平第一次，目睹这番送别景象。我因此想起一首史毕斯（Henri Spiess）的诗②：

　　人生苦短，
　　一点梦想，
　　一点爱
　　说声日安！

我沉浸在这些思绪里的时候，有位旅客无疑也被这两位老人家激动的爱情吓呆了。于是他冷不防对我说出这样的话："先生，中国人是吻鼻子对吧？"③

凡事果然都是第一印象最深刻！……

五、柏格森④

农民马天荣二十岁上丧了偶，家贫不能再娶。这天在田里锄地，

---

① 弗莱蒙是比利时北部区域，所使用的弗莱蒙语近似荷兰语。
② 此诗原作者应该是生于法国的英国作家莫里耶（George du Maurier, 1834—1896），原诗以英文写成，字句略异于此处所引。史毕斯（Henry Spiess, 1876—1940）是瑞士法语区诗人。宋春舫于瑞士求学期间，可能读到史毕斯引述或翻译的莫黎耶诗句。
③ 这是19世纪流行于欧洲的中国想象，认为中国人见面时以吻鼻为礼。
④ 柏格森（Henri Bergson, 1859—1941），法国哲学家。

见一妙龄少妇迷途于阡陌之间。马天荣对女子指点迷津,顺此机会戏言:"先回家去吧,我随后亦到。"当晚午夜,女子果前来马家敲门。因女子细毛遍体,故马天荣疑其为狐仙。①女子坦言不讳。马对其言:"既为仙狐,当有求必应,若可赠我财货,济我贫困,我必感恩不尽。"女子应允,但什么也没带给马天荣。

不过有天晚上,女子从袖里取出两锭白银,各有六两重。马天荣见状欣喜不已。数日后,欲以此银偿还债务方知日前所见白银,不过只是粗制滥造的锡块。马天荣惊愕之际,对女子咆哮。女子回说:"只怪你自己命薄,受不起真金银。"

马天荣询问道:"常听人言,曰狐狸幻化之女子美貌无与伦比。何以你并非如此?""你连白银两锭都无福消受,何况美人?我固然称不上美貌,但相较于驼背、大脚之女,我倒可算是国色天香了。"

数月匆匆而过。有天,女子表示就此与马天荣分离:"你总怒言以对,怨我不曾给你财富。如今三两白银相赠,你当可凭此迎娶佳偶。"马天荣回嘴道,三两白银哪够抱得美人归。女子当场撂话:"人间婚姻皆为月亮上注定,凡人只能听天由命。"

隔天,倒还真有位媒人前来马家提亲,聘金只要三两白银。双方约定日期,前往女方家中访察。看过之后皆大欢喜。

大喜之日,马天荣大惊,因为新娘驼背鸡胸,颈缩如龟,大脚,吓坏了所有宾客。跟媒婆日前引见的待字闺女完全不同!

马天荣该知足了,这下他才明白狐狸的美貌之说是怎么一回事!②

在中国的民间故事里,狐狸所扮演的角色,常有超乎凡人的能力。直到今天,中国北方的百姓对狐狸仍怀有宗教性的畏惧。这种念头,是否应该归之于纯粹迷信呢?

说到这,我们得请出伟大哲学家柏格森的理论。根据柏格森的说

---

① 作者原注:在中国,人们假想狐狸可以幻化成人形。
② 作者原注:故事引自《聊斋志异》。译者按:见蒲松龄《聊斋志异卷三·毛狐》。

法，智能与本能不应当互相混淆。一般人常以为本能是智能的原始状态，但其实这个推定是错的。其实本能是跟智能一起发展的。就人类来说，智能会逐渐改进；然而对动物来说，却刚好相反。在动物身上，是本能持续不断发展，让人刮目相看。就像蚂蚁和蜜蜂，它们的本能有时可以发展到与人类智能相抗衡的地步。

或许狐狸的本能高度发达，以致让它有幻化成人形的能力，甚至超越了人类的智能？

六、日内瓦

"待下来不高兴，离开了又难过。"——梅特林克①

人世间有三个天堂。奥地利是工人的天堂，劳工保护法令牺牲了老板，让工人变得懒散而傲慢。美国是女人的天堂，瑞士则是旅人的天堂。整个国度气象万千，风光秀丽，交通运输方式齐全，组织架构完善，旅游产业发达，而且瑞士人民亲切和气，这些都不在话下。

瑞士的每座城镇，都同时兼具整洁、玲珑、奢华、质朴等特质。一天，有位瑞士华侨这么对我说："我很想在中国看到跟日内瓦一样现代化的城市，但恐怕得等上一个世代。"这话竟一点都不让人觉得冒犯！

日内瓦加入瑞士联邦大家庭的时间最晚。这也因此可以说明，为什么日内瓦总保有一种欢喜洋溢的特质，就跟一般法国城镇一样。她不是一座令人感到压迫的城市。她不是一个招摇的女人，用艳光四射的妆扮炫人耳目；她是个气定神闲的女人，有种独特的魅力与自然散发的优雅。日内瓦人不吵不闹，节俭持家，但却颇好饮酒。

日内瓦的外围环境雅致，搭配着莱芒湖（Léman）上来去的小船，构

---

① 梅特林克（Maurice Maeterlinck, 1862—1949），比利时法语剧作家。本引言出自其剧作《青鸟》（*L'oiseau bleu*）。

图完美,令人回味。汝罗山脉(Jura)的落日,有时让你宛如身在梦境,愿意沉浸在这长日将尽的余晖里,陶醉忘我数个小时。

日内瓦或许是全世界最四海一家的城市。1913年时,日内瓦大学有3200位正式生和旁听生,其中2250位是外国人,来自31个不同国家。正可谓:

同是天涯沦落人
相逢何必曾相识①

大雨最爱降临日内瓦城。在上海,人们老抱怨天气太干,以致于各种灰尘细菌漫天飞舞。日内瓦人最常吐的苦水却是:"老天啊!我的风湿病又犯了!"

对我这样一个中国人来说,在萨雷夫山(Salève)乘着小雪橇滑雪,实在再惬意不过了。冬季运动在中国不为众人所熟悉。一说到要赌上身家性命,从高处冒死落下,中国人对这种耗尽心力的事情,立刻就打退堂鼓。因为中国人还不明白,危险是生命不可或缺的因素!

最有意思的运动,当推有舵雪橇(Bobsleigh)滑雪莫属。说得准确些,这种运动唤起你最激烈的感情,因为它让你一路追逐着危险跑。而且,若有女孩们共乘雪橇一路相伴,每逢雪橇转弯时就发出貌似歇斯底里的尖叫!被温柔地抱紧,后背贴着她们的酥胸,该有多叫人愉快呀!

日内瓦老城区里的圣彼得大教堂边上,有间朴实无华的中国店,上头招牌写着"开门大吉"!老板姓陈,原来也是位天朝子民。太平天国之乱时,这位中国人逃离了自己的祖国。娶了位日内瓦女士后,开始经营茶叶生意,并且归化入籍,还信了基督教。天气不错的时候,就把太太搁下,留给她一点零花钱,然后自己躲到这座秘密花园里做白

---

① 此处宋春舫只用汉字书写,未附法文语翻译。原排版为直书,此处调整为横书。

日梦,仿佛回到遥远的地球另一端!

七、在德国

以下摘录自我的报纸:

英美的幽默小品亏德国人说,在一张德国床上,你别想同时给胸口和双脚盖上被子,天注定你就是得着凉感冒!他们说笑的功夫还真绝!

柏林这个城市,就像一个男人刚买了一整套全新西装……只不过全身上下都是特价品。我敢打包票,不是开玩笑的,柏林的生活真的比较便宜,因为大家都逼你喝啤酒,没红酒也没白酒可喝。柏林外围环境叫人回味无穷,就跟所有欧洲其它国家首都一样。

德累斯顿这城市所有人都在睡。

大学城波昂有座新建成的桥,美轮美奂。有个奇怪的习俗跟桥有关,也是人人称赞,那就是过桥得付费,跟在土耳其一样。口袋空空的中国政府,倒是该实施这个好办法!

法国城市与德国城市之间,存在一个根本性的差异。在法国,巴黎就是一切,外省的城市不过只扮演了次要角色。在德国,所有城市都很迷人。慕尼黑、汉堡、法兰克福,都可以与首都媲美。从这一点上来说,德国是个地方分权的国家。

只是有件事叫我不舒服。那就是几乎所有德国家庭里,都可以看到德国皇帝的照片。

反复灌输到德国人脑海里的观念,不是自由,而是对责任的敬爱。在德国,到处都会看到"警方严格禁止!"的告示。所以除了政府制度以外,德国或许是世界上最有条不紊的国家。

德国人在欧洲不受欢迎。一般觉得德国人自视过高、粗鲁无礼且傲慢。事实果真是如此吗?五十多年以来,德国人励精图治,展现前所未有的努力,工业实力深入到各个领域。或许只有嫉妒,才能说明这些指控！

　　德国的人口持续增加，可相反地，外来移民的数量却停滞不前。从人口统计学的角度来看，这个现象还颇耐人寻味。

　　德国家庭的组成，是欧洲国家里头最小而美的。从中国人的观点来看，这也是全欧洲里最好的。德国就像一个最讲道理也最脚踏实地的女人。这倒不是重点。重要的是她任劳任怨，做牛做马。在她身上，有各种牺牲自我与深情奉献的念头！

八、文　学

　　对我们中国人来说，研读西方古典文学真是一件耗尽心力的人间惨剧。但丁（Dante）、莎士比亚（Shakespeare）、拉辛（Racine），还有高乃依（Corneille），他们同时代的人怎么想，就算我们知道了，又有什么意思呢？对我们来说更要紧的，是认识我们当代的文学，借此足以了解到这些民族的各种思想、心理，以及不同的偏好。他们的物质文明，可是远远超过我们呀！

　　德国的经济扩张，直接影响其民族的文学发展。1870年以来，德国文学转入衰颓时期。没有任何一位诗人可与罗斯丹（Rostand）[①]、吉卜林（Kipling）[②]匹敌；用德语写作的斯皮特勒（Carl Spitteler）不算，因为他是瑞士人。散文作家的情况也不例外。戏剧方面多亏有易卜生[③]，让它成为唯一突飞猛进的文类。我们可以确信的是，这个德国写实主义的流派，将在戏剧世界里留下许多不朽的作品。总之毫无疑问，物质主义扼杀了文学创作天分。在今天的中国，虽然在不少核心问题的态度上非常反动保守，足以令人挞伐，然而就文学方面来说，大家还是只欣

　　[①]　罗斯丹（Edmond　Rostand, 1868—1918），法国剧作家，最知名的作品是《大鼻子情圣西哈诺》（Cyrano de Bergerac）。

　　[②]　吉卜林（Rudyard Kipling, 1865—1936），英国作家，1907年获诺贝尔文学奖。

　　[③]　易卜生（Henrik Ibsen, 1828—1906），挪威剧作家，著有《玩偶之家》《海达盖伯乐》等作品。宋春舫误将其归入德国作家之列。

赏那些从未被物质主义污染过一丁点儿的作家。

自王尔德以降,英国文学除了吉卜林以外,没有产生任何一位有名望的诗人。从戏剧的角度来说,英国作家的表现倒也非常卓越,像是萧伯纳(George Bernard Shaw)的《人与超人》(*Man and Superman*)、《芭芭拉上校》(*Major Barbara*),还有高尔斯华绥(Galsworthy),曼殊菲尔(Mansfield)的《忠实》(*Faithful*)等。此外,更不用说还有科幻作家威尔斯(Wells)了。

意大利以拥有邓南遮(Gabriele d'Annunzio)、塔玛洛等作家自豪。后者是唯一享有女作家一词之殊荣者。

不过文学天分却鲜少在女性之中生根,虽然欧洲的女性主义、骑士精神都持续发展,民众对此也多所鼓励。"女性书写"(Frauen schrift-stellerei),在德国根本不值一提。若不是因为社会主义,涅格丽(Ada Negri)完全没机会获得群众的热情掌声。乔治·艾略特(George Eliot)与乔治·桑(Georges Sand)恐怕也就后继无人!

法国文学因为有梅特林克、柏格森、罗斯丹,以及安纳托尔·法朗士(Anatole France)等人,故仍足以为同时代最灿烂耀眼者。

至于中国文学,我们或许可以这么说,自从它开始与西方国家接触以来,已经完全丧失其独特性,几乎不能与过去辉煌的历史相提并论。今天的中国,只有译者!再见了,才华洋溢的诗人和作家们,虽然中国过去曾是孕育他们的摇篮。

政治的衰颓,是否也呼应了文学的衰颓?

九、戏　剧

今日不再是诗歌的时代,而是戏剧当道。一首诗得到的回响就一星期,报章杂志满心喜悦对这首诗大肆批评一番。当然更常遇到的情况是,诗作刊登后就引来各种尖酸刻薄的争论,有时还掀起沸沸扬扬的笔战。然后,一切就沉寂下来,永远尘封在遗忘里!

相反地，哪怕二三流的戏剧也可活得好好儿的。话说日内瓦戏剧院（Comédie de Genève）上演了欧耐（Ohnet）小说改编的《冶金厂厂主》（Le maître de Forges）。剧终幕落时就两句话："您爱不爱我？我是全心爱你啊！"这台词说有多普通就有多普通！但总还是得去看看这出戏，因为观众一片好评！

中国戏曲在社会上或文学领域里，都没扮演什么举足轻重的角色。不过西方戏剧，因为有了易卜生的缘故，所以差不多可以说在整个欧洲掀起了一场革命。

易卜生的作品主旨无他，就是对抗二字。个人必须对抗社会，且应该要战胜社会。但要达到这个目标，牺牲在所难免。《玩偶之家》里的娜拉抛夫弃子，义无反顾出走，毫不后悔。这一击实在太漂亮了。从此，我们的社会就只能眼巴巴地把各种传统包袱捆绑在男人身上，让男人永远成为社会的奴隶。这到底是进化，还是革命呢？

易卜生的想法到处生根，遍地开花。德国剧作家霍普曼（Haupmann）与苏德曼（Sudermann）无疑受到易卜生影响。就连当今英国最伟大的剧作家萧伯纳也不例外。在斯拉夫国家里，特别要提到的就是普莱毕茨维斯基（Przybyszewski），他的作品还融合了梅特林克的神秘主义。就连在拉丁民族里，像是贾科萨（Giacosa）、布堤（Butti）还有布拉科（Bracco）等，都可算是易卜生的门徒，作品流露对大师的景仰拥戴。在法国，人们倒是没那么热衷易卜生。尽管如此，在居艾尔（Francis de Curel）和巴塔耶（Henri Bataille）的作品里，还是可以清楚看到同样的创作倾向。

在中国，一切都要恪遵祖训。个人的事情家庭说了算，故乡的事情社会说了算。我们只能一个字都不吭声，静静看着奴隶的脖子装上枷锁。等到有一天中国人民开始起来反抗千年来的各种体制，那么中国的未来才有希望！

远东，是欧洲舞台偏好的主题。由于音乐之故，《蝴蝶夫人》总是观众的最爱。但我们绝不能原谅普契尼，因为他让这出歌剧的第一女主角像只青蛙似的在台上跳啊跳的。日本女性婀娜优雅的步态,她一点儿也没学会。

有件事让中国人很吃惊,那就是在欧洲,同样一出戏码会连演好几个晚上,甚至不乏同一季演出几百场的。难道欧洲人比中国人更忠诚吗?

十、帝制或共和?

"圣人不行。"——老子①

中国人身上背负着四千年的历史。一直到1911年以前,中国人知道的政府形态不过就一种,那便是绝对君权,虽然晚清的最后几年间也曾规划过君主立宪。

为什么共和的思想从没出现过?是不是我们对政府的组成太过保守?

要找出原因的话,恐怕还是得从中国家庭说起。过去中国的家庭影响力甚大,扩及日常生活每个层面,而且也是一切政治、社会与宗教机制的基础。

在欧洲,社会的根本要素乃是个人。社会为了发展,到底应该不应该牺牲个人?这个问题历来激起唇枪舌剑。许多伟大的思想家、革命派、安那其主义者,对此都高举反对意见。

类似的想法从来没渗入中国人的脑袋⋯⋯在中国,社会的根本要素是家庭;家庭就是一切,个人什么也不是。

每个中国家庭里都有位领导,一般来讲是作父亲的那一位。根据传统,父亲掌握家中大权,家里其它成员都得听命于他。发号施令的是父亲,决定奖惩赏罚的是父亲,主持祭祖的也是父亲。凡是触及家

---

① 语出《道德经》第47章,全文为"不出户,知天下;不窥牖,见天道。其出弥远,其知弥少。是以圣人不行而知,不见而名,不为而成。"宋春舫只引了原文的一部分,亦即"圣人不行"。

中成员利益的问题,都是由父亲决定。对家里的成员来说,父亲是一位货真价实的帝王,却绝不能是暴君。

中国的政府体制就是根据家庭的形象塑造的。对中国人而言,整个国家不过就是一个大家庭,而皇帝扮演的角色就跟父亲一样。皇帝必须爱民如子,把臣民看作是自己的家人,并且像父亲一样,背负应尽的责任与义务。

此外,中国的君王体制从来不是绝对君权。四万万民众繁衍生息的中华大地,既是皇帝的家,也是他的私人财产。所以皇帝应该要温和、宽厚、仁慈,时时以天下苍生为念。话虽如此,这倒也不碍着皇帝,他还是可以大权在握,贪图一己之私!

1912年,成千上万的中国人民抛头颅、洒热血,中国的皇权也随之烟消云散。中国人成为共和国的子民。不过家庭体制撑了过来,跟革命前一样没什么变,跟四千年前也一样没什么变。

从此以后,中国人心上老搁着一个复杂难解的问题。既然治国与齐家互为一体两面,那么为什么政治和家法之间,竟有如此显著的冲突呢?要怎样才能调和这两套扦格不入的价值观呢?

法国第三共和进入第四十八个年头,前后有过八位总统。话说法国可不缺保皇党。中国却始终有各种风声,说是帝制要复辟。其实这也没什么好大惊小怪的……毕竟,家庭始终都在啊!

中国家庭的命脉,是靠祭祖这件事来维系的。然而这不过就是为了表态,好像深深爱着传统和过去,让自己显得没那么薄情寡义罢了。

十一、意大利万岁!

意大利的一切深深吸引着我。首先想到的,就是米兰大教堂。它是欧洲最令人赞叹的大教堂,每年要花掉政府二十万法郎来整修,真难想象要整到何年何月方休了!其次还有威尼斯、史卡拉歌剧院、大小湖泊以及鱼场!

但这还不是全部。意大利语之美丽,只有苏州方言堪可匹敌。"托斯卡尼的语言,罗马的舌头"①,理想中的意大利语就像这样!

翡冷翠的秀丽叫美国人特别为之心醉神迷。各种店铺罗列在翡冷翠的桥梁两侧,不禁让我想起中国的桥也是这样。只是在中国,这样叫作原始;在欧洲,这样叫作美轮美奂!不过翡冷翠其它方面都无趣透了,因为每个车夫都千方百计要跟你聊邓南遮的作品。

罗马是欧洲的珍珠,这话说得一点都不夸张。尽管什么年代的建筑物都有,但用"协调"一词来赞誉它,仍然十分贴切。

意大利参战,就像艺术上的神来之笔。这一出招实在太漂亮了!至于这一笔下去画得到底好不好,只有未来才能知道了!意大利这个民族,本质上是很艺术家的。他们不只苦心经营实际利益,而且还有更崇高的企盼。

意大利的未来不可限量,因为一切都正常稳健发展。而且人们以传统自豪,也知道如何维持传统!话虽如此,意大利人出了国门的名声却很糟糕,原因出在世界各地的意大利移民身上,特别是在英美国家里。唉,他们的臭名声可没这么快甩干净!

比起其它欧洲各国的姊妹们,意大利女孩可没那么快活,因为她们到现在还是得对父执辈百依百顺,任凭其专权桎梏。而且,意大利的丈夫的醋劲又特别大。已经有些意大利女性开始反抗这种双重的奴役。不过,除了各种传统与根深蒂固的习惯之外,还有宗教的包袱,这也得考虑进去。

梵蒂冈就像一座巨型的远东庙宇,只不过它看上去更具有科学精神,也更加雄伟壮丽。大致上如此。

意大利人也玩猜拳,这是当地主要的国民游戏。由此铁证也就可以确信,意大利是率先朝觐中华天朝的欧洲国家。

---

① 意大利各地方言甚多,十九世纪下半叶统一后的意大利,以托斯卡尼的方言作为其国语的基础,并以"Lingua toscana in bocca romana"一词来指称标准意大利语,亦即带有罗马口音的托斯卡尼方言。

眼见庞贝古城，叫我不免悲观，且对人生充满怀疑。罗马人是怎么办到的，竟可完成如此令人叹为观止的工程？如果不是某些奇妙的因缘际会，让人类意外发现大自然的奥秘，进而开展了工业革命，今天的我们又会变成什么样呢？

该是中国政府出手，采取有力措施保存古迹的时候了。中国大江南北，处处断垣残壁，传统俯拾皆是，毫无疑问可以成功唤醒国族的自豪，以及国民对祖国的热爱。要知道，一个国家不是只活在当下，同时更是活在过去啊！

十二、婚　姻

"女人的责任是结婚；男人的责任是要避免结婚。"①

我国的婚姻有个大缺点，那就是太过简单。中国人结婚前，两人既不打情骂俏，甚至从来没见过面。所谓情书，就是里头什么漫天扯淡都可以写给对方，这玩意儿中国压根儿没有。父母亲不互相登门拜访，于是也就没有什么精心巧设的骗局②。不打契约，也不讨论聘礼嫁妆。当事人完全听从父母之命，而父母呢，则是任凭"媒妁"之言安排。所谓媒妁，通常是位妇道人家，说谎的本领人尽皆知，唯一挣钱的看家本领就是为人作嫁，借此收取金钱报偿。金额多寡则是由双方家庭的经济状况决定。

整桩婚嫁差不多可以进行得完美无瑕。结果定下后，也不会有争执。中国的婚姻里，不时兴演什么爱情剧，因为男女双方在大喜之日前从没见过对方。

---

①　此引文出处不详。宋春舫亦未指出语出何处。
②　此处宋春舫使用"poudre aux yeux"一词，形容互相欺瞒的行为。这个词直译是"把灰尘洒到人的眼睛里"，引申为骗人的意思。法国剧作家拉比什（Eugène Labiche）曾写过一出以此为名的剧作，故事是两户人家为帮子女安排婚事，故意吹嘘造假自家身世的趣味情节。宋春舫对这个剧本赞誉有加，在1923年出版的《宋春舫论剧》里曾经多次提及。

我觉得我国的婚姻,似乎应验小仲马那句看似矛盾的话:"两人的婚姻若有爱情,爱情会在日复一日的生活里被扼杀;两人的婚姻若没有爱情,日复一日的生活倒是可以培养出爱情。"①

此先按下不表。对欧洲人来说,没有什么比中国人的婚姻更不堪了。这倒不难理解。但欧洲的婚姻又如何呢?

一个天生就有追根究底精神的中国人,很快就会注意到,许多年轻美丽、身材高挑、清新可人又脑筋灵光的女孩,总是苦心追寻未来,却每每难竟其功。相反地,外貌不佳,个性也不讨喜的女孩,总是很容易找到一些傻头傻脑的小子,轻松把他们拴进婚姻枷锁里。当前社会上,想成亲的男子追求的,往往不是女孩本身,而是看中嫁妆。这固然是人性使然,但我们也免不了要谴责社会环境一番。这些没有嫁妆的姑娘,本来也幻想着家庭的甜蜜,但最后不免伤心绝望,痛苦不已,只能委身为情妇,终身蒙羞。人们莫可奈何,因为婚配的嫁妆制度源远流长,所以虽然欧洲人一点儿也不保守,但仍然没办法摆脱这些延续近千年之久的风俗民情。

中国人的蜜月总是相当诗情画意。感谢老天爷!现代人的潮流是尽可能让这段时光持续得短一点。理由自然不在话下。怎么说好呢?蜜月就是一种"婚姻显微镜"。两人结缡的所有不幸与痛苦,都渊源于此。结婚以前,大家或多或少有点儿盲目。至少男人如此。感觉就好像是在打猎一样,一心只想追到兔子,眼里全是它在跑呀跑的……其它的细节都视而不见,或至少是假装视而不见。至于岳母大人和婆婆呢,或出于小心谨慎,或出于良心善意,总是睁大了眼睛。接着蜜月终于来了,灾难也就一发不可收拾。年轻夫妻的所有亲友,甚至包括岳母和婆婆,都暂且不管这小两口,让他们一点一滴仔细端详对方的丑陋与缺点。也就是从这个时候起,小两口开始感觉无聊得要死。往日那些充满机趣的言语,如今显得愚蠢不堪;谈恋爱时的种种淘气任性,如

---

① 出自小仲马的小说《半上流社会》(*Le Demi—monde*)。

今放在家庭生活场景里,一举一动看了都叫人讨厌。有人说废掉蜜月这种习俗,说不定会减少离婚的人数。我觉得我差不多被说服了。

中国古代经典文学作品里,夫妻分手有时倒是可预料的结局,不过现实的中国里,一直到最近这些年为止,一般人还是尽可能不要走上那一步。然而离婚在欧洲倒很常见,尤其是在美国,以致于现在开始有股强烈的反弹声浪,不管是基于社会的角度来看,或者是基于人口结构的角度来看。

话虽如此,对怨偶们来说,离婚却是唯一一个勉强说得过去的解决之道。事成之后,少不了在报章杂志上引起轩然大波。读起来是刺激,只是女人的心理负担不小。

倒是俗话说得好:"离过婚的女人就像一本被翻阅过的书!"①这话听起来多诱人啊!

十三、女　人

女人的分类:

1. 可以明媒正娶的
2. 可以打情骂俏的
3. 可以出门约会的

法国女人就是可以出门约会的那一型。过去易卜生剧本里的女人,是可以打情骂俏的那一型。不过时至今日,只有在斯拉夫民族里能遇到堪称可调情的女子。适合娶回家的女人要往德国人里寻,而所有中国女人和日本女人都属于这个类型,这倒是一点也无庸置疑。她们心里想的是牺牲,精神上体现的是顺从。

大部分在欧洲的中国人,是一个比一个自我中心,每每千方百计

---

① 这句话出自法国剧作家波多利奇(Georges de Porto-Riche,1849—1930)的剧本《女恋人》(*Amoureuse*)。

要娶欧洲女子为妻。难道他们都没发觉,欧洲女子要比中国女子专断跋扈得多,而且从某些观点来说,不像中国女子那么适合为人妻吗?

反过来说,年轻的欧洲女孩心中常怀抱极度天真浪漫的情感,想象那些玫瑰色的异国情调,就像《秘密花园》《菊子夫人》的作者笔下描写的那样。① 人们难道不知道中国人早早成婚,所以纳妾这种犯行屡见不鲜吗?

话说,婚姻里要紧的并不只是男欢女爱。为了要一辈子幸福,就必须要互相心灵浸润交融。这种缘分说来奇妙,就连娶了德国太太的法国人也不一定有办法做到,虽然德法本属同一个人种。于是乎,跨越人种差异而娶欧洲女子为妻的中国男子又怎能做到呢?

斯特林堡(Strindberg)②与萧伯纳这两位伟大的剧作家,都不否认女人优于男人。斯特林堡在他著名的小说《疯癫人的辩词》(*Le Plaidoyer d'un fou*)以及其他剧作里,大抵都以一种英雄主义的态势,接受女性战胜男性的事实。至于萧伯纳,他也同意"除了手上的扑克牌、脚底的鞋钉之外,男人根本没办法和女人较量"③。

整个欧洲文明不过就是女人的杰作,这还需要说吗?

十四、犹太人(存目)

十五、我们很吓人吗?

单眼皮、塌鼻子、颧骨外翻、下颚突出:中国佬不外乎就是长成这

---

① 《秘密花园》(*Le Jardin des supplices*)是法国作家米尔博(Octave Mirbeau,1848—1917)于1899年发表的小说,故事描述一位有虐待狂的英国夫人在法国骗子陪同下,进入中国广州的监狱,欣赏各式各样的酷刑。《菊子夫人》(*Madame Chrysanthème*)是法国作家洛蒂(Pierre Loti,1850—1923)于1888年发表的小说,描写一位法国军官与日本女子短暂的情感生活,书中并大量描绘了日本的风光与民俗风情。

② 斯特林堡(Auguste Strindberg,1849—1912)是瑞典作家。自传体小说《疯癫人的辩词》发表于1887年,表达了作者对于妻子的强烈恨意。

③ 语出萧伯纳的剧本《人与超人》(*Man and Superman*)。

副德性。

关于人类的各种感觉,若要分析起来,审美眼光是最主观也最因人而异的。习惯与生活圈的影响,毫无疑问扮演了最重要的角色。住在非洲国家两年下来,就算本来不是黑人,也可以分辨出谁是黑美人,谁又是丑黑妞。

在中国,人们实在很难想象头发除了黑色以外还有别的颜色,尽管我们喜欢把女子的头发比拟作青丝。不过总的来说,在欧洲的中国人,到底还是比较偏好金发女郎吧?

也很常见的情况是,北欧人只要看到不是金发的人,就会油然而生一种本能的反感。这是所谓的反作用理论吧?还是生活圈子的影响呢?

肤色完全不会影响人的美貌,古代希腊人想必早已感同身受。大洋洲群岛上的人们迟早有天会让我们相信,穷困女子的黝黑肤色,其实看上去最让人愉快也最诱人。

中华民族过去曾经是最俊美的民族之一,但现在毫无疑问正处于最颓唐的时代。首先,裹小脚已经给妇女造成灾难性的斫害。同样地,鸦片数世纪来继续肆虐神州大地。这玩意儿会叫人变成什么样的丑八怪,你我心知肚明。此外,卫生知识缺乏,又对体育活动完全敬而远之,中华民族体态之所以退化,这两件事也有份儿。

外在衣着和天生美貌还得靠脂粉来画龙点睛。话说化妆虽然占有决定性的地位,但一个中国女人要是穿得太紧(丰腴的乳房一向是叫中国女人倒尽胃口),就算脸上搽了脂粉还是没法花枝招展,因为她的酥胸整个看上去就像压扁了变形似的!

虽然我们抱怨中国女人的体型太瘦弱,但所有欧洲女人的梦魇就是无以复加的发胖。她们一过三十岁,就开始肥胖得不像话。哎呀!欧洲人的精力和生命,不过就只有十年光景而已!

总之,中国人的审美眼光在许多情况下跟欧洲人是相反的。中国人看欧洲人,或是欧洲人看中国人,总觉得对方不够顺眼,这实在是再自然不过的事。反正只要不是中国人,就一概给他安个"洋鬼子"的称号。但这还是阻挡不了欧洲街头的小鬼头,追着华人身后叫嚣着"这只丑……"①

十六、他们比较幸福吗?

再怎么淡漠的旅客,当城市的美好与壮观跃然眼前,也不能不无动于衷。那些大道、交易所、豪厦、百货公司,还有沾满煤灰的道路,到处总能见到各式愉悦的衣装,让人心甘情愿驻足其上。凡此历历在目,无非赏心乐事。只是人间悲苦每每悄然而至。世上不是只有伦敦才有东区(East End);每个首都级的大城市都有这么个区域,因为地球表面上处处有惨剧,只是有没有发现它!

看到这些贫穷悲惨的人们,不禁就要问,欧洲国家表面上的富裕荣景,骨子里是否只是富人剥削穷人?到底欧洲人是不是有我们幸福?

从经济的角度来说,答案应该是否定的。人人喊着生活花销昂贵,尤其大战以来,这种说法已蔚为潮流。昂贵的原因无它,乃是因为国家需要令人咋舌的巨额税收,好用来面对急速飙涨、与承平时代完全不成比例的支出。苛捐杂税名目多得不得了,而研究和发明这些名目的人更是锱铢必较!

大战之后,人们固然可能削减当前投注在军备弹药方面的支出,不过对某些国家来说已经太迟了。骇人的战祸,将由银行破产为它划下凄惨的句点。

在中国,人们抱怨赋税高涨已经好一段日子了。不过中国人说到底还是世界上缴税负担最轻的!……

---

① 宋春舫原文为"Quelle g...",意指"Quelle gueule",中文可译为"这只丑八怪"。因法语"gueule"一词较为低俗,故宋春舫以"g..."代替。

从社会的角度来说，我们的负担其实更轻。公共生活持续发展，一日胜过一日。总有一天我们可以集体吃上社区大锅饭，就像现在德国一样！这种公共生活就是家庭消失的前奏曲。

大部分在中国的欧洲人都不打算回故乡去。对他们来说，在中国生活比较容易，生存奋斗也没那么紧张。女人们心甘情愿固守这片异乡，因为她们在此寻得一方舒适惬意的天地，根本没有意愿返回欧洲。而且，我发现在中国，好像都是作丈夫的在伺候太太！即使没有治外法权，他们还是留在那儿！

至于，从政治上的角度来说呢……？

十七、水　都

在巴黎，人们欲拒还迎；到了有水之滨，却是直接坠入爱河。湖光山色的度假胜地妙就妙在这儿，因为骨子里根本是婚友联谊所。随便拿起一本小说，都会读到这种句子："我们是在一座水都相识的。"接下来轰轰烈烈的爱情戏就要登场！

倒是在德国，讽刺漫画家一看到家庭式浴池就忍不住要哈哈笑了。

还有博弈。这玩意儿叫人入迷，不知所以。蒙地卡洛每天的大事就是听闻有人自杀。提醒诸君，对国家来说，博弈是稳赚不赔的财源。大战以后，欧洲各国寻求修补巨额亏损的办法。于是公共财政的条文里，博弈占了重要章节。最近广东省试图重新开张赌场，因为他们相信，面对公共支出，只有博弈收入可以解决问题。

博弈在欧洲国家扮演的角色，就像日本的买春一样。要是日本没有买春，那么欧洲大战前就早该破产了！

不过，必须承认中国人是最爱赌的民族。在中国的欧洲人铁定见识过。中国的博弈游戏五花八门，其中"麻将"是我在世上见过最有意思的了。但是扑克牌已经铺天盖地席卷中国，桥牌出现也是指日可待。这又是一个走向文明的结果！

所有的水都之中，蒙地卡洛始终是最有名的，因为该处赌场众多。相较之下，蒙特勒（Montreux）是最近才开始名声大噪。那儿天气异常温和，所以全欧洲的老人尽往那儿去！奥斯滕德（Ostende）入夜以后是名副其实的天堂。人人都想重温在那儿度过的时光，再尝尝那儿举世闻名的生蚝。

"市立赌场"一举掳获我心。对阮囊羞涩的公家财库来说，这套制度教人欢欣鼓舞。一流的交响音乐会、戏院、秀丽宜人的步道，还有……女人！

镰仓浴场在远东地区相当知名。在那儿可以看到一尊大佛，背上开了两扇窗子，让人还以为是烟囱呢！日本人在镰仓海水浴场游乐，真可说是天下奇观，东方与西方似乎要伸出手来言欢一番哩。

外来思想总是通过水岸城市悄悄渗入一地，而且很不幸地，这些思想常常都是各种奇风异俗。身处在这些水岸城市之中，觉得多么天下一家呀！我老想，为什么和平会议不在这些大家偏爱的地方举办。大家你让我，我让你，想必会得出更叫人满意的商谈结果呢！

十八、跳　舞

人人都知道，中国学欧洲不过就像东施效颦。辛亥革命期间，几个争取妇女投票权的份子手持炸弹，威胁南京临时政府，希望全民皆可获得投票权利。她们的行径，完全就是潘克赫丝特夫人（Madame Pankhurst）①之流……过去几年来，汽车业在上海发展的方式令人眼睛一亮，就算是老一辈的满清官员，也抛弃了旧时华美的轿子，改乘628型老爷车了！欧洲的服饰同样也蔚为风潮，叫人发自内心痛陈中国美好衣衫的消逝。

---

① 潘克赫丝特夫人（Emmeline Pankhurst, 1858—1928），英国女权主义者，以争取妇女投票权闻名。

其实当今中国的潮流就是,只要欧洲的东西全都爱。文明影响人心风俗,其后果之可憎于此可见!所谓"自由"的婚恋,还不是照样导致离婚。而手枪进口,徒然让家庭悲剧和自杀更方便罢了。

话虽如此,中国人但凡一心喜爱欧洲娱乐如电影、马戏者,以及舍麻将之趣味而就扑克牌者,皆不识舞蹈。北京的国宾跳舞场①(bals d'Ambassades)里是有几对中国男女出现,但此为偶例,不可一概而论。直到今天,在欧洲甚至全世界引起骚动的"探戈"一词,中国还没有人知道那是什么玩意儿。这是因为中国人本质上是个有道德感的民族,或者更进一步说,是压抑欲望太过。于是乎很自然地,就不能忍受在大庭广众下看到一个女人卧倒于男人臂弯。话说中国男女之防可是有清清楚楚的规范,小孩从七岁起就不可男女同桌。要是知道这些,那么见到中国人扭捏害羞的样子,也就没什么好大惊小怪的了。

看到重要的大人物们,纷纷使出浑身解数抨击探戈,说它是人类社会最大的罪恶,想想也觉得奇怪。教皇、德国皇帝,甚至法兰西学院的院士们,对此主题都发表了长篇大论哩。

当今欧美的舞蹈都有种马戏的趋势,大部分的现代舞多少都有点儿反节奏。固然舞蹈可以带点儿马戏的味道,像是俄罗斯舞或者波兰马厝卡舞那样,但是违反节奏的舞蹈就不太能原谅了。

天下最哀伤的事,莫过于舞会散场之际了。夜已尽,人已困乏,女子的丑态满室乱窜。唇上的胭脂、面容上的白粉,以及身上的香水,若是还残存点儿什么,不过就是阵阵汨出的汗酸臭。音乐开始昏昏欲睡,就像垂死的人咽下最后一口气……一切就这样结束了!

十九、决　斗

地点在水浴场旁的一座赌场里。战争期间。C夫人由丈夫护驾,

---

① 此处宋春舫所说的跳舞场中文正确名称为何,待考。

翩翩到来。她闪闪动人的美貌,迷倒众生的装扮,以及远近皆知的名声,立刻赋予她一股魅力,让所有人拜倒在她的石榴裙下。突然间,一位雅致潇洒的年轻男子进入同一个大厅。C夫人很快发觉这年轻男子的双眼打量着她,那股劲儿像是要吞下她似的,让娇羞的她仿佛全身上下被冒犯。幸亏C先生也注意到了。他对这位年轻人说:"先生,您看着我内人的方式教我难以忍受。"但是这位年轻男子假装没听懂,继续盯着C夫人瞧。于是C先生给了他一张名片。年轻人心平气和收下名片,随手撕了它,用一股清楚高亢的声音冷淡地说:"先生,一位高贵的公子绝不会和C家女人的先生打斗。"说时迟那时快,他拿起他的高顶帽,离开了大厅。

根据他们的说法,一个人的荣誉要是受到损害,唯一的解决之道就是诉诸决斗。人家羞辱了我,我奋力一斗,最后让人把我给杀了。文明国家之辈,推论竟是如此!

然而要想让众人认识,决斗却是万无一失的方法。诸君从开始与人打斗那一刻起,尊姓大名就堂而皇之出现在报刊上。要人们对您的生平事迹和所作所为感兴趣,这招倒是贴心。这会给您一种幻觉,仿佛人人都关照着您似的。接下来就是一场又一场的决斗。怎么斗也斗不死的决斗,互不血刃而名声早已传遍。说到底,只有傻子才会真的把子弹装枪上膛。科学进步神速,就连决斗的人也不必玩命!

决斗时,女人经常是一项不可或缺的元素。吾人若为钱的事情,总少不了法定执行人、律师和法庭。但要是为了女人而起口角,或运气更好一点,是女人为诸君起口角,那么决斗似乎变成唯一还算合情合理的解决办法!

过去,决斗是德国学生最喜爱的运动。他们的想法是,脸上受了剑伤反而增生光彩,而男子脸上挂彩越多,在女子眼中就越有味道。多叫人莞尔的美感呀!

实在得再说一次,决斗这种公平正义的念头,完全是欧洲式的!

二十、时　髦

"自己穿在身上的叫时髦;别人穿在身上的,叫落伍。"——王尔德①

情感方面也好,经济方面也好,做女帽的师傅在每一个国家都有极大的影响力。成千上万的丝绸商、羽毛商都得靠他哩……连记者也是!

不管是王公贵族、外交官员还是博学鸿儒,一站到做女帽的师傅旁就黯然失色,因为真正能够成天让那些太太们心烦意乱的,只有做女帽的师傅。

二十世纪是反抗的世纪。那么我们是不是也该出版几本手册,教人反抗女帽师傅的暴虐无道呢?

一般来说,时尚无可避免会导致荒谬,因为它叫人丧失了原本个性。今天人们在欧洲嘲笑中国女人穿的裤子,但哪天这种裤子跟短裙一样蔚为风潮的时候,大家又会迫不及待套上它了。

说起上海的时髦——说上海是因为它在中国扮演的角色,就像巴黎在世界上扮演的角色是一样的——上海现在流行的就是女人家出门不戴帽,哪怕天气状况再严峻也不管。显然人们爱此流行,远甚脑袋瓜儿伤风感冒或者脑充血!时下还流行要中国女人戴眼镜,莫非近视的女人比较忠贞!

是时尚让巴黎成为人间花都,也是时尚让女人红杏出墙!

在欧洲,人们对中国血统的狗,像是北京狗、哈巴狗、松狮犬什么的,特别有热情。

过去豢养照料名犬是宫内太监和官员的活儿。自从大清帝国亡了,太监和官员都没好日子过。要是他们知道自己养的狗价格高得天

---

① 这句引文出自王尔德剧作《理想丈夫》(*An Ideal Husband*)第三幕的台词。

花乱坠,在美国超过好几千法郎,他们一定毫不犹豫抢着管这档事,而且肯定变成中国各种民族工业的劲敌!

在中国,人们倒是比较喜欢鸟。一个中国人可以心甘情愿花上一整天的时间,就为了教会他的八哥或鹦鹉几个字,绕着鸟笼转上老半天,细细欣赏这些鸟儿。要是能花上同样的耐心教养孩子,那中国的教育不知进步会有多惊人哩。

二十一、夜　晚

人在中国,是白天享乐,晚上睡觉。到了欧洲,是白天工作,夜里逍遥。其它国家风俗各自不同。

欧洲文明里,有一大半只在夜里得见。舞池、音乐会、戏院……玉腿只在夜里献媚,因为女人在灯光下要比大白天里漂亮多了!

柏林的夜晚特漫长,巴黎的夜晚花样多,布鲁塞尔的夜晚很民主,那不勒斯的夜晚吵杂乱,伦敦的夜晚只有沉闷。纽约成千上万的电灯投射出各种广告,照得城市光辉灿烂。每晚上百万块钱的代价,好用来证明广告巨大的威力,让富甲天下的美国人也是心悦诚服。

凡是战前到过巴黎的人,今天总忍不住苦着脸数落巴黎变糟了。那些大道区,过去可是热闹的同义词呀。现如今在那儿寻寻觅觅,只为了找寻身上还沾染着它香味的姑娘!

酒吧是欧洲年轻姑娘的梦想地。禁果到底还是令人想尝的,只不过在这儿成就的大多是些龌龊行为。那么,我们怎么能容许类似这样的场所呢?实在是因为营收惊人又稳赚不赔。这种国家独营事业,可是占尽穷苦不幸的姑娘们的便宜哩。

说来有意思的是,第一次到访某个城市,竟是夜半深夜之时……火车站里头,两三个职员瞧着你,那眼神一半带着怀疑,一半昏昏欲睡。汽车全都已经回去自家了,于是我们只能被迫走上一大段路,方才找到旅馆,只是那旅馆恐怕还不给你开门哩!

山里头的夜晚很有味道。笼罩着雾气的大海,刚随着壮观的日落而消逝眼前。山丘脚下的小村灯火开始一一亮起,仿佛叫人见到星子坠落的幻象。

在泰晤士河上划船!在莱茫湖里摇桨,或是绕着贝拉岛!① 几只迟归的鸟儿、灯火,不时听见村庄狗吠。田园风光,说的就是这样!

二十二、战　争

"战争从爱国主义里破壳而生。"②——莫泊桑

战争的可怕大家耳熟能详,若是我再强调就没什么意思了。

但是战争无疑制造出令人激赏的结果,这倒是我们所忽视的。

科学从未如此进步神速。壕沟日新又新,不断改进;75毫米野战炮以及其它各种火炮如巨兽般威猛惊人;潜水艇和飞机上装载着人类智能心血所创造出的最新发明;还有土豆代替面粉做成的面包也不能不提,这些东西为战争科技开启了崭新时代。

战争教会欧洲各国百姓的事情,就是国家的底子得更坚实、不肤浅,才能确保将来的和平。像卢森堡、比利时这些小国家原来想努力维持中立,但却徒劳无功,因为世上首屈一指的军事强权,本该保障这些小国家免于侵害,结果却自己允许自己将签署过的诸多条约视为废纸一张。

文学也大有斩获,至少从量方面来说如此。报章上的论辩、法国兵士的战场,都给文学高手们前所未有的机会,让他们大展身手!

人们的地理懂得更多了,彼此的认识也更深了,甚至那几乎一无

---

① 莱茫湖(Lac Léman),位于瑞士西南方的瑞、法边境上。贝拉岛(Isola Bella),字面上的意思是"美丽的小岛",位在意大利西北部的马焦雷湖(Lac Majeur)里。

② 引文出自莫泊桑1882年出版的短篇小说《我的叔叔索斯丹》(*Mon oncle Sosthène*)。原文是"爱国主义更像是一种宗教。战争由此破壳而生。"

所知的巴尔干半岛子民,还有塞内加尔来的射击手,也让我们觉得有几分好感!

不过,战争创造出来轰动一时的新事物,到底还是以社会层面为主。肉品跟牛油的配给券,地铁上的女乘务员,充当马车驾驶员的女人,开电车的女司机,甚至还可以代替别人结婚!

除此之外,不能不好好认清战争在女权主义里扮演的角色。到目前为止,女权主义者不过只想着要争取投票权利。似乎一般人都忽略了一件事,那便是诸如此类的抗争,经济独立是第一步。女人手头上拿得出办法给自己买顶帽子的时候,她就谁也不在乎了。战争,真是两性平等的开始。

和平天性越是得到充分发挥的国家,往往也正是战火频仍之处。1840年以来,中国始终是战争的舞台。外国人在那儿打,中国人自己也在打,和英国打了两次,接着太平军作乱,1860年是和法国打,还有甲午战争,庚子八国联军,最后是1911年以来的三次革命,教成千上万的人们身上都洒满了鲜血。只是话虽如此,我却差不多可以铁口直断,说世界上没有别的民族比中国人更爱好和平了!

二十三、正　义

随着战事一开,人们也疾呼让比利时复国,让诸多小国家也有生存下去的权利,还要让波兰独立。比利时仍在德国占领之下,而当我们眼见黑山、塞尔维亚、罗马尼亚等小国一个接着一个消失,我们不禁自忖,是否能继续乐观相信正义终将战胜强权。然而,我们总有理由期待普鲁士军权主义必将垮台,而它垮台之日,就是波兰与诸多小国重生之日。这些小国现在只是暂时不存在罢了。

波兰独立!战争刚开始时,各个参战国的政治人物们的确抱持这个信念。它燃起了波兰爱国人士的喜悦与期待,因为波兰比其它国家更有权利谈独立。一个半世纪以来,波兰受尽煎熬,却从来不曾停止过对欧洲文明的贡献。"你往何处去"①(Quo Vadis)这几个字就足以令人信服：试问，是哪国人写了这本巨著？

但令众人错愕的是，波兰的问题突然就被搁置在一旁了，像是无关紧要的背景摆设。根据协约国政府所发表的声明，波兰问题竟只成了俄罗斯的内政问题。

因为正义不能决定政治，而是政治决定正义。不然的话，文明世界不是应该要严斥日本对中国提出的"二十一条"吗？不然的话，何以众人对日本桎梏下的韩国可以睁一只眼闭一只眼呢？

人们当然还是可以为日本辩驳。韩国成为大日本帝国的附庸以前，不也是天朝帝国的藩属吗？不过只是换了主子而已。再说，韩国百姓的日子从那时候起改善很多。天然资源发展，铁路正在兴建，教育日渐普及，民间迷信思想也消失了。

日本人倒是正经八百提出政治上的理由，说明侵略韩国是师出有名。他们说，韩国不足以作为独立国家，而且万一它掉进俄国人手里，对日本来说不啻芒刺在背。

人们知不知道，日本的暴政就像其它所有殖民者一样，用文明为借口全力发展，只不过是牺牲了韩国以壮大日本的武力？人们知不知道殖民地的征服者是怎样对待被征服者？一切的不公平与压制，莫甚于此！

"一个失去政治独立的民族，要靠语言当作打开牢房的钥匙。"但是长期以来，韩语书籍与报刊被严禁出版，所有使用韩语的高等教育院校也已消失。

韩国人民天性纯良温顺，充满梦想又不躁进。他们一边痛陈政治主权沦丧，哀叹笼罩各国的愁云惨雾，同时又一边让日本主子为所欲

---

① "你往何处去？"一词，语出《新约外典·彼得行传》，是使徒彼得遇到耶稣基督时所提的问题。1895年，波兰作家显克维支（Henryk Sienkiewicz, 1846—1916）以《你往何处去》为其历史小说书名，书中描写尼禄统治时期的罗马帝国社会，并以此书于1905年获颁诺贝尔文学奖。鲁迅、周作人都曾译介过显克维支的作品。

为,遂行剥削之能事。为了自我安慰,心里就想着"有些人天生注定是要微笑的,有些人天生注定是要落泪的。"①

人们是不是要假设,受苦是人性必要之磨难,而一个民族之所以伟大,是不是就像勒内(Renan)②说的,端视其受苦的能力而定?

要坚信武力的壮大,还是要将正义置于武力之上?这两种观念如何才能在国际关系中得到协调?先厘清根源问题,才是世界和平真正的基础。

二十四、人口过剩与人口衰退

即使数据资料匮缺,导致我们无法斩钉截铁断言,但是中国受到人口过剩之苦,却是不争事实。从最新获得的湖北人口数据来看,可以略知一二。1901年普查得出的结果是3528万居民;1908年是3565万。到了1917年,人口数直达3584万。也就是说,十六年内,湖北省的人口就增加了57万名,哪怕这段时间内中国遭受了各种各样的天灾人祸。尤其湖北受创最深,因为无数参与革命军的战士都是来自湖北。

家庭制度是中国人口过剩的直接原因。正如一般人所知,家庭曾是中国所有政治与社会机制的核心。即使中国帝制彻底消失的那段期间,家庭仍然不曾动摇。家庭制度的力道,从这点上就让我们看得一清二楚。

然而,这套家庭制度是鼓励婚姻的。不管有钱没钱,所有中国人都有这么一个相同信念,也就是做人第一要务,乃是要保存和延续自家香火。单身之徒永远遭人耻笑。所以中国年轻女子要比欧洲的幸运得多,因为她们绝不会变成老处女!

只是在鼓励男婚女嫁的同时,人们也不遗余力鼓励男人三妻四

---

① 作者原注:此为韩国谚语。
② 勒内(Ernest Renan,1823—1892),法国作家暨历史、文字学家。

妾。先贤孟子何其不幸,得向人们鼓吹"不孝有三,无后为大"①的教条,因为彼时人伦家庭恐有消失之虞。只是这种敬祖的孝道又是谁搞出来的呢?总之也就是因为这个缘故,于是有钱人家找到纳妾的绝佳借口:首先,要是明媒正娶的婚姻关系没有子嗣,可偏又不是丈夫的问题,那么纳第一房妾便不成问题,依此类推下去。因此,人口过剩主要也是三妻四妾所造成的结果。

只要同样的家庭制度持续下去,那么人口过剩就始终会是中国最严重的问题之一,没有解药可寻。反过来说,法国的人口衰减问题,却有更大的坏处。

甚至早在大战以前,人口衰减就已经是法国经济学家关注的问题,而且是所有问题中引起最多争论的。唉!这场战争制造出许多难以弥补的灾难后果。先不说日复一日为法国捐躯的士兵了。从经济的角度来看,这场战争同时也给予女权主义者独一无二的自我发展机会。只不过女权主义是人口过剩的大敌,特别是女人赢取经济独立的时候。

通过法律条文,废除嫁妆聘礼制度,完全禁止离婚等手段,不管是国家公权力的干预也好,或是个人层面的努力也好,恐怕都只能产生微不足道的效果。可惜三妻四妾这一帖万无一失的人口问题良药,在这些文明国家里早已不再有正当性!

直到目前为止,法国男人似乎已经被鼓励得够多了。眼下倒是特别应该重新恢复法国女人的健康心态。法国女人很漂亮,而且希望永远漂亮。凡是会让女人变丑的,总叫她们反感,而且她们心知肚明,一旦有了小孩,就得打破所有美丽幻想,老老实实地了解到自己是在为祖国出力。

欧洲国家里头,德国和意大利的人口增长最为迅速。也许意大利准备好了要奉献牺牲?意大利人不移民到法国了吗?不拿法国籍,帮

---

① 此处作者以汉字标注原文。

助法国填补三年战争造成的巨大人口缺口吗？

二十五、在美国

  对唯我独尊又爱好和平——姑且不说是冥顽不灵又好吃懒做吧——的中国人来说，欧洲人仿佛有种孜孜矻矻的狂热，对工作如此深爱，又有认识新事物的强烈欲望，老是把我们搞得心神不宁。但是人们会发现，美国人身上这种狂热要强过欧洲人十倍！

  美国集结了许多类型的人，说着各种各样的语言，甚至信仰完全相反，种族全然不同，但是他们都有相同的秉性与理想，追求着同样的目标，那就是竞逐金钱。在这里，每个人不过就是一部活生生的机器，不停地运作，只为尽可能获得最大效益。

  洋基佬天生是个生意人，骨子里务实，踏出的每一步都是为了钱，不管是在商场上还是情场上！

  说实话，还多亏了这种工作干劲和金钱追捧，让许多惊人的进步能在科技领域里落实。那些几十层楼高的巨厦，自然而然要刺痛贫穷中国人的心哪。

  在欧洲是国营垄断事业占上风，开战以来尤其如此。美国则跟欧洲发生的情况不同。在美国，个人主义发展得令人叹为观止。所有的商家企业、交通运输，像是银行、铁路、电车等，都是私人经营的，而且运作良好，叫人佩服。

  只有在政府运行良好的小国家里，国营垄断事业才行得通，像是瑞士和日本。一个国家要是像中国那样大，有一个同样贪污的政府，那么管它是国营事业还是民营企业都不会兴旺。

  顺带提一下，1911年辛亥革命的近因，乃是皇帝下诏将铁路自此收归国有，于是引发了民众的抗争，最后帝制覆灭。

  中国菜在美国搏得亮眼成绩，在欧洲倒没获得这样的成功。除了巴黎、伦敦有几间小中餐馆之外，其它就只有人们想象里的燕窝和鱼翅了！但是在纽约,有差不多两百家"炒杂碎"餐馆,一般都是美国人经常光顾,看到象牙小筷也丝毫不惊。所谓黄祸蔓延,于此可证。因为,抓住人心总是先从抓住胃口开始！

美国的新闻业如洪水猛兽,美国的新闻记者叫人唯恐避之不及,天晓得他们竟然还很清楚自己这一行是在干什么！筋疲力尽的游客是他们的天字第一号受害者。刚进到下榻酒店,房间电话就开始作响,话筒传来记者的声音,说是要访问你。好容易打发了他,三分钟过后,又是接二连三的电话陆续打来,不同的声音问的是同样的主题；而当你经过市场,他们会突然跳出来求你让他们拍张照,好登在星期天的版面上！

二十六、假民主

诚然,不是所有欧美人士都是赞同民主的。若说总有些人贪恋旧欧洲的贵族制度,倒也不是什么恶意诽谤。对这些人来说,贵族制度代表了西方文明史上的重要部分,他们国家什么都不缺,就缺贵族！

不应该把美国的民主跟瑞士的民主两相混淆。瑞士没有亿万富翁。天生贫瘠的土壤,迫使国民不得不辛勤耕作,以对抗天生不幸的命运。一般人因此拥有某种程度的安适,而整体来说财富分配算是相当平均。大部分的瑞士人过得简单、朴实,奢华一词是从未听闻。不同阶级之间的财富落差深渊,确切说起来并不存在于瑞士。如此一来,社会平等就强化了政治平等。就人性观点而言,社会平等要比政治平等重要多了。

政治上来说,黑人与白人彼此之间是平等的。但就社会层面来说呢？

职业之间也存在着不平等。比如在美国,牙医跟一般医生就不是站在同样的基准点上；批发商和零售商也不一样。这种职业上的差异就好像印度的种姓制度,只是没有宗教基础罢了。

不过美国现今碰上一个更严重的危险,那就是女人。

年轻的美国姑娘工作勤奋,时间长到连结婚的念头都不会闪过一下。但是一旦结婚以后,她就想着要乱花钱,穿金戴银、珠光宝气一番,纵情舞场,还得买几条北京犬逗乐。那么先生呢?不外乎两条路可选择。要么就任凭太太让他散尽家财,要么就发了狂工作好满足她。美国女人是条好鞭子,对付游手好闲的丈夫最有效。

人们常觉得中国人的孝道太过头。但假使所有美国丈夫对父母就像对太太那么百依百顺,他们肯定会成为世界上最孝顺的儿子,并且孝行绝对超越中国人!

美国女人太喜爱社交生活。家庭生活的瓦解,固然造成这不可避免的结果,但间接来讲,也是因为人口衰减的缘故。美国在这点上跟法国一样,要是没有外来移民填补空缺的话,就会尝到人口衰减带来的苦果。

一位朋友和我一起去过舞会一次。门房接待问我们是否有伴同行。我们回答他说,只有年轻男子而已。于是他面露难色,不让我们进门去,说是没有女伴的男士不能放行。在欧洲,是女子要求我们护驾同行;在洋基佬那儿,反倒是女人成了我们的护花使者。瞧,世界就是这样在变化。

今天,女权主义这个词倒是应该从美国人记忆中拭去,"男性主义"(法兰西学院请原谅我造字!)迟早要成为主流。总有一天轮到男人起身反抗,只是时机还不到!

正所谓"牝鸡司晨,惟家之索"啊。

二十七、华人移民海外(1)

关于种族对立这件事,欧洲人把它抛在脑后。当今这场战争是最佳证明。土耳其人跟同盟国并肩作战,黑人则为保卫法国而战。此外更不用说日本军队还到欧洲加入战局哩。

然而，人心总对种族有种天生直觉，某种可归结于外形不同、审美差异所造成的心理因素，让人偏爱自己所属的种族。

说得夸张一点，这种天生对于种族的直觉，可能会造成极端严重的后果，并因而让社会秩序动荡不安。它不但荒谬可笑，而且对激励人性也没什么帮助。看看美国就可以得证。一个这样民主的国家，竟然还存在排华法令呢。

话说要证明某个种族的优越性，那是不可能的事。有些种族和国家天生资源比其它种族国家来得多，地理位置也比较利于发展。至于外形与美感，在相当程度上涉及个人观感，很难对某民族的外形与美感妄下定论。

拉丁语系的国家里几乎感受不到种族的优越感。相反地，在日耳曼语系国家里，种族优越感却是发展得非常蓬勃。盎格鲁—撒克逊人亲身实践它，德国人则把它当成理论。好几个世纪以来，英国人称霸海洋，这个事实让英国人相信他们自己是个优秀的种族。戈宾诺（Gobineau）与张伯伦（Chamberlaine）的理论，则造就了今日普鲁士人的优越心态。

四海都有华人移民，而在各个殖民地里，他们都成了当地殖民主必须严肃以对的事务。在中南半岛如此，在菲律宾群岛也如此。菲律宾还在西班牙统治下时，荷兰人到此只需要单纯处理经济问题，但到了盎格—鲁撒克逊人殖民时期，经济问题同时也变成了种族冲突。

向海外移民是解决人口过剩的一剂良药，但前提是必须要仰赖强有力的政府，不管通过何种方式，都足以保护其海外侨民。如果没有这个后盾，移民就只能仰赖侨居国政府公权力所施舍的恩惠。过去中国人向海外移民，总是这样的情况。

此外，海外移民不太能代表他们的祖国。由于他们对生存水平的要求势必不高，所以他们给当地人的印象，让当地人对他们国内同胞的评价也多所偏差。例如移民到北欧国家的意大利人，其实本来值得更好的口碑的。

因此,中国唯一的良药,就是停止向海外移民。哪怕中国有四万万百姓,但对中国来说毫无困难。中国是一个新兴的国家。铁路有待修筑,矿业有待开采,工业有待发展。当国家准备好大力拓展时,我们需要取之不尽的人力。这一天,我们已经漫长等待多年了。

随着工业发展,工人阶级就能获得所需,不再成天想着离乡背井,因为中国人比世界上任何一个民族都更安土重迁。海外华人发财以后每每返回中国,就是最好的例证。

要是中国政府还能找到所需要的资金,打造一支千万人的大军,这也不失为遏止人们移民海外的办法!

二十八、华人移民海外(2)

自古以来,海外移民总引发一连串的司法与社会问题,其解决之道,总是隐约与国际秩序的维持相关联。牵涉到的不只是移民者的母国及其踏上的新国度,同时还包括了移民过程中所行经的国家。这一点在欧洲尤其常见。移民者的身份是否合法,领土主管部门的权力与义务,对社会与经济领域造成的干扰等,这些关乎政治和国际层面的棘手问题,都是移民所引发的。

华人海外移民史可以上溯到1850年,当时加州发现的金山引起一片淘金热。1880年签署的条约允许美国有权暂缓华人移入。同样的问题预料也将出现在澳大利亚,特别是自从1881年和1888年的法律通过以来。当地人们排华情绪高涨,尤其是在维多利亚省。厄瓜多尔共和国自1896年起已经禁止华人迁入。秘鲁政府也在1909年5月14日以行政命令暂时中止华人移入。然而自从1905年国内发起抵制美货运动以来,在中国人的记忆里,华人移民问题早就已经解决,并且给我们的政府远远抛在脑后!正所谓:

"牧羊人必须离开你，
夏天已经过去了。"①

中国移民压根儿没想过要入侵欧洲。那儿没有中国人过去心心念念的金山。但是眼下的战争，让法国人口减少的问题雪上加霜。早在1870年历经普法战争蹂躏，法国人口就开始减少。1860年法国还有3750万人口，到了1910年仍只有3950万人口。然而同一时期的德国，人口却几乎成长了一倍。

事实摆在眼前，法国只得向外国劳力招手，尤其是华工。但是中国政府要采取何种因应作为呢？是否要停止中国人向海外移民呢？

欧洲工业革命以来，劳力就被视为一种商品。它自然而然变成一桩交易，一场买卖，任何人、任何国家都可为之。用来支付劳力的薪水就是它的价格，于是劳力既可贩卖，也可购买了。

虽说是中立国家，但美国没有提供军需给参战国吗？丹麦没有出售马匹给德国吗？中国完全不生产也不制造75毫米野战炮，但中国如果想卖点什么的话，倒是可以输出劳力，而且得充分利用这个独一无二的好机会，变成最有生产力的国家！

法国华工的问题，因此是取决于供需法则。所以说，它会让经济学家和社会学家感兴趣。要是在国际秩序上引起了什么麻烦的问题，那也单单是法国和中国之间的事。德国或其它任何国家，都没有权力介入。

这场中国入侵欧洲的结局还真令人好奇，因为这可是有史以来头一遭。我们多少也有些担心地想，是否中国的入侵会变成法国黄祸的根源……！

---

① 原文为德文。出自德国诗人席勒（Schiller, 1759—1805）《威廉泰尔》（*Wilhelm Tell*）里的《阿尔卑斯山牧人的告别》（*Des Sennen Abschied*）："再会了，牧草地！阳光遍布的牧野！牧羊人必须离开你，夏天已经过去了。"

二十九、在日本

　　老天，真不敢相信自己的眼睛！眼前只有英国女人，牙齿向前突出，迎着风披头散发在街上闲逛，一副跩得二五八万似的，毫不在乎脸上吓唬人的妆扮，让人害怕得发抖，而没有一丝雀跃！那么，男人怎么样呢？路上只遇得到英国商人还有美国犹太人。这些犹太人像德国佬似的，大腹便便，自以为脑袋聪明，无所不能。几个外国外交人员费尽心思说英语，但说得有多糟就有多糟。拉丁民族风趣讨喜的愉悦气质，完全被盎格鲁-撒克逊民族收编而不复见。为了让画面更加完美，还得有英国国教、长老教会的传教士，人数要多得超过想象。他们看起来心高气傲，洋洋得意，说着自己国家的语言，就像愚蠢的小兔崽仔似的。凡相信，就必能。其它的事，他们当成是放……！① 此情此景，真让人想把一星期前吃的东西全吐出来。

　　就像我前面说的，长久以来英国人把一切都收编进自己的文化元素里，想方设法霸占一切。但我们是不是要假装英国的影响都是好的呢？

　　日本的富裕也是战争的自然结果。看到东洋佬在中国的影响力日渐壮大，英国人嫉妒得红了眼。日俄战争以前，人们不停表达对日本的赞美，颂扬日本人拥有的可敬特质。时至今日，却自动自发把日本人叫作亚洲的德国佬。舆论转变之大，莫甚于此！

　　不过日本人自己也意识到这一点吧。话说对白种人的敌意，在人力车夫身上体现得特别明显。车夫常找机会跟外国乘客攀谈，而外国乘客看到车夫就觉得惺惺相惜。因为他们在上海的可怜同胞，只要随便被中国人用手杖打几下，马上就连滚带爬，逃得远远的！像这样的谈话，最后结局常常是闹到警察局里。对那些自以为优越的种族，这

---

① 作者原文是"ils s'e nf…!"，以删节号代替较为不雅的词"fichent"。"Ils s'en fichent?!"，中文的意思就是"他们不在乎这件事""他们把这件事当成是放屁"。

倒是很好的一课。太棒了！日本鬼子！

　　从今以后,游客要慨叹吉原①遭逢的变化了。以前商家的陶瓷小暖炉前,坐着许多可人儿,身上是五颜六色精心搭配的和服,仿佛成了一场稀有鸟雀的展览。然而今天此情此景已不复见。取而代之的,是一张张艺妓的脸,印刷在硬卡纸上的难看照片。给人的印象是死气沉沉又哀凄。吉原的美名从此消失了！

　　美国会想把菲律宾拱手让给日本人吗？对美国国会的某些议员来说,占有菲律宾有损美国在世人眼中的观感。然而美国撤出菲律宾群岛之日,恐怕就是日本遂行野心之日。日本人将会宣称,这些岛屿不过就是太平洋边上蛇形岛链的延伸,从千叶群岛以降延续到此,而日本人也自认为是唯一有能力成为此处共主,且让大家心服口服的种族！

三十、错　误！

　　对日本人来说,"亚洲人"这个词除了原本的字面意义以外,还有没有另外的解读呢？我们不清楚。但不容怀疑的是,自从马关条约签订的那一天起,日本人就戒慎恐惧地维护着日本的国家独立自主,始终秉持"亚洲人的亚洲"政策。

　　日俄战争的原因是什么？1905年以前,俄国在中国北方的影响力之大,大到不只直接威胁中国,而且还威胁到日本。日本人日夜警惕,而莫斯科在此的影响力终于在"朴次茅斯合约"签订后彻底瓦解。

　　于是乎,我们便见证了太平洋边上某种"亚洲势力平衡"。在北方,日本占有的旅顺港与英国占据的威海卫、德国占据的青岛三足鼎立。在南方,福尔摩沙岛②与香港互相牵制平衡。这个情况直到欧洲大战开打才有所改变。要是日本没有遵守英日同盟,而是像意大利那样背弃德国的话,又或者要是日本更进一步加入同盟国的作战行列

---

① 吉原,是江户时期东京的著名风化区。
② 福尔摩沙岛是台湾的旧称。

话，那么今天的政治局势一定是大大不同，因为"亚洲人的亚洲"政策就会付诸执行了！

自从1905年被日本重击以后，俄国就彻底放弃要征服中国北方的念头。但是还有英国、法国、葡萄牙和荷兰虎视眈眈。其实葡萄牙人的数量可以略过不计，因为葡萄牙与其说是独立国家，还不如说是英国的附庸。至于荷兰，对日本人来说，要是能切断他们在亚洲的控制权，倒也不是一件什么坏事。事实上，有些法国政治人物的意见正是把印度支那让渡给日本，只要能彼此协商出各种大同小异的利益担保就好。要落实"亚洲人的亚洲"政策，英国会是最大的阻碍，因此也是唯一一个国家，得让日本联合德国打败的。日本无疑可以不费吹灰之力击垮亚洲水域的英国海军，直捣黄龙，挺进印度与澳大利亚。英国将无法派遣舰队前往保卫各个殖民地，因为英国的情况相当危急，就像各个交战国在战争开打初期的情况那样。而欧洲大战早该可以结束，因为自从印度失守后，英国就无法再以世界强权之姿立足了。今天在亚洲只有一个欧洲国家，那就是德国，只是它也将遭受其它强权一样的命运，而我们看到亚洲人统治亚洲的日子也不远了，亚洲版的门罗主义将成既定事实！

因此，日本加入协约国的同时，也就犯了人类史册记载最大的错误，因为它这么做，等于是让自己成为中国的死敌。

但是日本的政治人物，至少那些曾经待过欧美的，他们应该能了解，这两个国家迟早会摆脱他们。他们想见日本人在未来将扮演的角色，心中只有吃味儿。

难道日本人从不知道，是协约国政府之间进行的协商，把日本士兵调度到欧洲来打仗吗？法国难道没准备把印度支那让给日本，好当作补偿吗？甚至克列蒙梭[①]在《被缚的人》(*L'Homme enchaîné*)某处

[①] 克列蒙梭（Georges Clemenceau，1841—1929），法国政治家、作家，曾任法国总统。《被缚的人》是他于1913年所创办的报纸，原名《自由人》。一战爆发后，本报被禁，遂更名为《被缚的人》继续发行。

也表达了这样的意愿。不过英国担心日本一旦取得印度支那,就会直逼缅甸,成为印度的梦魇。为此英国反对法国的构想。不过这只是政治上的理由罢了。说到底,为什么欧洲列强拒绝让日本真正打进他们的社交圈子里呢?还是让泰戈尔替我说吧。他去年夏天在东京发表了这么一场演讲:

"欧洲虽有各个不同的国家,但根本的理念与观点是一致的。与其说欧洲像是一块大陆,毋宁说他们像是一个国家,尤其是他们遇到非欧洲人时所展现出的态度。假如蒙古人威胁要夺取一方欧洲领土,所有欧洲国家必定团结起来抵抗。"

日本不停地进步,人们说它将成为"蒙古式的威胁"。那么,为什么亚洲人不试着努力,结合起来以抵抗欧洲的宰制呢?为什么应当全心想着神圣团结的时候,中国人和日本人仍然互相仇视呢?

中国人对日本人的恨意与日俱增,这是事实。日本人不受欢迎,可以从十年前开始说起。从并吞朝鲜、二辰丸案①,到侵扰满州的殖民政策等,以及历次中国革命期间袖手旁观,乃至于借由"二十一条"急切掠夺青岛,这一连串事件既令人发指,且根本上让吾等亚洲人民感到无比遗憾。今天,不管日本有什么企图,原本的用意又是什么,中国人一概是小心提防。

然而,中国人和日本人首先必须要了解到,他们同属一个种族,而且他们都是亚洲人。中日两国紧密依存,唇亡齿寒。因此,他们必须一起为了"亚洲人的亚洲"这个理由共同奋斗。

虽然当今的大战与种族问题无甚关联,但种族问题过去曾是、现在也是普天之下政治发展与成形最重要的因素。

---

① "二辰丸"是日本的一艘轮船。光绪三十四年(1908),二辰丸自日本私运军火至澳门,被广东水师截获,全案因领海主权等相关问题,引起清政府、日本与葡萄牙之间的外交纠纷,最后以清政府妥协告终,引发广东民众抵制日货运动。

潘雨桐与商晚筠小说的女体物化问题

[马来西亚]陈颖萱

前　言

　　随着人们的性别意识日益成熟，女性议题逐渐受到文学研究者的关注。从西蒙娜·德·波伏娃（Simone de Beauvoir）到埃莱娜·西苏（Hélène Cixous），从涉及女性人物的文本分析到鼓励女性投入文学创作，女性议题，进而是女性身体议题是女性主义研究的重点。在马华文坛中，潘雨桐与商晚筠是两位甚为关注女性的小说家。从女性个体的审美准则到集体的交际状况，在他们的小说中都有所表现。

　　纵观潘雨桐与商晚筠的小说，许多女性人物因身体而碰上种种问题。这些问题皆在某种程度上影响着她们。从备受暴力对待，到被当成男性的泄欲工具，甚至被利用来进行交易，女体反复以受暴物、泄欲物、交易物的形象出现，女性则一次又一次因此陷入不如意与痛苦的泥沼。这些物化现象反映出作家察觉女性因身体而面对的问题。本文试图对此进行分析并从中探讨作家对女性面对这些问题的思索与不思索。

一、暴力的根源：女体作为受暴物

现实生活存在的暴力问题向来是文学创作极易发挥的题材。不论是古典或者是现代，文学作品都经常有意无意书写暴力现象。以小说为例，从古典名著《红楼梦》里的暴力事件，如冯渊被薛蟠打死，还有贾迎春误嫁中山狼最终受虐至死等等，到现代白话文作品开端之一"《阿Q正传》里的暴力，从砍头到枪毙，从革命到抢劫，一次又一次地被转化为乱世奇观"[1]。由潘雨桐与商晚筠所书写的女体也反映这个问题。

在潘雨桐笔下，林秋美、桃乐珊和露嘉西雅虽出现于各别文本，但却同样遭受性暴力对待，这反映了女性被当作受暴物的问题。新婚那天，洞房花烛之夜，苗天宝在性爱过程中"粗鲁得像一条野狗"[2]，造成原已怀孕的林秋美两周后便流产。这种性暴力事件在桃乐珊与露嘉西雅身上体现得更为具体。在《东谷岁月》里，高若民为了满足性欲望便对桃乐珊的乳房"狠狠的咬了下去"[3]，咬得她"乳晕上是一排齿印"[4]，疼得她挣扎着把他推开并护着乳房骂道："你越来越粗鲁了""狗娘养的"[5]。至于《逆旅风情》的露嘉西雅，她在毫无预警下被欲望冲昏头的陈宏推倒。尔后又被他把手拧到背后，把头紧压在地上，把长发拨到一边，还把下身掀扭成怪异模样。经过一轮粗暴摆布，陈宏更化作异兽"开始蚕食她的身躯，要融入她的每一寸肌肤，要吸干她身体内的每一滴血"[6]。小说把陈宏强行与露嘉西雅交欢的情节描写成捕猎者捕获猎物后将其撕裂吞噬，再将其血液吸干的画面，整体充斥着暴力与恐怖想象。类似事件也发生于商晚筠小说《疲倦

---

[1] 王德威：《历史与怪兽：历史·暴力·叙事》，台北：麦田出版社，2004年版，第6页。
[2] 潘雨桐：《昨夜星辰》，台北：联合文学出版社，1989年版，第132页。
[3][4][5] 潘雨桐：《静水大雪》，新山：彩虹出版社，1996年版，第198页。
[6] 同上，第141页。

的马》之中。当女主角"我"第一次与男友周亚发生性关系时,"我无可避回的感受到他那股横蛮粗暴的需要"①。在那次性爱过程中,周亚"那不曾间断的阵阵动摆致我无法适应和熟悉他的方向、速度而痛极泪下"②。不同的作家,不同的创作旨趣,但却书写了同样的(性)暴力事件。

亚伦·强森(Allan G. Johnson)曾言:"父权式的性的问题在于它将性与控制、宰制与暴力连结起来。"③从作家安排女性作为受暴物,让男性以暴力手段来获取女性的性与身体来看,小说似乎只反映了"父权式的性的问题"。无论像苗天宝、高若民或周亚在性爱过程中对妻子或女友施与性暴力,抑或像陈宏那样强迫露嘉西雅与自己发生性行为,小说所反映的都是父权制男性优越的现象。然而,深入分析就会发现这种写法其实存在着作家对父权体制的批判,但同时又潜藏了作家认同男性优越的矛盾——虽然这些男性人物在作家主观认知里并不这般"优越"。

潘雨桐将苗天宝塑造成潦倒面贩,一天到晚不是为货源担忧就是为客源忧愁。他纵然赚钱养家,扮演着经济支柱的角色,但却又因赚得不够用而被妻子嫌弃。其整体形象表现为父权制所排斥的从属性男性气质型男人④。此安排不能不被视为是作家对父权制男性优越思想的批判。在父权体制所崇尚的价值观里,"男性认同甚至给予地位最低下的男人提供了文化的基础,让他能够对地位高贵的女人有一种优势的感觉"⑤。然而,苗天宝显然没有这种优势。如此一来也就可以说明,就某个程度而言,潘雨桐否定了"男性认同"(Male-identified)应

---

① ② 商晚筠:《七色花水》,台北:远流出版事业股份有限公司,1991年版,第178页、第179页。
③ [美]亚伦·强森著:《性别打结——拆除父权违建》(成令方等译),台北:群学出版有限公司,2008年版,第243页。
④ 何启智:《论潘雨桐和李天葆小说中的男性气质》,马来西亚博特拉大学,2013年硕士论文(未出版),页58,68—69,http://ethesis.upm.edu.my/8217/1/FBMK%202013%2050.pdf
⑤ 亚伦·强森:《性别打结——拆除父权违建》(成令方等译),台北群学出版有限公司,2008年版,第28页。

该存在的合理性。

再来,作家安排高若民作为东谷山区唯一一位杂货店老板。同时,他还是周边园坵的杂货供应商,数那区有头有脸之辈。他处于上位阶级,理应顺势掌握上位权力。但他却被描写得软弱无能,胆小怕事。唯有在那破落货仓改装成的小阁楼上,在他以金钱换回来的性与女体面前,他才微微显露出象征着阳刚气质但却毫无助益的侵略性行为。这种安排突显潘雨桐对男性必然优越的思想有所质疑。

除此之外,那表面上欲念强烈如"异兽"的陈宏,他最终却被作家书写成性无能者。戏谑式玩笑背后所要表达的,毋宁是作家对父权式男性形象的批判以及为女性打抱不平。诚如学者林春美所言:

> 潘雨桐小说里的男性角色未必就是作者本身的重像(double)。在一些小说里,潘雨桐甚至还对男性角色进行刻意的贬损,在把林阿成隐喻为食人的鲨鱼、把陈宏写成性无能者的时候,他的恻隐之心无疑是倾注于女性身上的。[①]

虽然如此,但还需谨慎注意的是:潘雨桐就算把这些男性描写成比地位最低下的男人还要再低下、软弱无能胆小怕事、性无能,但他们终究还是被赋予向女性施与暴力的权力。从文本所体现的作者潜意识来看,潘雨桐在理性批判父权的同时其实也不自觉认同了父权体制。

就上述批判父权体制的观点来看,商晚筠表现得与潘雨桐有些相似。在两性关系里,粗暴举动彰显了周亚的男性优越位置,但在生活上他却被描写成落魄潦倒的失业汉。就算赋闲在家才去打猎,也因打倒一头待产山猪而惹人闲语。这种悖论式安排消弭父权体制中男性优越的张力,进而表现作家对父权体制男性优越思想的嘲讽。由此看

---

① 林春美:《男性注视下的女性幻象:从静水到野店说潘雨桐》,载林春美著《性别与本土:在地的马华文学论述》,吉隆坡大将出版社,2009年版,第101页。

来,潘雨桐与商晚筠生活在父权社会中虽然有着性别位置与待遇优劣的差别,但是作为创作者,他们对整个体系所受到的父权牵制都有所察觉并有所批判。

根据凯特·米利特(Kate Millett)所言,性暴力最直接的体现是强奸,而强奸更是推动父权制运作的力量。①这种"最直接的体现"重复出现于潘雨桐小说之中。有关小说中的"重复"现象,J. Hillis Miller在其著作《小说与重复:七部英文长篇小说》(*Fiction and Repetition: Seven English Novels*)中开宗明义:

> 在一部长篇小说里,反复出现的事件或许并不真实,但读者却可放心假设相关事件具备意义。任何小说都是重复现象的组成品,是重复中的重复,又或是与其他连环重复现象合为一体的重复的产物。在许多情况中,重复出现的现象自行结合成小说结构。与此同时,这些重复现象更是小说与其外部现象的多样化连结。它有如小说与作者的其他著作、作者的心理状况、社交活动、生命经历等作者思维与生活的连结。又有如与其他作者的著作、取自神话或过往事件的种种创作母题、小说人物原型个体(或相关个体的祖辈)的各种经历、又或是小说开篇所发生的各种事件的连结等等。②

在潘雨桐笔下,《绿森林》的杨美心、《血色璎珞》的满月、《东谷岁月》的秀兰还有《野店》的苏丝玛,她们都受害于强奸魔爪,综合被化约为性暴力最直接的受暴物。她们有者因此身心崩溃,有者更命丧黄泉。她们的遭遇不能不被视为是一种现象或表现手法的重复。这种安

---

① Kate Millett, *Sexual Politics*, New York: First Avon Printing, Equinox Edition, 1971, p.44.
② J. Hillis Miller, *Fiction and Repetition: Seven English Novels*, United Kingdom: Basil Blackwell, 1982, PP.2—3.

排既已存在，它是否能够被理解，其意义正是本文接下来所要探讨的。

杨美心，她被苏禄土匪先奸后杀。"肉体的诅咒令她沦为弱肉强食下的被猎杀者。"①在这场悲剧中，表面上她失去了身体以及性命，实际上她还失去了原应伴随生命而来的人生体验。她才十七岁，对生命还有许多憧憬，从她（十六岁时）一边帮忙父亲工作又一边频频凝视学生候车上学的情节来看，她至少是对读书与学习还有憧憬的，但她却因为最直接的暴力伤害撒手人寰。

相较于杨美心，同样被轮奸的满月侥幸保住了性命却从此精神失常。其父亲陈天豪被日军带去充当伙食帮工那晚，满月被去而复返的日军性侵。"那一夜，紧关的大门却防御不住枪托的强力瓜分。那一阵沉重的步履，那一阵急促的呼吸，那一阵锥心的撕裂，她只抓到一张纸片。她被推到床后的一个角落，半跪半蹲着把脸伏贴着床板——她悔恨为什么不多穿几件衣衫。"②然而，在那悲剧夜里所抓到的纸片（日军行军图？）却成了她日后报仇的契机，也成了她疯疯癫癫的原因，更成了她最终下落不明，不知是生是死，还是已随抗日军远去的谜面。因为那不幸的遭遇，满月失去了身体，也失去了心灵健康，更失去了她与父亲原有的和乐生活。

若从同样的遭遇观之，秀兰似乎比杨美心和满月"幸运"。她在强奸伤害中保住性命也不至于精神失常，但她还是被笼罩于强暴阴影中，心里总是忧虑与害怕那些施暴者再度侵犯。同时，她还要面对父权社会对女性失去贞操的冷言冷语，以及父亲无情的忽视还有搪塞责任般急于把她嫁人了事的状况。面对这些残酷事实，秀兰把自己封闭起来并把生活重心交给缝纫机。她剪剪裁裁车完了许多承接下来的衣料，但却缝合不了自己内心那深切的伤口。如此这般快乐不起来又悲伤不死去的折磨，无非是对生命长期的耗损与抑制。无独有偶，她

---

① 黄锦树：《新/后移民：漂泊经验、族群关系与闺阁美感——论潘雨桐的小说》，载黄锦树著《马华文学：内在中国、语言与文学史》，吉隆坡：华社资料研究中心，1996年版，第150页。
② 潘雨桐：《野店》，新山：彩虹出版有限公司，1998年版，第300页。

和杨美心一样才十七岁,美好人生就此消失殆尽。

至于苏丝玛,她"被林阿成强行侵占了肉体之后,整个的就成了'他的人'——归属他的名下,服务于他的性与积累财富的欲望,生殖力和劳动力全归他所有"①。这与女性在父权体制中被视为是男性可欲求的对象,并且可合理又合法掌控的客体相关。②透过重复书写这些现象,作家突显了父权体制对女性最直接的伤害,还更进一步揭露这种瞬间性事件背后隐藏着父权体制对受害女性未来长期的强占、剥削和抑制。

有关女性沦为受暴物所受到的暴力伤害,亚伦·强森认为那是由于父权体制支持暴力和武力所造成,它让男性胁迫或以暴力对待女性变成社会中普遍存在的模式③。然而,这种模式在商晚筠小说中并不常以性暴力来体现。男性对女体虎视眈眈,抑或是对女体拳脚相待,又或是只将女体视为生育机器,这才是商晚筠所要表达的暴力模式。

阿莲(《痴女阿莲》)、玲玲母亲(《巫屋》)还有度幸舫(《暴风眼》),她们的身体都因各自原由而受到父权社会不同程度的暴力对待。由于体态还有整体气质与观感不符合父权体制对女体的期待,阿莲因此受到不想在友人面前丢脸的白定拳脚相待。阿莲粗胖的腰,杂乱的发,还有那独特的体味等等都背离了父权体制对女体的期待,这造成她被当作体系中的异类。当她有意接触身处于体系中心的白定以及由白定带回家的朋友时,以白定为代表的主流体系便对她产生排外反应,而白定对她的拳脚相待则是这种反应的具体表现。

另一方面,坊间把玲玲母亲到巫屋去的事情,传成她中了降头巫术发疯认不得人。而其丈夫自女儿口中获证妻子曾到巫屋,便认定妻

---

① 林春美:《男性注视下的女性幻象:从静水到野店说潘雨桐》,载林春美著《性别与本土在地的马华文学论述》,吉隆坡:大将出版社,2009年版,第97页。
②③ 亚伦·强森:《性别打结——拆除父权违建》(成令方等译),台北:群学出版有限公司,2008年版,第143页。

子肚里原有的男胎因此被堕掉①,从此他也像主流社会那样评定妻子发了疯,毫不尝试理解妻子的举动,便把她送入疯人院去隔离起来。这也就说明,当女性背离父权体制对女体生育功能的期待时(尤其是生育男孩),她将会受到整体社会意识形态粗暴对待。

不仅如此,为了彰显男性地位优越,父权社会还预设女性必须由男性来保护。当女性背离这种预设,她们的安全也会受到威胁。从报馆辞职后,度幸舫到山村谷地去度假散心。在那里她却遭遇非法外劳对她虎视眈眈,尝试破门入侵并意图不轨的事件。这表面上说明男性外劳对本地女性造成威胁。然而必须注意,那名外劳是基于度幸舫孤身独居才向她下手的,而且还选在其他男性人物——拔旺——从度幸舫身边退场后才下手。从更广阔层面来看,书写这件事的目的在于影射独居——不获男性保护——提高女性在父权社会中受害的风险。度幸舫的遭遇更进一步说明父权体制分分秒秒都对女性的身体进而是生命造成威胁。如此一来,也就可以说无论以什么形式出现,父权体制都是造成女性受到暴力伤害沦为受暴物的根源。

综合而言,无论是潘雨桐抑或是商晚筠,他们对女体沦为受暴物遭受父权体制暴力对待的观察是毋庸置疑的。只是,潘雨桐比较倾向以性暴力事件来突显这些女体伤害。他重复书写了女性遭遇暴力对待的直接结果。以这种直接方式来表达的好处在于能够加强小说的说服力。然而,像这样乐此不疲重复制造类似现象的做法,虽然可表现出作家对女性受此遭遇的关怀与同情,但就小说描写技巧而言则稍显刻板。相比之下,商晚筠的描写则显得比较丰富。除了书写性暴力以及由性暴力所带来的结果以外,她还书写了女体受到父权体制其它形式的暴力伤害,更全面传达父权体制才是造成女体受到暴力伤害的根源。从书写的阔度来看,商晚筠对女性受暴现象的观察更为深入。

---

① 有关玲玲母亲到巫屋去是为了堕胎的精彩论述可参见林春美的《女性触觉——马华小说母女关系与姐妹情谊》,载自许文荣与孙彦庄主编:《马华文学十四讲》,吉隆坡马大中文系毕业生协会,2019年版,第213—230页。

二、欲望的渊薮：女体作为泄欲物

有关"情欲"在小说艺术上占据什么位置的问题，马华小说家兼文学研究者黄锦树曾如是直言："食色性也。我也没看过不处理情欲的小说。那是生而为人的基本向度之一，也是小说自身的生命力来源之一。"[①]可见，情欲是小说书写经常触及的题材。在潘雨桐与商晚筠小说作品中，女性因身体而面对问题的事件也时常与情欲相关。无论是否出于自身意愿，女性的身体都经常被当作泄欲物，为男性发泄欲望所用。

无论是《山鬼》（潘雨桐小说）里的铁头，还是《秘密》（商晚筠小说）里的曾信忠，只要欲念一来，这些男性都迫不及待借由枕边人的身体来泄欲。铁头一下班就向女友索欢，"回来不管怎么脏怎么臭就要，就要——"[②]。他曾经想着要像友人卡迪那样组织家庭养妻育女。但是，当他找到一位愿意与他共处的女性时，他便把组织家庭的愿景淡忘，成天尽想着肉体欲望的欢愉。至于曾信忠，当他一有生理需要时便不顾妻子意愿，只抛下一句："'我很想做爱，我不想睡。'然后顺势压在她身上。"[③]由此看来，每当小说中的男性欲念横生时，便鲜少顾及女伴意愿，强行索欢。这也就说明，在男性的"需要"面前，女性等于肉体，只是一个泄欲工具。

这种情况在其他小说作品中体现得更为明显。当女性完成其工具角色，她的身体甚至会被男性转让。潘雨桐小说《雪嘉玛渡头》的娜芙珊是林瑞祥以合约方式"签"回来排解山川谷地寂寞生活的"女""性"伴侣。在那雨水密集河水湍急的雪嘉玛河畔，林瑞祥"一天到晚做下贱的事"[④]。当他享尽鱼水之欢并获知喜欢娜芙珊的王汉即将回

---

① 黄锦树：《跨过那道门之后……思考应该就开始了》，联副电子报，2014年6月22日，https://paper.udn.com/udnpaper/PIC0004/260641/web/。
② 潘雨桐：《河岸传说》，台北：麦田出版社，2002年版，第154页。
③ 商晚筠：《秘密》，载《蕉风》，1975年总第273期，第63页。
④ 潘雨桐：《昨夜星辰》，台北：联合文学出版社，1989年版，第234页。

来，他便提议把娜芙珊转让回给王汉。最终，他确实如此行事，以一千块钱为酬将娜芙珊出让。把女体当作泄欲工具来使用，原本就有物化之意。然而，这种出资签租，消费过后又放手出让的动作则让物化之意更为具象。

女体既然已被当作物体——可以买或租回来消费再出让，那么，用完即弃就不足为奇。潘雨桐《南门桥下的流水》便以类似形式来运作。差别在于，小说中的"尤物"并不是被买或租回来，而是被哄哄逗逗骗回来的。赵云几番邀约林秋美，出游后便把她哄带到"泄欲的小房"一次又一次与她发生肉体关系。然而，"他约她是随随便便的"，"约约她，只是找个玩伴"①。他成天强调"我赵云是从来不骗人的"②，但他却骗了她的感情与身体，然后借口返乡一走了之。他把她遗弃在过去的美梦与未来的噩梦之中，痴痴等待他不可能会有的归期。

在小说创作里，这种把女体当作泄欲物的故事其实并不罕见。其发生形式也相当类似。商晚筠早期作品书写男女关系以及女体的方式几乎与潘雨桐一样，呈现出男女（伪）交往—发生肉体关系—男性一走了之的公式。无论是《凶手》里的华裔男女诗人与陈依兰，抑或是《木板屋的印度人》里的印裔男女沙里耶和密娜姬都是如此。诗人借陈依兰深爱自己的优势时常向她索欢。不仅如此，当陈依兰三度怀孕时，他还一次又一次只顾着自己而要对方把孩子堕去。最后那次堕胎造成陈依兰失血过多而住院。然而，诗人对陈依兰却没有半点情义更毋言爱，事后就算两人在路上碰见，"他们却好像不曾相识的两个陌生人，没有点头没有微笑也没有看对方一眼。"③诗人无情地从这段（伪）交往关系中离开，造成陈依兰伤心至极。

就某个层面而言，沙里耶其实就是印度裔版本的诗人。为了接近密娜姬，沙里耶经常到她府上拜访。他又送酒又送肉又是聊天吃

---

①② 潘雨桐：《昨夜星辰》，台北：联合文学出版社，1989年版，第129页，第127、129页。
③ 商晚筠：《凶手》，载《学报月刊》，1975年总第898期，第32页。

饭又是夜宿倾谈。这一连串殷勤让他赢得密娜姬的芳心还有密娜姬父母亲的信任。最终"沙里耶把密娜姬给拐跑了"①。当她回来时,她已是他准备过门并怀有身孕的妻,整座小镇都知道他们即将结婚。然而,这却是沙里耶撒下的美丽谎言。大喜那天沙里耶并没有按照约定来迎亲,反而从此不见踪影。他丢下密娜姬还有他未诞生的孩子,自顾自一走了之。从这方面看来,他把密娜姬拐跑的原因便不证自明。

彷徨的娜芙珊,失落的林秋美,感伤的陈依兰,茫然的密娜姬,她们各有各的身世各有各的故事,但却出演着同样的角色——男性的泄欲工具。在这里,名字只是一个可随意置换的代称,而身份则是一个可随意更换的背景。不管被唤作娜芙珊还是陈依兰,抑或是其他什么名字,每个故事里的"她"其实也是其他故事里的"她们"。"她"与"她们"都是彼此的影印本。这在潘雨桐的《咀嚼死亡》中有非常贴切的书写。女主角"她"是男主角"他"用金钱买回来的肉体。就像他在巴黎、曼谷、芭提雅、棉兰等地用金钱换回来的"女""性"伴侣一样,服务于他的欲望。她们全部都是他"一手用金钱糊起来的情情意意"②,更是他所需要的"那么一点点的,一点点的浪漫情怀,甚或一点点的,一点点的风流"③。作者非常巧妙运用第三人称代词来取代人物名字,彰显"她"与"她们"作为男性泄欲工具的共通性。如此一来,也就说明这些女性人物并没有个体性更没有主体性可言,她们所拥有的只是作为"物"的客体存在。

诚如黄锦树在评论潘雨桐小说时所言"不论是被剥削者还是剥削者,在欲望面前都难以避免的遭受到物质上的还原——肉体、金钱、劳力、暴力——共同构成了一个唤做'需要'的恶性循环的动态结构"④,

---

① 商晚筠:《痴女阿莲》,台北:联经出版社,1987年版,第25页。
②③ 潘雨桐:《静水大雪》, 新山:彩虹出版社,1996年版,第64页、第67—68页。
④ 黄锦树:《新/后移民:漂泊经验、族群关系与闺阁美感——论潘雨桐的小说》,载黄锦树著《马华文学:内在中国、语言与文学史》,吉隆坡:华社资料研究中心,1996年版,第148—149页。

商晚筠的小说亦是如此。在潘雨桐与商晚筠笔下,女体被描写成男性欲望的承载。这一方面既物化了女性,另一方面又符合了父权体制认为女性在情欲面前应该表现得被动的期待。就某种程度而言,潘雨桐与商晚筠在这方面确实受到他们所处的父权社会影响。然而,潘雨桐并没有就此轻易放过那些物化女性并以她们的肉体来泄欲的男人。除了林瑞祥与赵云以外,其他男人并没有好收场。成天想着女人与肉体欢愉的铁头,他跟女友吵架不久便遇上工作意外受重伤。重新获得娜芙珊肉体的王汉,他在寻芳的路上船难身亡。至于《咀嚼死亡》里追求风流的"他",则因"艳"而"遇"上了艾滋病毒患得绝症。这些看起来非常巧合又充满戏剧意味的安排,充分表现潘雨桐并不主张物化女性的合理性。

另一方面,由于深刻体会父权体制对女性的影响,商晚筠在描述女性被物化的基础上还更进一步揭露现实的残酷。这表现于那些玩弄并物化女性的男性,他们未必就需要为自身行为付出惨痛代价或遭受惩罚。曾信忠,他最后还是美人与事业兼得。另外,诗人也并没因其花心与滥交生活而需负上任何法律或健康代价。至于沙里耶,他的一走了之也让他从此逍遥自在。透过这些书写,作家揭示现实的残酷。如果转而分析商晚筠的另一篇小说《卷帘》,则能够看到罕见现象——女性不再单纯被化约成物,而是在更趋近平等的程度上与男性在同一件事情中各取所需。

在《卷帘》里,钟志诚早已得知"她"是有夫之妇。与此同时,他也意识到她对自己突如其来的爱抚不甚自在并有所抗拒,但他却不肯善罢甘休,强行挑逗她并与她发生肉体关系。表面上,他强行与她交欢是为了解决那份迫切的生理需要。实际上,这份"需要"却不仅如此。在钟志诚幼年时期,其母亲因不堪丈夫吸食鸦片且不顾家庭而改嫁。就在母亲再婚那夜,钟志诚目睹她与另一位男性发生肉体关系并因此生恨。这造成他长大后怀有仇母心态,会想与已婚女性发生性关系以代替父亲报复并施展男性权力。至于原先抗拒与钟志诚发生婚外情的她,经过那次前所未有的性欢愉体验后便一再与他发生性关系。表面上他们经营着一段不可见光的恋情,实际上他们是在各取所需。

倘若继续分析商晚筠的《卷帘》以及《九十九个弯道》,我们还能更进一步发现,在欲望面前,作家安排女性真诚面对自己的感受以及生理需求。先谈谈《九十九个弯道》。在小说里,正当白玉蝶情场失意急需安慰之际,成熟稳重的李岭生恰好出现又给予她陪伴,让她倍感舒服并对他心生依赖。几经交往,白玉蝶对李岭生的精神依赖遂而转化成欲念向往,希望从他身上获得肉体慰藉。那一次,当李岭生开车载着白玉蝶在那条九十九个弯道的公路上:

> 白玉蝶不经心地想着心事。一个奇怪的念头莫名其妙地涌上来,她心里有一股爬爬卷卷的浪,像夜潮,愈推愈大,所有的浪花冲击着她坚固的堤防,她感到兴奋,脸红,堤防开始不能自己地摇摇坠坠。她迫切地需要一双手,一双捉牢握稳任何东西的手,捡拾她可能倒下来的许多碎片。那双操纵着驾驶盘的手,那双手的主人,解开她禁锢的热情,她奔放的青春,击溃她不愿再坚持防守女人最后阵线的堤防。她出神地看着那双成熟的手,想着手的主人,渐渐地,自己分裂成两个,一个呆板地坐着,一个赤裸裸地蜷缩在他怀里。①

通过书写"心事",商晚筠把读者带进白玉蝶的意识世界。在那里,女性对情欲的渴望、期待、幻想,一一铺展于读者眼前。作家把欲望比喻成"爬爬卷卷的浪"冲击着束缚渴望的那道"坚固的堤防",再赋予女性人物热情被解禁与青春被释放的期待,好让那道"女人最后阵线的堤防"终究"不愿再坚持防守"且"不能自己地摇摇坠坠"。接着,借由幻

---

① 商晚筠:《痴女阿莲》,台北:联经出版社,1987年版,第234页。

想把自我（Ego）切割成"呆板地坐着"的超我（Super-ego）与"赤裸裸地蜷缩在他怀里"的本我（Id），从而让女性人物有机会进入情欲的世界，甚至不愿再出来：

> "密斯白。"
> "密斯白，你睡了吗？"
> "密斯白。"
>
> 是那双操纵着驾驶盘的手的主人在喊她，把她从内心挣扎不已的夜潮黑海拯救出来。而她愿意沉下去，她不希望那双搁在驾驶盘上的手突然离开了驾驶盘而探入她内心的黑海，把她及时的挽救出来，她正陶醉在被吞噬、咬嚼，被吐出来，而后被淹覆的快感。①

这种情欲书写虽然充满隐喻，但却实实在在揭露女性在欲望面前坦诚面对自己的身体与性需求。这种书写在商晚筠后来创作的《卷帘》里有更激进的表现。

在《卷帘》里，当钟志诚轻易地便与"她"偷欢后，小说接下来书写了女性对美好性关系的憧憬：

> 事后，我任由她舔吸我脸上如雨点淌滴不尽的汗水。"我很容易流汗。"我觉得很窘。
>
> "我喜欢，"她几乎舔光了每一滴汗珠，"我喜欢汗水滴在我身上的感觉，我从来没有过这种感觉。"②

借由这段对话，小说向读者揭示她其实非常享受刚刚结束的那

---

① 商晚筠：《痴女阿莲》，台北：联经出版社，1987年版，第243—244页。
② 商晚筠：《七色花水》，台北：远流出版事业股份有限公司，1991年版，第116页。

段性爱关系。那一句句"我喜欢"所承载的其实是她对性与欲望的真切呼唤。虽然,她和他之间的关系终究是婚外情,始终是偷偷摸摸的。但是,她面对自己的性需求与身体感受却显得那么真实与坦诚。

张丽萍在其博士论文《女性的垄断:商晚筠小说的书写策略与语境》里曾经以《卷帘》为例讨论小说中女性作为欲望主体的问题。在张丽萍看来,"《卷帘》中,婚外性爱关系由'她'采取主动掀开序幕"①,与此同时"女主角无论在感情或性爱方面都处在主导的位置"②。依张丽萍的分析,"她"之所以是那段婚外性爱关系的揭幕者,因为是"'她'用脸颊摩挲与舔咬钟志诚掌心的疤,'状极挑逗。'使他'难以理智自持'"③。在这里,必须注意的是,张丽萍所引述的情节其实发生于"她"与钟志诚同游澳洲之时。而他俩第一次发生肉体关系,其实是澳洲之旅回来且中间又隔了三个星期没有相见之后的事情。那一天"她"因路过钟志诚住所楼下便顺道去拜访他。当时,天色渐暗钟志诚起身要去开灯,但却遭到她出手抓拦。就在那之际,钟志诚"让她抓着的手反客为主,捏揉着她"④造成"她浑身不自在,起身"⑤表示将要离开。然而,钟志诚却"不放手。我整个人扑跪在她跟前,一把拦抱着她双腿,那般迫切需要地把脸埋在她裙幅,疯狂地摩擦她"⑥。紧接着便"轻易地把她摆布到床上"⑦,与她发生肉体关系。事后,她向钟志诚表示自己很喜欢与他交欢后的感觉,她也坦诚自己"从来没有过这种感觉"⑧。由此可见,他们两人第一次偷欢并非发生于旅澳之时。这也就证明,同游澳洲时她虽然对他状极挑逗并一度造成他难以自持,但那并非两人第一次苟合。因此,以旅澳时期的挑逗来说明这段婚外性爱关系由"她"

---

①②③ 张丽萍:《女性的垄断:商晚筠小说的书写策略与语境》,新加坡国立大学2008年博士论文(未出版),第289页,取自:http://scholarbank.nus.edu.sg/bitstream/10635/15943/2/CheongLP%20cover%20pg%20etc.pdf,以及 http://scholarbank.nus.edu.sg/bitstream/10635/15943/1/CheongLP%20all%20chapters.pdf。

④⑤ 商晚筠:《七色花水》,台北:远流出版事业股份有限公司,1991年版,第115页。

⑥⑦⑧ 同上,第116页。

主动挑起以及她在性爱方面处于主导位置的说法便显得草率。本文认同张丽萍所言——《卷帘》表现了女性的欲望也表现了女性在感情方面处于主导地位。但是，这并不表示相关女性在性爱方面也必定有相同表现。

从这些不再物化女性的故事来看待女体与性，商晚筠安排女性坦诚面对自己的性与身体，而潘雨桐则安排女性捍卫自己的性与身体。本文曾经论及潘雨桐小说《山鬼》将铁头女友的身体书写成男性泄欲的工具。然而，这种情况在文章将近结尾之处出现了转折。铁头的女人起初仍然忍受着铁头无尽的欲望要求。但是，这种从来不顾及女友感受，只一味向女友要求床爱的日子让她渐渐厌倦更心生抗拒。最终，为了捍卫自己的性与身体自主权，她反抗铁头强行交欢的举动。那一夜：

> 就在床上，就在他想以一种肉体的取悦方式在树林的暗夜里疯狂而急转成一种莫名的对峙。他强硬的伸手过去，她却狠狠的抓了过来，而后就背向着他，对着间隔外挂着的一盏煤油灯，气咻咻的吭了一句："想要碰我，没镜子就到水湖边去照照。"①

像铁头女友这种"真够狠，说不准碰她就不准碰，火一样的性子"②的女性，在潘雨桐早期小说作品中几乎无迹可寻。但在后来结集的《河岸传说》里则隐隐约约出现了好几位。她们虽然不像铁头女友那样捍卫自己的性与身体，但她们却在其他方面捍卫自己生为"女"人的自主与自由。

以性与女体书写来看潘雨桐与商晚筠的小说，他们的作品在颇大程度上确实有物化女体的现象。但是，这种情况多数出现于早期之作。这不禁让人怀疑这是否与作者对女性议题的关注程度有关。随

---

①② 潘雨桐：《河岸传说》，台北：麦田出版社，2002年版，第152页、第151—152页。

着对女性议题的关注程度提升,潘雨桐与商晚筠对女性的思考才渐渐深入。这使得他们在某种程度上得以慢慢摆脱父权社会对他们看待并且理解女性的影响,因此,他们的作品才渐渐转向关怀女体的其他问题。结合这些分析来看,潘雨桐与商晚筠小说中的女体书写其实呈现了一个复杂,但却有迹可循的面貌。

三、交易的据点:女体作为交易物

潘雨桐与商晚筠小说中的女体,除了被物化成人肉沙包以及泄欲工具,同时还是交易物。透过性的买卖,"男人用金钱可以买到女人身体(的使用权)"①。在讲求目的与功利的婚姻里,女人——"她们是经济体系中的商品,是私有制中的财产"②。从性交易到婚姻买卖,女体就如女性"那一张张浮现的不同脸孔,总是那样的错杂交融,在时光流转场景更替之中,重'叠'的呈现;在真实与虚拟架构之下,辗转繁复"③。

无论是从出生地域抑或是族裔来看,潘雨桐小说中那些自我物化以从事性交易的女性都来自边缘。她们有者家住山村小镇有者乡居国境边界,比如《何日君再来》的玉娇,她"从小在山里长大"④,还有《那个从西双版纳来的女人叫蒂奴》的张小燕,她来自与缅甸和老挝比邻的中国边境——西双版纳自治区景洪市,以及《逆旅风情》的露嘉西雅,她是菲律宾与马来西亚边界——巴西兰岛——的居民。除此之外,她们的民族在族群分布版图中往往只属于小众。好比《雪嘉玛渡头》的娜芙珊,她是婆罗洲群岛的原住民,是沙巴州少数群体杜顺族的一份子。

---

① 黄锦树:《新/后移民:漂泊经验、族群关系与闺阁美感——论潘雨桐的小说》,载黄锦树著《马华文学内在中国、语言与文学史》,吉隆坡:华社资料研究中心,1996年版,第152页。
② 林春美:《男性注视下的女性幻象:从静水到野店说潘雨桐》,载林春美著《性别与本土在地的马华文学论述》,吉隆坡:大将出版社,2009年版,第97页。
③ 潘雨桐:《静水大雪》,新山:彩虹出版社,1996年版,第287页。
④ 潘雨桐:《昨夜星辰》,台北:联合文学出版社,1989年版,第142页。

从社会逐渐城市化的趋势来看,边缘属性造成这些女性在国家经济发展体系中夹缝求生。她们既不属于经济发展大量需要的劳力资源,又不具备可推动发展的学问与知识优势,这造成她们一方面需要适应发展带来的生活巨变,另一方面又要承受跟不上发展速度而有的压力。不仅如此,随着经济发展而来的男性和女性之间资本结构不平衡的状况,也间接加剧男女之间的不平等。在现实生活种种形式的压迫下,为了"不想再挨穷"①,为了能够给家里多赚点家用,她们翻山越岭横渡重洋,离乡背井寻找可增加收入的机会。玉娇从山乡僻壤偷跑到车水马龙的新加坡当理发店学徒。张小燕从西双版纳途经媚赛再取道清迈千里迢迢去到马泰边界的双溪哥洛从娼。露嘉西雅从巴西兰岛登上木制小船,横跨风狂浪急的苏拉维西海域偷渡到东马沙巴山区工作。娜芙珊则告别母亲放下幼子,从东谷老家去到西马华裔劳工聚集的雪嘉玛河畔经营小杂货摊。但可悲的是,她们终究还是被迫放弃自我主体性,自贬为物,以变卖肉体来达至当初离乡的目的——"多寄些钱回去"②。

初到新加坡,玉娇原在理发院担任学徒,平日负责替顾客理发兼洗发,她决意要在那里闯出一番天地。当时,"很多人都从乡下到城里去学理发,男人的钱好赚嘛。她也想赚男人的钱,便撑着一副瘦巴巴的身子,顶着一头焦黄的扫把头,怯生生的拿起了理发剪"③。偏偏新加坡并不是一座神仙岛——"能找到好一点的工作,不愁吃不愁穿,不就是神仙了"④的生活并未在那里如期上演。在那发展急速的国度,像她那样单枪匹马从穷乡穷镇出来的小女孩究竟闯不出一片春天。为能够把更多的钞票送回家给父亲,玉娇借着替人洗发的机缘结交了"口袋里有几个臭钱,都来玩女人"⑤的日籍电子厂老板冈田贞夫,并最终接受他包养,以现成的身体与他交换速成的经济供给,服务于他的

---

①② 潘雨桐:《静水大雪》,新山彩虹出版社,1996年版,第123页、第125页。
③④ 潘雨桐:《昨夜星辰》,台北:联合文学出版社,1989年版,第143页。
⑤ 同上,第157页。

性欲望。

张小燕的家乡在地理上远离国都与大城市这些经贸中心,因此经济成长本来就比较缓慢。由于不久前经历了劳民伤财的"文化革命",再加上大哥失踪家庭经济整体陷入困境,因此张小燕决意到其他地方去寻找机会。她从祖籍国边境漂泊到邻国边界,从事的却也是边缘行业——娼妓业。作为偷渡客,作为妓女,张小燕长期生活于毫无话语权可言的边缘处境。不仅如此,她甚至连本名也被皮条客陈洁抹去并重新命名为:蒂奴,"单纯的指涉向她被规定的功能——性别——身体的被消费"①。

至于露嘉西雅,她在家乡忙进忙出却只能赚到一点披索。这种拿了工资却要买盐又买油都有困难的生活,让她萌起出外闯荡的念头。然而,作为常被打压的偷渡客,在邻国可可园"一天做到晚,也只不过几块钱"②工资的现实,让"她把心一横"③以最现成的途径——卖淫——来面对"不能再穷""不要穷""不敢穷"④的困境。她把自己的身体出租给经理陈宏。以按月收费的方式,忍受他作为上位者,作为资本掌控者粗暴的对待甚至是性玩弄。从出卖劳力到出卖身体来看,"作为女性,露嘉西雅有的也只是身躯而已"⑤。陈宏不仅掌控她的体力更掌控了她的身体,如此形成另一种扭曲的"劳""资"关系。由此可见,男女之间资本不平衡的事实催化了女体被物化还有女性从事卖淫的问题。

作为杜顺族原住民,娜芙珊是沙巴州名副其实的土地之子。然而,她却不是当地伐木活动、雨林开发、经济转型的天之骄子。从族群的角度来看,西马华人掌握了雨林开发的伐木权。从性别的角度而言,拥有体力优势的男性占据了一切开发作业的操纵权。身为一名原

---

① 黄锦树:《新/后移民:漂泊经验、族群关系与闺阁美感——论潘雨桐的小说》,载黄锦权著《马华文学:内在中国、语言与文学史》,吉隆坡:华社资产研究中心,1996年版,第154页。
②③④ 潘雨桐:《静水大雪》,新山:彩虹出版社,1996年,第137页、第142页、第134页。
⑤ 林春美:《女身境地:小论1990年代潘雨桐小说的"女""性"》,载林春美著《性别与本土:在地的马华文学论述》,吉隆坡:大将出版社,2009年版,第115页。

住民女性，生活在这个发展迅速的经济转型时代，娜芙珊既被排斥于族裔之外又被排斥于性别之外。然而，她却被定位于赚钱养家的中心位置。她一方面必须养育孩子，另一方面又必须供养母亲，在丈夫一走了之的情形下独自维持家计。为此，她与从西马到东马来工作的华裔男性签约，有期限出卖／出租自己的身体为他们提供陪伴甚至是性服务。

相较于潘雨桐小说而言，以资助家庭为由把身体当做商品把性当作买卖来换取金钱的女性在商晚筠小说中非常罕见。《未完待续》（1984）似乎是个案。然而，商晚筠也未明确书写女主角宝儿出卖肉体进行性交易的情节。读者只能通过小说结尾叙述宝儿把妆化得更浓才赶去酒店见一名日本客人的暗示来推测她极可能卖淫。从时间的角度来看，《未完待续》发表于1984年、与商晚筠极具女性意识的作品——如《茉莉花香》（1986）、《季妤》（1987）、《街角》（1988）等——的发表时间非常靠近。由此可见，《未完待续》也是作家女性意识逐渐成熟时所书写或修改之作。这也就可以说明，小说不聚焦书写性交易不明确商品化女体在相当程度上是作家有意为之的事情。①如此一来，这种"有意为之"也就多少包含了作家对商品化女体的反思。

从性交易方面来看，女体被商品化的原因与其可带来现成又速成的经济效益有关，又与女性被排斥于发展边缘有关。然而，若从婚姻买卖的角度进行分析，则会发现父权体制更是促使潘雨桐小说中女体被商品化的根本原因。②无论是外在社会对女性的打压或是女性发自

---

① 当然，商晚筠后来也有不自觉物化女性的时候。比如把女体当作男性的泄欲物的那两篇小说《疲倦的马》（1986）与《卷帘》（1988）都发表得比《未完待续》来得晚。然而，若从商晚筠"不自觉"的脉络来看，从《木板屋的印度人》（1976）不自觉物化理发师太太的身材，过渡到《疲倦的马》和《卷帘》不自觉将女体物化成泄欲工具却为相关女性保留发声权的状况来看，作家的女性意识其实有逐渐成熟。

② 林春美对潘雨桐小说《静水大雪》与《野店》的评论对此论点之提出启发良多，请参阅她的《男性注视下的女性幻象：从静水到野店说潘雨桐》。

内在的选择,其实都充斥着父权魅影。林秋美(《南门桥下的流水》)与李蔷(《静水大雪》)都是被家长以逼婚方式变相卖掉的女性。表面上,林秋美父亲是为了颜面而把未婚先孕的她嫁给苗天宝以图瞒天过海并挽回自己极可能失去的群众认同。实际上,这与"父权体制以控制为基础甚于一切"①的概念有关。根据亚伦·强森所言:

> 父权体制鼓励男人寻求安全感、地位和其他透过控制所得来的酬赏;担忧其他男人有控制并伤害他们的能力,并且认同只要握有掌控权,就最能防止损失和羞辱,同时也是最能确保他们的需求与欲望的方式。②

然而,赵云把林秋美诱奸成孕又始乱终弃的做法就如同夺去林秋美父亲对女儿(身体或是整体)的掌控权一样。与此同时,在父权社会中女儿未婚成孕的事件一旦曝光也会让为父者颜面尽丧。因此,为了补偿并且"防止损失和羞辱"③,林秋美父亲必须"重新掌握"女儿的婚嫁——身体归属——权,尽快把她嫁人了事。在此情境中,婚姻就变成一幢物物交换交易。林秋美父亲以女儿的身体来换取父权社会对男人的认同。

另外,从表面来看,李蔷母亲是打着为女儿将来着想的名堂把她嫁给酒楼老板周百祥的。实际上,这却是李蔷母亲为能把半数聘金分给林师父以维持他们之间的关系,还有避免林师父奸污李蔷才走的棋。因此,李蔷就变成母亲手中的交易物,既能帮她换来可观聘金又能换得其他目的。根据亚伦·强森分析,父权体制赋予上位者控制下位者的权力。在此社会进程中"控制者视自己为主体,他/她可以指定和决定要发生的事,而将其他人视为动作发生的客体。被控制者被视为

---

①②③ 亚伦·强森:《性别打结——拆除父权违建》(成令方等译),台北:群学出版有限公司,2008年版,第55页。

不具有完整性与复杂性的人们；他/她们没有历史，没有深度的面向"①。就李蔷的变相婚姻而言，从寻找适合人选、相亲、到答应婚事这整个过程，李蔷都不被赋予发言权，一切皆由母亲决定。直到"最后，她连最消极的抗议也没有，就'只好黯然上路'"②。这正反映了父权社会透过母亲控制她。由此可见，父权制才是造成李蔷被物化成交易物的根本原因。

对比起林秋美与李蔷的婚事，诺莎菲娜（《婚礼》）与束庆怡（《天凉好个秋》）是自行决定结婚的。从这方面来看，她们似乎不再被物化而且也握有选择自主权。然而，事实却并非如此。

诺莎菲娜再婚的决定表面上出自她个人意愿，实际上，却存在另一番隐因。通过诺莎菲娜与其雇主之间的对话，小说暗示了诺莎菲娜对罗斯曼心存好感。然而，罗斯曼却是个吊儿郎当的男生。身为一名渔夫，他三天打鱼两天晒网，生活收入根本无法支撑诺莎菲娜与其三名幼子的日常开销。为让孩子有更好的生活以及能够继续学业，诺莎菲娜最终拒绝罗斯曼的求婚，转而嫁给另一位愿意并且有能力供养她与孩子的男人为妻。诺莎菲娜的遭遇表面上是生命与她开玩笑，实际上，却与现代父权社会性别分工和经济模式有关。现代父权社会将赚钱养家的责任分配给男性，而将照顾家庭的责任分配给女性。这造成婚姻中其中一性的缺席将会为家庭生活带来巨大影响。因此，年轻丧夫的诺莎菲娜在必须兼顾赚钱养家和照顾孩子的两难中，便更轻易会做出再度嫁人以解决经济问题的决定。而这个并不建立在两情相悦基础上的决定，就某个程度而言其实就是把自己变卖给愿意提供她金钱支配的男人。由此可见，父权体制才是诺莎菲娜最终把自己商品化变卖掉的根本原因。

---

① 亚伦·强森：《性别打结——拆除父权违建》（成令方等译），台北：群学出版有限公司，2008年版，第56页。
② 林春美：《女身境地：小论1990年代潘雨桐小说的"女""性"》，载林春美著：《性别与本土：在地的马华文学论述》，吉隆坡：大将出版社，2009年版，第112页。

至于束庆怡,她之所以答应老板伍时勋的求婚,其实也并不出自她对伍时勋的爱慕。在与伍时勋有更多互动之前,束庆怡和宋家陵已两情相悦好一段时间。她朝朝暮暮"想的还是宋家陵"①。然而,小说情节却那么凑巧。不偏不倚,当束庆怡父亲急需医药费,而弟弟又迫切需要升学金之时,伍时勋开出条件——要她帮忙照顾酒楼生意以及小孩等等——向她求婚。经过一番"手足无措,心里更是乱糟糟"②的不知如何是好,束庆怡终究还是不顾父母反对坚决嫁给伍时勋为妻。因为,伍时勋说过,"蜜月一过,就会先把一万美金汇给妈"③。结合这些情节来看,束庆怡虽然把自己嫁给了伍时勋,但她的动机更像是把自己的身体与劳力卖给伍时勋。她为了父亲,为了弟弟,但却不曾为了自己。这种书写充分表现出父权体制认为女性必须善于照顾他人的阴柔气质与形象。巧得很,束庆怡重视的这两个人正好又是男性,无形中更带出父权体制——男性中心思想——把"注意的焦点是放在男人身上以及他们的作为上"④的现实。如此一来,束庆怡变卖自己的举动,就某个程度而言便是内化了父权体制阴柔气质与男性中心思想的体现。

　　从上述分析可见,商晚筠鲜少将女体书写成交易物,这体现了她某种程度的不忍。与此同时,读者还可以发现潘雨桐把女体书写成交易物时惯常为相关女性寻找"合理"的理由。这些女性无论是被他人出售抑或是把自己变卖,都集体体现善良又肯自我牺牲的美德。然而,潘雨桐在肯定这些"美德"时,却忽略了这其实是父权体制附加于女性身上的性别角色与形象价值。其最终目的是为了美化父权体制奴役女性——将(男性不愿做的)"苦差事"全数分派给女性来负担——的事实。这极可能与潘雨桐身为男性生活在父权社会中占据优势位置,所以较难深入察觉女性的不幸有关。然而,诚如学者林春

---

①②③　潘雨桐:《因风飞过蔷薇》,台北:联合文学出版社1987年版,第78页、第58页、第81页。
④　亚伦·强森:《性别打结——拆除父权违建》(成令方等译),台北:群学出版有限公司,2008年版,第28页。

美所言"从多篇小说对女性处境的书写看来,潘雨桐对这个处于弱势的性别的关怀是毋庸置疑的"[①]。只是,他对父权体制奴役女性的方式的不自觉难免局限了他对女性的关怀。

(作者单位:马来西亚博特拉大学外语系)

[①] 林春美:《男性注视下的女性幻象:从静水到野店说潘雨桐》,载林美春著《性别与本土在地骅文学论述》,吉隆坡:大将出版社,2009年版,第106页。

文思与认同

兰亭曲水图
——从中国绘画到浦上春琴

[日本]中谷伸生 著　肖珊珊、吴光辉 译

序

永和九年（公元353年）三月三日，"书圣"王羲之（321—379）集四十一名（王羲之除外）文人于浙江省绍兴市南部之兰亭，举行"曲水流觞宴"，即三月巳日于河边举行的修禊仪式。所谓"曲水流觞"，是指以王羲之为首的文人们将酒杯置于上游，令之顺流而下，漂至跟前而未能吟诗者，取杯饮酒以自罚。此后，兰亭宴在中国广为流传。

兰亭宴在日本亦得到了广泛的欢迎，江户时期（1603—1867）涌现出了不少题为"兰亭曲水图"的画作，本论试图以江户后期画家浦上春琴（1779—1846）为例，尝试阐述有关王羲之和兰亭宴的绘画表象。具体而言，浦上春琴绘制了《兰亭图》，初看似乎描绘的是"愉悦"宴会的场景，布局亦令人感受到了典雅、风流而愉悦的人生。但是，正如本文之后所阐述的，浦上春琴实质上表达了一种超越愉悦的复杂情感，这一点通过《兰亭图》的描绘可谓一目了然。进而言之，一幅画作所呈现出来的画像与其试图表达的内容乃是复杂交织在一起的，我们在评价浦上创作的《兰亭图》之际，亦不可忽略该创作所未能呈现出来的王羲

之的"情感",即隐藏绘画背后的文明史式的"文化积累"。所谓绘画,应该是以它所表现出来的表象为线索来展开诠释,且原则上不可以脱离"表层"。尽管如此,有时亦会出现超越表层的内涵或者内容,从而出现问题。浦上春琴创作的《兰亭图》,可谓是这一现象的典型之作。

兰亭宴中所创作的诗集,乃是以《兰亭序》为序。该序为王羲之一气呵成地写下来,被誉为"书法之最",在中国与日本广为临摹。自此,兰亭宴成为了东亚各国书法家和文人于六十年一度的癸丑年举办的重要庆典。① 由此,以"兰亭曲水图""兰亭修禊图""兰亭图"等为题,王羲之之宴数百年来一直被中日两国人士不断描绘。中国以明代画家仇英为首,日本可以列举出江户时期的画家狩野山雪和浦上春琴。

正如杉村邦彦所述,日本历史上曾出现"《日本书纪》卷二:显宗天皇元年三月上巳举办曲水宴"的文献记载,不过事实是否如此还有待确认。至平安时代,兰亭宴则发展成为了日本社会的重要节日。② 本文以中日之画作《兰亭曲水图》为例,尝试阐释源自中国的《兰亭曲水图》究竟经历了什么样的变化而得以在江户时代广为普及。在此,本论将基于中国明代益王重刻《益王重刻小兰亭图卷》(小本)(卷子,私人藏)、江户初期狩野山雪绘《兰亭曲水图屏风》(八曲二双,随心院藏),并以江户后期浦上春琴绘《兰亭图》的画像构成为中心来逐步加以考察,试图阐明绘画的形式与内容之间的关联性。

一、文化五年浦上春琴创作的《兰亭图》

浦上春琴与大阪之木村蒹葭堂关系密切,三十岁之际即文化五年(1808)秋,以王羲之举办的兰亭宴为主题,创作了《兰亭图》(纸本墨画

---

①② 山村邦彦:《大正癸丑兰亭会及其历史意义》,关西大学大正癸丑兰亭会百周年纪念实行委员会暨关西大学亚洲文化中心:《大正癸丑兰亭会百年纪念——近代日本翰墨盛典》,2013年版,第7—9页。

淡彩，168.5×84.5cm，私人藏）[图1]。春琴绘制的《兰亭图》左上方墨书落款"戊辰秋月为桂海词兄博粲　春琴外史选写"，随之为朱文方印"十千"与白文方印"琴浦鲛郎"[图2]。纵轴布局之中，兰亭（坐落于水边的锥形屋顶建筑物）[图3]位于葱郁茂林的正中央，河流则由上而下蜿蜒流淌。桥位于河的下游，参加宴会的文人则散落于河岸。纵向画面中，水亭和桥的配置延续了《兰亭曲水图》的典型画风，其中可见中国南宋之后自然风景与人物和谐相融的山水人物画的身影。山岳和树木采用了点画法，这一画法不仅常见于江户后期文人画，亦属于春琴的画风特征。兰亭之后，修竹与柳树交相辉映，与《兰亭序》之内容相得益彰。江户文人画家时常以"兰亭曲水图"为题作画，大概也是由于该画的题材源自广为江户画家所欢迎的苏州派。

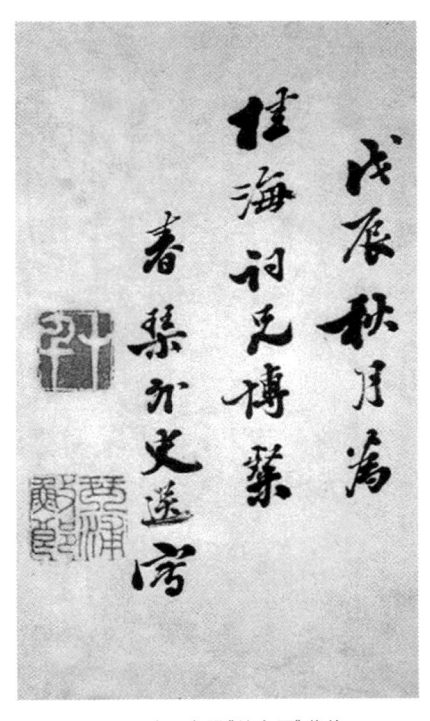

图1　浦上春琴《兰亭图》　　　　图2　浦上春琴《兰亭图》落款

浦上春琴为浦上玉堂之子,安永八年(1779)生于备前(译者注:现日本冈山县东南部),卒于弘化三年(1846),江户后期文人画家。《兰亭图》乃春琴三十岁之际所绘。春琴留存于世的作品极少,该画堪称珍奇之作。画作左上方落款"戊辰秋月",可知该画完成于文化五年之秋。整个画作布局为:兰亭位于中央,王羲之与其身旁四人坐于文案前,王羲之作挥笔状。仔细端详,可发现王羲之带着一个头冠[图4],故可断定此人为王羲之。河流两岸,文人谈笑吟诗,流觞至时未能吟诵者,将饮下杯中罚酒。画作之中还出现了利用长棍取觞之人[图5]。上部的林间厨房内部,随从正精心准备酒菜。桥位于下方,上面有担行李过桥之人。河水止于桥处的画风,属于后文叙述的中国明代《益王重刻小兰亭图卷》(小本)之主题。渡桥人物的形态与其说是《兰亭图》式,倒不如说是江户时代文人画的风格。

就整体而言,这一画风乃是典型的《兰亭曲水图》式的风格,坐于兰亭之中的人物,毫无疑问具有了王羲之的特征。如后文所述,春琴创作的画图之中,王羲之坐于兰亭之中。不过在春琴之前,亦坐于兰亭之中的人物,则可能不是王羲之,而是兰亭宴的记录员。

图3　浦上春琴《兰亭图》部分

文思与认同

春琴创作的《兰亭图》之中,河流、山崖、远山、茂林,错落有致,构成了江户文人山水画的典型。整个绘画描绘了二十余位文人,不及《兰亭序》提到的四十二人,可见春琴并无意忠实于《兰亭序》的文本。从整个构图和形态主题的特征来看,多少可以感受到清流湍急,由远至近,缓缓而下。中国兰亭宴之中的河流,基于《兰亭序》的文本,河流更为狭小,流觞则浮于平缓水面之上。但是,这一主题传入日本之后,逐渐摆脱了中国画风,河流变得更加宽广,这是否属于日本式的画风暂且不论,至少进入江户之后,多少融合了日本的风土,描绘了带有日式理念的曲水。

图4 浦上春琴《兰亭图》部分

图5 浦上春琴《兰亭图》部分

该作品采取厚重笔势来挥墨描绘,纵横驰骋;墨汁犹似渗入纸间,粗犷强劲。以人物为中心,处处施以淡黄色运笔,赋予深远的意蕴。跟前的柳枝等淡抹了一点蓝色,给予墨色以微妙的变化。厚重的墨线,与浦上晚年纤细轻盈的线条可谓是意趣迥异。左上方之墨书"戊辰秋月为桂海词兄博粲　春琴外史选写"与绘画运笔一样粗犷厚重,和浦上晚年的奢华之感存在着一定的距离。不管怎么说,我们通过该画作可以感受到这一典雅布局所带来的"温馨之感"。

整个画面犹如谈笑文人的愉悦宴会,至少就氛围而言,犹如雅士之聚会。不过,绘画经过了深入解读之后,事实上将大相径庭。在此,我们似乎可以感受到浦上绘《兰亭图》的印象与王羲之的《兰亭序》的文本之间的交织融合。换言之,形象与语言彼此共鸣,带有了深刻的精神性,或者说,由此我们或许可以认识到观者的内心世界为之触动。不过在此,我认为这一作品更为重要的内涵,就是站在接受者的立场而言,绘画的形式与呈现的内容未必保持了一致,而是在事实上既存在着交织融合而又存在着疏远偏离。这也就是横亘在浦上与王羲之二者之间所谓的"背离"吧。

二、中国绘画中的《兰亭曲水图》

2013年(平成二十五年),关西大学博物馆举办了"大正癸丑兰亭会百周年纪念——近代日本诗画盛典"(关西大学大正癸丑兰亭会百周年纪念实行委员会暨关西大学博物馆举办),展出了传闻为仇英创作的中国画卷《兰亭修禊图》(同展览会目录图6·陶德民编《大正癸丑兰亭会的怀古与继承》图106),[①]被称为王羲之《兰亭曲水图》画作的代表之作。该画卷是大正癸丑京都兰亭会的展出作品,大正癸丑二年(1913)春于京都举办。该兰亭会的文化传统可追溯至一百年前,即大正二年(1913)由二十八名首倡者于京都举办兰亭会。首倡者之中包括了京都帝国大学东洋史讲授者内藤湖南、泊园书院主办人兼汉学家藤泽南岳,以及著名文人画家富冈铁斋等一批人物,他们在冈崎的京都府立图书

---

① 陶德民编:《大正癸丑兰亭会之怀古与继承》,关西大学出版部,2013年版,第79页。前揭书,《大正癸丑兰亭会百周年纪念》,图6,第1页。

馆举行的聚会,乃是东亚汉文化圈内部的书法与学术一体化的特色盛典。

为了与日本相呼应,以杭州西泠印社——首位社长吴昌硕是近代中国画家的代表人物——为中心,中国也举办了聚会。据杉村邦彦的研究,时居上海的日本学者长尾雨山,参加了此次聚会,并收集了十二瓶(啤酒瓶)兰亭之曲水,携带新出的竹笋特意送到了京都,将水和竹笋献于神龛前,与会者吟诗供奉。① 由此可见,京都与杭州举办的兰亭会可以称得上是中日文化交流基石的国际性聚会。在此,各式人物亲睦交流,其中亦不乏中国名人,如西泠印社职员罗振玉等。

仇英(1498—1552)乃是明朝中后期画家,关西大学博物馆举办的兰亭会展作品之一,传闻为仇英创作的《兰亭修禊图》(绢本着色,29.8×192.0cm,私人藏),乃是其为数不多的遗作之一。但是,该画卷较之仇英真迹,笔锋略为硬朗,虽为明代真迹,但是疑为模仿仇英而作的模本。也就是说,该作品缺少了仇英的标志性的栩栩如生感,只是以一种模仿式的、工艺性的轮廓线而统一起来的画作。不过,由于仇英真迹极少,故而这一传闻为仇英创作的《兰亭修禊图》仍具有极高的价值。

横向画面之中,会稽山举办的兰亭宴整个布局从左至右依次展开,画卷左下方可见端正墨字"实父仇英制"与朱色葫芦形印章"十洲"。② 茂林之中,文人一边吟诗,一边注视着缓缓而来的流觞,此即流觞曲水。该画描绘的就是流觞行至跟前,未作诗者接受惩罚的著名故事,即"此地有崇山峻岭,茂林修竹,又有清流激湍,映带左右。引以为流觞曲水,列坐其次"③的情景。穿过平坦土地的河流,通过引入激流的河水,从而令浮于水面的流觞缓缓前行,构成了曲水的模样。④ 传闻

---

① ② 陶德民编:《大正癸丑兰亭会之怀古与继承》,关西大学出版部,2013年版,第79页。前揭书,《大正癸丑兰亭会百周年纪念》,第8页、第64页。
③ 吉川忠夫:《王羲之——六朝的贵族世界》,载《岩波现代文库》,日本东京岩波书店,2010年版,第48页。
④ 王羲之:《兰亭序(五种)东晋·王羲之》(中国书法选十五),日本东京:二玄社,1988年版,第2—3页。

仇英创作的《兰亭曲水图》亦是遵循了《兰亭序》，基本是人在兰亭中，兰亭在平坦地势之右方，桥则位于左下方。

值得留意的是，王羲之的位置在该画面中无法确认。即与此后画面中常见的或坐于岸边，或坐于兰亭之中的王羲之的布局相异，王羲之的断定较为困难。根据杉村邦彦的看法，兰亭之中的人物原本并不是王羲之，极大可能是曲水诗宴竞赛的记录员。①

接下来，我们自至今还未被介绍的中国绘画之中挑选数幅来进行讲解。首先介绍的是十七世纪中国清代画家叶雨绘《兰亭修禊图》（卷本着色，151.8×94.0cm，私人藏）[图6]。该作品右上角墨书"兰亭修禊甲子仲夏写叶雨时年八十"以及两个难以辨认的印章，可推断出该画创作于清代1624年至1684年间。虽然整幅画伤痕不少，所画之物难以确认，但是犹可见中央巨大的兰亭，屋顶的前端是中国式的反翘样式，亭中之人被认为是王羲之及其随从。兰亭之外可见文人，人物栩栩如生，生动的宴会氛围跃然浮现于纸面。就整个画作的布局而言，该画与春琴的《兰亭图》相似，河水的描写尽管说不上明快，但是中央的巨大兰亭也构成了整幅画的中心。苍翠茂林不着痕迹，兰亭犹如环

图6 叶雨《兰亭修禊图》

---

① 该见解乃依据平成二十五年（2013）山村邦彦在关西大学博物馆召开的《大正癸丑兰亭会百周年纪念——近代日本翰墨盛典》纪念演讲会上的发言。

抱于树木之中。兰亭背后的石山,采取了以凹凸不平的轮廓线来加以勾勒,且不断向上累积的方式来加以描绘。而且,河流由上而下蜿蜒前行,大树现于眼前岩石之上,乃春琴《兰亭图》之画风。由此可见,江户时代的挂轴画可以说基本上延续了叶雨的构图。不管怎么说,十七世纪的中国《兰亭曲水图》还是较为罕见。

接下来讲解王潮的扇面画《兰亭图》(卷本墨画淡彩,扇面,17.4×49.5cm,私人藏)[图7]。王潮是中国二十世纪前半期即民国时期的画家,经历不详,上海人,可推测与上海派相关。该画巧用扇形,王羲之位于面向宽广河流的兰亭内,采用的是"王羲之戏鸟图"系的传统画风。以及泳鸟,左方可见墨书"兰亭修禊会者四十余人曲水流觞极尽诗涛之欢此写右军书册以繁就简之意　庚午夏日立斋六兄大雅属正舜江王潮"与白文方印"王潮"。此处原本坐于岸边吟诗的王羲之,携两随从执笔坐于兰亭内文案前。两只鸟在水中嬉戏,几乎不见文人身影。

接下来,就是王明明之《王羲之戏鹅图》(纸本墨画淡彩,68.8×68.0cm,私人藏)[图8]。王明明,1952年生于山东省蓬莱市,中国现代画家。1987年进入中央工艺美术院专研学习,之后进入北京画院。2013年担任中国美术家协会副主席。该画右下方可见墨书"明明画"以及白文方印"王明

图7 王潮《兰亭图》

图8 王明明《王羲之戏鹅图》

明印"。王明明笔锋俊力,大胆运用省略法来创作水墨画。整个布局大胆地描绘了王羲之和鹅,堪称中国近现代绘画佳作。蓄了胡子的王羲之正在给三只鹅喂食,动作微妙,栩栩如生。王羲之的衣服和鹅的身体上的褶皱,透露出水墨画家的高超技艺。与人物、鹅的形态描绘相反,背后的竹子青翠欲滴。以上任意选取的四幅绘画,例如有"兰亭曲水图"与"王羲之戏鹅图"两种截然不同的主题画作。这四幅画作之间存在着复杂的关联,接下来将加以阐述。

三、狩野山雪绘《兰亭曲水图屏风》

图9 狩野山雪《兰亭曲水图 屏风》部分

图10 狩野雪绘《兰亭曲水图 屏风》部分

在日本为数众多的《兰亭曲水图》画作之中,京都狩野派的狩野山雪绘《兰亭曲水图屏风》(八曲二双,随心院藏)[图9][图10]可谓是受到了中国画卷的显著影响。该屏风创作于十七世纪前半期,金笺设色,一幅纵长107.5厘米,横宽355.2厘米,四幅相连,横宽共计1420.8厘米,为14米横宽之巨作,乃日本最古《兰亭曲水图》遗作。该屏风的画面布局极为少见,将曲水之宴设定为了八曲的形式,即四幅屏风,实为难得一见的珍品。之所以采取这样的画作方式,乃是为了将横长的画卷图样纳入屏风的制作之中。

户田祯祐曾就狩野山雪绘《兰亭曲水图》指出:"该画作一般被认为是以同一主题的中国画卷为根本而进行的创作,不过创作者将这一画卷的横长画面改造为了装饰性的画面,故而成就了如今的极为特殊的横长画面。"①换言之,山雪创作的屏风源自一种单纯而奇特的想象,兰亭宴的整个布局在两双即四幅屏风之中横向展开,实属巨型画卷。第一幅的朝向右端之处绘制了豪华宫廷式兰亭[图11],第二幅[图12]河流平缓蜿蜒而行,流觞浮于水面,诗人咏诗,依据的是中国画卷的生动场景,即依《兰亭序》之文本,为了使觞不沉入水内,描绘的是缓慢的曲水。第四幅[图13]末尾处的桥,其构想也是雷同于中国画卷。

"兰亭曲水图"的绘画始于《宣和画谱》,为各式资料时常提起,可推知该样式在很久以前就被描绘。明朝永乐十五年(1417),明世子朱有燉(1379—1439)临摹北宋李公麟(1049—1106)之画作《流觞图》(兰亭曲水图),之后朱有燉的继承者益王(1536—1602)于万历二十年

图11 狩野山雪《兰亭曲水图 屏风》部分

图12 狩野山雪《兰亭曲水图 屏风》部分

---

① 户田祯祐:《汉画系人物图屏风的轮廓》,《文人画粹编 第三卷 黄公望 倪瓒 王蒙 吴镇》,中央公论社,1979年版,第155页。

图13 狩野山雪《兰亭曲水图 屏风》部分

(1592)再次临摹朱有燉作品。朱有燉临摹作品留有大本、小本两种。山村邦彦介绍的明朝益王再临摹的《益王重刻小兰亭图卷》(小本)(纸本墨拓,21.3×464.5cm 私人藏)[图14—1][14—2]之中,王羲之坐于岸边,右手执笔,左手举纸,然不能断言兰亭内的人物必为王羲之。① 而且,几乎同样的主题,虽有几处不同,亦可见于香港大学文物馆刊行的《兰亭大观》(1973)封面。② 与《益王重刻小兰亭图卷》(小本)相同,该封面之中,王羲之坐于岸边,左手高举纸片[图15]。

狩野山雪的《兰亭曲水图屏风》(六曲二双屏风)基本是沿袭《益王重刻小兰亭图卷》(小本)和《益王重刻大兰亭图卷》(大本)的样式。据龟井和子的推论,其临本应为《益王重刻大兰亭图卷》(大本),在此笔者就亲眼所见之小本来进行探讨。③ 山雪的《兰亭曲水图屏风》整个布局横向展开,金光闪烁的背景下,首先是右边犹如宫殿般华丽的兰亭,

---

① 依据前纪念演讲会山村邦彦的发言。
② 袁晨、陶德民:《香港中文大学文物馆发行之〈兰亭大观〉》,前书,陶德民编:《大正癸丑兰亭会怀古与继承》收录,图144,第98、130页。
③ 龟田和子:《〈兰亭图〉的图像阐释学——以"杨模"与"庚蕴"为中心》,《艺术鉴赏》,2012年第12期,第6页。

文思与认同

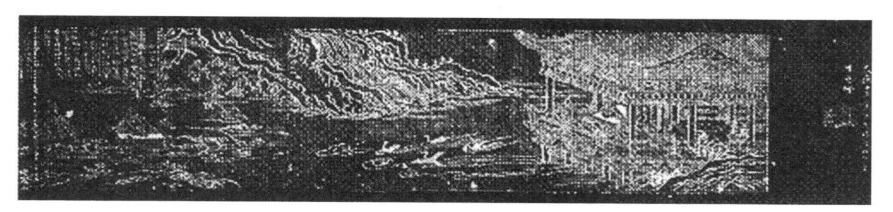

图14—1《益王重刻小兰亭图卷》(小本)部分

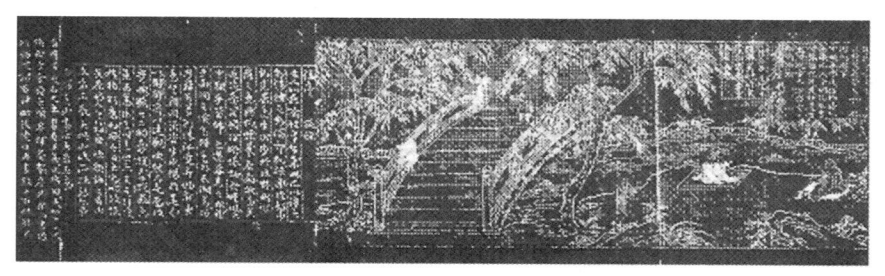

图14—2《益王重刻小兰亭图卷》(小本)部分

图15《兰亭大观》封面

163

亭中文案前是负责记录的人。兰亭下方的河流可见浮鸟,河流自长满柳树、竹子、苏铁和棕榈的树林中穿过,坐于河岸兰亭之中的一人俯视着眼前的文人,合计四十二名文人。首先登场的是王羲之、魏滂,其他文人则依次登场,以莲叶为盘的酒杯漂浮在流水之中。桥位于画卷的左端,画卷的最后则以巉岩来收尾。

王羲之坐于岸边,面对着对岸右边的魏滂,左手举纸。这样一幅场景随着时代的推移有所变化,最终定格为王羲之坐于兰亭之中的文案前。也有人认为山雪创作的《兰亭曲水图屏风》兰亭之中的人就是王羲之。不过,王羲之的特定头冠只见于岸边之人,兰亭文案前的人物并无此物,[1]故而推断兰亭之中的人物并非王羲之,极有可能是记录员。什么时候开始王羲之被定格在了兰亭之中目前尚无定论,大致可以推论为是在中国明末清初以及日本江户时代中期。

山雪的屏风之中所描绘的文人数量,包括坐于岸边的王羲之和兰亭之中的人物共计四十三名,与《益王重刻小兰亭图卷》(小本)画作中人数一致,不过超过了王羲之及其召集的四十一名文人(合计四十二人),余出一人,即为兰亭中的人物。问题即在于,兰亭之中的人物是否是王羲之。由于兰亭之中的人物与岸边的王羲之并不相似,故而兰亭之中的人极有可能不是王羲之。中国大约是在清朝初期以后,日本大约是在江户中期以后,《王羲之戏鹅图》开始普及,故而"坐于兰亭之中的记录员"被误解为"坐于兰亭之中的王羲之"。龟井和子曾指出,狩野永纳创作的《兰亭曲水图》(静冈县立美术馆藏)之中,兰亭之内未见王羲之,这是狩野永纳的功夫所在。[2]

"兰亭曲水图"与"王羲之戏鹅图"的绘画主题本就不同。《益王重刻小兰亭图卷》(小本)之中描绘的四十二名文人与王潮等人的《王羲

---

[1] 龟田和子:《〈兰亭图〉的图像阐释学——以"杨模"与"庾蕴"为中心》,《艺术鉴赏》,2012年第12期,第12页。山下善也《兰亭曲水图屏风狩野山雪笔八曲二双》解说,《狩野山乐·山雪》,京都国立博物馆,平成二十五年(2013年),第300—302页。

[2] 龟田和子:《〈兰亭图〉的图像阐释学——以"杨模"与"庾蕴"为中心》,《艺术鉴赏》,2012年第12期,第3—22页。

之观鹅图》之中作为特写的王羲之,严格而言,亦属于来源不同的主题。无论中国还是日本,我们可以推测,随着时间的推移,王羲之挥笔于兰亭之中的画风更受欢迎,故而得以逐渐普及。进入清代之后,无《兰亭序》相关知识的画家采用了"坐于兰亭之中的王羲之"这一华美主题,并逐渐普及、定型。或者是认为《兰亭曲水图》的中心人物为王羲之,应该位于整个画作最为醒目的兰亭之内。我们如今难以判断中国与日本的画风究竟是哪一个首先定型如此,但是中国自清代开始即可见此绘画主题,在辅以考察这一时期的文化概况,可以推论中国在先。

综而述之,我们无从推断山雪创作的《兰亭曲水图 屏风》兰亭之中的人物即为王羲之。若是探讨画中被描绘的二人形象,可谓是大相径庭,站在美术史的表象的立场可以断定二者绝非同一人。由此或可推论,山雪的绘画之中,包括王羲之在内的兰亭宴的四十二位与会者坐于岸边,而四十二人之外的一名记录员则处在兰亭之内。

四、"兰亭曲水图"与《兰亭序》——形象与文本的交织

江户时期"兰亭曲水图"的画作之中,"舒缓的河流"变化为"寻常的河流"的根源难以阐明,若要保障论证正确,则必须精心研究中国绘画之中所描绘的"兰亭曲水图"。但是至少我们可以发现,江户时期绘画中的河流基本是采取了与普通河流相接近的宽度。之所以出现这样的变化,其根源之一大概就在于日本画家对于兰亭和王羲之的认识的遥远的距离感。换言之,他们并不是基于《兰亭序》之中的"言语",而是基于中国绘画之中的"表象"(绘画)来加以理解,因而引起了王羲之故事的误解,并最终导致了流觞现实感的倒退,以及被描绘的河流与酒杯的观念化、定型化。

以春琴为代表,江户时期的"兰亭曲水图"挂轴画所描绘的基本是倾泻而来的瀑布,即使不是急流,也与中国明朝画家描绘的兰亭之处的舒缓河流大相径庭。春琴的绘画之中,不仅河流较为宽广,而且也

缺乏了伸手可触及酒杯的现实之感。参加聚会的文人们亦似乎被山水埋没,即春琴等描绘的河流缺乏了流殇漂流前行,行至跟前未能吟诗者受罚的现实之感。那么,为什么会描绘这种缺乏了现实感的"兰亭曲水图"？根源之一即在于画面外形的限制,绘画表象的立场强调现实之感的横向"兰亭曲水图"画风转换为了纵向画轴,至少可以浮想起兰亭实景的布局转变成了游离于现实之外的想象之中的"兰亭曲水图"。

换言之,"兰亭曲水图"所描绘的主题并非是现实情景和故事,即并非依据《兰亭序》文本而创作,而是模仿现存绘画而展开,即依照"绘画的绘画式"逐步发展,以至于原初的布局发生了变化,进而逐渐形成了形式化的、观念化的风格。就图式而言,是自中国,尤其是苏州、杭州周边的绘画创作,逐步向山雪的屏风、春琴的绘画展开的。春琴等人所绘的"兰亭曲水图"与王羲之举办的兰亭宴本就早有距离,加之内容亦大有改变,从而逐渐形成了新的日式图式。

大阪画坛画家今宫太室采用了与春琴几乎相同的图式,今宫创作于天保三年(1832)的《杯流之图》(绢本着色,126.4×51.3cm,关西大学图书馆藏)[图16]描绘了下落的瀑布和蜿蜒的河流。今宫太室(生卒不详)出生于阿波(德岛),后移居于大阪,文政年间(1818—1829)居住于高津(大阪市中央区),并从事绘画创作。依照《杯流图》右上方的落款"壬辰春日太室写",可知该绘画创作于天保三年(1832)。王羲之位于中央的

图16　今宫太室《杯流之图》

兰亭之内，蜿蜒的河流以及位于下游的桥，整个画作采用了传统主题，构成了典型的"兰亭曲水图"风格。布局基本同于春琴：宽广的河流下行至跟前，背后可见下落的小瀑布，让人感觉河流湍急。这样的描绘暂且不说与《益王重刻小兰亭图卷》

图17　耳鸟斋《兰亭曲水图》

（小本）相较之异同，即使是与山雪相比也可谓是大相径庭。中国清代绘画作品色彩艳丽，尽管站在现代的眼光而言，或许会令人感到附庸风雅，但是却可以说是以中国为中心的东亚绘画的正统作品。

此《兰亭曲水图》的样式，也出现在风来散人依据江户讽刺画家耳鸟斋编辑的《かつらかさね》（KATSURAKASANE，享和三年·1803年）[宫武外骨再编《岁时灭法戒》（明治四十年·1911年）]之中[图17]。该画描绘的是平安时期流传下来的兰亭宴的欢愉景象。三位贵族装扮的人物位于随着曲水漂流而来的酒杯前，手持笔和酒杯，画作之中省略了兰亭的描绘。耳鸟斋绘制的《兰亭曲水图》将诞生于中国的《益王重刻小兰亭图卷》（小本）等绘画日式化，与元本的王羲之的兰亭宴，即《兰亭序》的文本大相径庭，宣告了观念化、定型化的"兰亭曲水图"的诞生。

结　语

以明代《益王重刻小兰亭图卷》（小本）为基点，"兰亭曲水图"自中国绘画到山雪，再到幕府末期的绘画的过程中不断地被加以形式化、观念化,而后转变成了定型化的日本样式。"兰亭曲水图"的画风与王羲之的故事日益偏离,但是仍然可以令人浮想起书圣王羲之的故事。春琴于三十岁之际创作的《兰亭图》则采用了王羲之位于兰亭之中的新型布局,留下了一种典雅、风流且欢愉的文人聚会的整体印象。

  作为中国的祭祀之日,每年三月首个巳日消邪的仪式,以消除人类的不净,是一个极为严肃的传统礼仪。自中国传到日本,并被定式化的"兰亭曲水图"的画风,与其说是一场严肃的集会,倒不如说是一场欢悦典雅的宴会。春琴创作的《兰亭图》乍一看,也感觉是文人欢愉优雅的宴会。但是不可忽略的是绘画之背后的王羲之《兰亭序》的精神内涵,究其内容,可谓是与欢愉的宴会截然不同。《兰亭序》曰:"固知一死生为虚诞,齐彭殇为妄作。……后之视今,亦由今之视昔,悲夫!故列叙时人,录其所述。"[1]《兰亭序》一文阐述了王羲之的思想和情感。只有理解了文字之间所阐明的心境,再去鉴赏春琴的《兰亭图》,或许才可以切身感受到何谓"世事无常、逝者不在的悲哀"。[2]

  正因为《兰亭序》的精神与春琴的绘画内容截然不同,故而我们才有可能深刻体会到春琴《兰亭图》之中所不曾表现出来的深刻内涵,这一点应该加以警戒。站在文明史的立场来审视这一问题,我们可以认识到,围绕这一画作的人与事之间纠葛不断积累演绎,导致不同的内涵在这一绘画之中不断地重合、沉淀下来,从而令我们一边吟味《兰亭序》,一边欣赏春琴的绘画,"欢愉的宴会"与"世事无常、逝者不在的悲哀"这样的两种既相互重叠,亦彼此分离的情感呈现在我们眼前。在此,或许可以发现绘画的形式与内容构成了一体化这样的所谓一元性的艺术观念的一大破绽吧!

---

[1][2]　龟田和子《〈兰亭图〉的图像阐释学——以"杨模"与"庚蕴"为中心》,《艺术鉴赏》,2012年第12期,第50页。

政治困境与身份认同：
梅曾亮论说文的士人之思

李建江

　　梅曾亮自道光十二年(1832)入京,后任户部郎中,一直到道光三十年(1850)离任回乡,在京近二十年。① 二十年中,他身居下僚,以文章著名,继姚鼐之后,成为桐城派一代宗师,其淡泊名利的清正人格,令人高山仰止。然而,在这淡泊性情背后,藏着的是一颗忧患之心,包括自身忧患与家国忧患,这些忧患构成了其现实政治困境。作为一个传统士大夫,他力求突围,寻求士人政治身份的存在方式,重建士人的价值认同。本文以其论说文为中心,探究困境的具体表现及其突破方式,更好地理解重建身份认同的意义,如无特殊说明,原文均引自《柏枧山房诗文集》。

一、现实政治的禁域——帝王心术

　　中国古代儒家宣扬"天人感应",君权神授,确立了帝王统治原则的根本性和绝对性,将朝廷与国家合二为一;法家则推崇法、术、势三

---

① 梅曾亮:《柏枧山房诗文集》下册(彭国忠、胡晓明校点),上海:上海古籍出版社,2012年版,第676—679页。

者结合,阐释帝王心术的理性价值,以统御万民。①外儒内法,是古代社会统治的鲜明特征。帝王成为世俗权力的终极体现,获得了不可侵犯的神圣性与唯一性。为实现统治的世代延续,统治者在宣扬儒家教化的同时,不断平衡各方利益,制衡中央与地方、国家内部各管属体系的权力,帝王心术由此成为主要手段。作为官僚系统主体的士人,必然不能无视和破坏这种政治利益的平衡。否则,便是触碰了现实政治的禁域。如何在此禁域之外,确保自己政治身份的存在,是士人必须面对的问题。

梅曾亮对此有着清醒认识。他在《韩非论》中论述帝王心术:"今人君无贤智愚不肖,莫不欲制人而不制于人,测物而不为物所测。"②帝王作为天道的执行者和人道的掌控者,这种超越和脱离已有认知的"制人""测物"的思想法则,本身便具有成为思想禁域的可能性,其拥有者是且只能是帝王,否则,便会构成对现实体制和皇权尊严的威胁。这既是对帝王独权心态的揭示,也是对处于帝国官僚系统的士人的警戒。韩非向秦王献霸道之策,以助其弭平六国,其思想体系强烈的独特性与现实性,决定了其拥有者和实践者的唯一性。此外,在秦王看来,韩非之策,洞照人君之私欲,窥破统治之密义,将君权的神圣性和神秘性彻底解构,亦难以不生忌防之心。韩非由此触碰政治禁域。梅曾亮说:"使知有人焉,玩吾于股掌之上,而吾莫之遁,虽无信臣左右之谮,其不能一日容之也决矣。"③李斯置韩非于死地,终究俱在秦王的天下棋局。

韩非陷入的政治困境,梅曾亮称为"盗术"之危。"盗术"一词,见于梅曾亮《晁错论》,"以盗之术授人,而保其不我盗",④这种自我安慰心理本身就带有强烈的主观自欺色彩。晁错向汉景帝献削七国之术,重

---

① 蒋重跃:《韩非子的政治思想》,北京:北京师范大学出版社,2000年版,第85—86页。
②③ 梅曾亮:《柏枧山房诗文集》上册(彭国忠、胡晓明校点),上海:上海古籍出版社,2012年版,第2页。
④ 同上,第8页。

新分配平衡政治利益,以加强中央集权。于帝王而言,这种重塑政治体制的方策,既能弱诸侯而尊君主,必也能强地方以胁中央,步其情势演绎的可能性为帝王心术所禁绝。梅曾亮说:"错之术,盗术也,而恃所授者之不我盗。"①晁错之误便在不能明白"非雄猜深阻之人,不能行吾术,而不怍其能行吾术者,必不容他人之有其术"②,所以终因其术得祸。他同时指出更令人感到可畏的是,"削七国者,帝之素志也,而不欲居其名,故假错以为之用"③,晁错与韩非一样,深入禁域之内,成为统治阶层目的实现和利益分配的牺牲品。

面对帝王心术的政治禁域,士人的政治身份应如何存在?梅曾亮首先提出了"善藏用"之说。他认为:"今非方皇皇焉入世网罗,独举世主所忌讳者纵言之,而使吾畏,亦可谓不善藏其用者矣。"④《韩非子》主张的霸道刚强,而帝道本身亦刚强,怀霸道以佐帝道,而妄求自身免祸,虽圣贤亦不能。"且古今著书立说之士,多出于功成之后者。不然,则无意于世以潜其身"⑤,因此,"用"术的呈露必须考虑到自身的现实处境,以及是否具有规避政治风险的可能性。士人处世,应保持对君权的绝对敬畏,敏于行而讷于言,对人臣之道明晰透彻,对人君之心讳莫如深,成为"古之慎言人"。"善藏用"不是无所作为,而是谨慎为之,把握权力实践过程中的尺度分寸。梅曾亮将老子作为"善藏用"的模范,"吾观老子之书,以柔为刚,以予为取,处万物所不胜"。⑥《老子》政治哲学对梅曾亮的启示,也蕴含着他垂戒来人的用心。

其次要"怀其术,择其人"。梅曾亮说:"世之择术者,亦择其可以授人者而自处哉。"在这一方面,他推崇的典范人物是范蠡和尉缭。二人皆能洞悉君主之心迹,明察祸福之几微,"先有弃富贵之志而成功名",终能全身远祸。但是,专制制度不变,帝王心术的政治禁域就会一直存在,士人面临的"盗术"之危也就无法彻底解决。而所谓"盗术"

---

① ② ③ 梅曾亮:《柏枧山房诗文集》上册(彭国忠、胡晓明校点),上海:上海古籍出版社,2012年版,第9页、第8—9页、第10页。

④ ⑤ ⑥ 同上,第2页。

的另一面,往往是革故鼎新,除弊兴利。如此一来,则凡是改革,必然触动现有利益平衡,也必然面临巨大压力与挫折。帝国统治下最坚决的变法者和改革者,多以必死之心全力以赴,亦有其自身所处的政治困境的原因。

二、现实政治的龃龉——寄位之心与贵贱之别

士人跻身帝国官僚系统,践行儒术,以辅弼明君、济世安民为目的。晚清社会世风浇浮,士大夫群体政治目的逐渐迷失,由以家国天下为念转为计较一己之得失荣辱,从政成为满足其私欲的途径,官位品级设置的政治价值逐渐虚化。梅曾亮在《臣事论》中说:"今之为仕者……无愚智贤不肖也,而皆有必为公卿大夫之心。"①品级的擢升能够置换更多的个人利益,由底层属吏到上层公卿,整个官僚体系被切分为不同的利益攫取等级。在其位,不思其政,妄求"朝拜官而夕超擢","其身縻于此,而其心去此职而上者,不可以层累计"。②官位本身成为政治目的,其所附加的政治责任被刻意架空。因此,梅曾亮感叹:"居官者有不事事之心,而以其位为寄,汲汲然去之,是之为大患。"③寄位之心的存在,使士人陷入私利与公责龃龉的政治困境,政治身份存在的意义被严重扭曲,政治目的被严重颠覆。风气所及,一代士人有厄。

此外,官僚体系中因贵贱不同而导致的职能与罪责的错位,加重了士人对个人利益的偏执化,进而导致责任意义的失落。梅曾亮长期居于下僚,对此深有感触,《臣事论》中说道:"今夫大吏,其日造请问起居者,属吏也;供刍薪米炭者,属吏也;加声色颐指者,属吏也;听弹劾

---

① ② 梅曾亮:《柏枧山房诗文集》上册,彭国忠、胡晓明校点,上海:上海古籍出版社2012年版,第14页。

③ 同上,第15页。

迁换者，又属吏也。有罪则曰：'是属吏所承办也，承审也，大臣者不知。'同有罪则曰：'是大臣也，不可与小臣同科。'"①小吏担重责，大臣获微罪，甚至有豁免特权，权责不对等的政治现实，使得士人更加计较官位之高低，身份之贵贱。且其后二者的遭遇明显不同，大臣"或降级，或罚俸，不旋踵而复其故"，属吏"其罪同而位卑者，则一蹶不可复振"。②由此，政治原则的权威性和处置方式的正义性遭受质疑，特权优越性的存在致使士人的政治理想歪曲化、庸俗化，政治人格趋于堕落。寄位之心日炽，超擢之欲渐张，"心不服而隐忍以为之，此其身有不能安而其职有不能尽者矣"，③从而逐渐动摇官制稳定的基础。梅曾亮说："政之失也，则专其利于所贵，而专其害于所贱。"④贵贱之别，使得士人的政治身份和政治目的被利益进一步消解，士风败坏的同时，也危及国家利益。

　　士人如何才能突破这些困境，维系自己的政治身份？在梅曾亮看来，私利与公责的龃龉以及罪责不均的现实，皆由政治制度本身的缺失和悖谬造成，因此困境的突破须始于制度的革新，其方式是均罪责，即"分利害之数与贵贱参之"。具体而言，便是"使小臣之事，统责之大臣；而大臣之罪，不可分之于小吏"⑤，臣吏之间权责对等，界限明晰，有法可循，有据可依，如此则"小大之罪均"。同时，专制社会官位品级代表的权力具有极大的威慑力和统制力，上级官员对下级官员有领导督察之责，其政治决断对于下级行事具有强制服从性和规定性，梅曾亮认为由此引发的政治风险，应由他们承担主要责任。所谓"法之加必自贵者始"，而且"位重而责之者厚，厚不为刻也；位轻而责之者薄，薄不为私也"⑥。这无疑是对当时政治评判体制的改革。职能与责任对等，不仅提高了大臣的政治警惕性，也保证了小吏的政治安全感，更使

---

①②③　梅曾亮：《柏枧山房诗文集》上册，彭国忠、胡晓明校点，上海：上海古籍出版社2012年版，第15页。
④　同上，第16页。
⑤⑥　同上，第15页。

得政治原则被重新认可,士人政治身份获得制度保障,政治目的不再是官级的跃升,而是重新合于自身理想。寄位之心也就失去了存在基础,士人能够认同自身品位,执行行政职责,"乐其职故其心安,安其心故其事成"。①

三、现实政治的危机——奸民之祸

清嘉庆十八年(1813),天理教起义爆发,攻入京城,后被弥平。②梅曾亮审视这场给清政府带来巨大统治危机的事变时,提出了"乱民""奸民"分别之说。"乱民"一说有其特定的时代局限性,它刻意忽略民众的正义诉求,但《民论》同时写道他们是"毒官吏,迫饥寒,挺刃而卒起,索党与随和以自救"③,肯定了其反抗具有现实逼迫性。梅曾亮在社会安定角度上对他们持批判态度,但在个人情感上则对其抱有深切同情,其内心是矛盾的。而对于"奸民",梅氏则全然否定。"奸民"之"奸",在于他们"无所激发而倡为狂悖之说,以招诱愚瞽,而名之曰教"。对于"狂悖之说"的解释,大多情况下侧重其歪曲甚至脱离儒家道理和统治意志的"悖",而相对忽略了梅曾亮更为排斥的"狂",即利用民众的生活之愿,妄求自己的政治目的,意图颠覆社会秩序,实现私人利益的最大化。民众虽然整体生活在传统中国的儒教道德氛围之中,然而个体精神大多情况下仍旧是蒙昧的。《民论》中说:"今夫民之生也,耕而食,织而衣,贸贸然相往来,不知有士大夫声名文物之乐,又非如富厚有力者有鸣钟连骑、采色视听之娱。"④由于缺少精神寄托和文学教化,并长期依赖口耳传说获得对事物模糊甚至虚假的认知,他

---

① 梅曾亮:《柏枧山房诗文集》上册(彭国忠、胡晓明校点),上海:上海古籍出版社,2012年版,第15—16页。
② 赵尔巽等:《清史稿》第三册,北京:中华书局,1976年版,第603—604页。
③④ 梅曾亮:《柏枧山房诗文集》上册(彭国忠、胡晓明校点),上海:上海古籍出版社,2012年版,第2页、第3页。

们极易受到宗教和世俗迷信的蛊惑。任何一个虚构的神灵都会占据他们的精神荒原,影响他们的人生观和世界观。"奸民"本身来自底层民众,因而知道让民众相信自己,继而信仰自己的诸多方式。且长久以来佛教、道教等宗教已经在民众心中确立了无法动摇的神圣地位,"教"这个词几乎等同于神圣本身。他们往往通过造神,"名之曰教",从民间文化和信仰传统中窃取存在的合理性,合理性即是合传统性,合于传统便是合于民众的认知心理。所谓"因民之欲窃吾意以售其奸"。在士人看来,这是对儒道文明的冲击,不可避免地形成对现世社会价值的扭曲,继而成为国家忧患,威胁政治统治和社会安全。奸民之祸,挑战士人认同的秩序规则,也暴露出社会统治的诸多弊端,是当时士人必须面对的政治困境。

突破这个困境,必须认识到其产生的根源在于民众精神生活的匮乏,精神世界的苍白。梅曾亮认为,缺少"声名文物之乐""鸣钟连骑、采色视听之娱","枯槁寂灭之士或能堪之,而民故不能乐乎此也"。民众作为世俗生活的主体,喜怒哀乐应有合理的抒发渠道和形式,精神情感得以宣泄,才能不轻易被"狂悖之说"欺骗诱惑。因此他提出"民乐"说。所谓民乐,不仅是指使民众乐其业,以安其身,通过幸福感的获得使其对自身的农业身份充分认同,更是指充实民众的精神文化生活,规范其情感表达的方式,使之符合儒家温柔敦厚的传统观念。梅曾亮在《民论》中提到"于是有饮射之典,有傩蜡之礼,有月吉读法之令,奔走之、驰骤之,而不惮其老拙"[①],即将民众的精神生活纳入到礼道范围之内,使原生的情绪表达整齐严肃,具有道德伦理内涵。如此,则能"回易耳目,震荡血气,阳遂其鼓舞之情,而阴辑其静而思骋之意"[②],民众之躁心平、私欲泄,一归于正,奸民"狂悖之说"也就失去了窃占精神领域的前提和现实基础。

[①②] 梅曾亮:《柏枧山房诗文集》上册(彭国忠、胡晓明校点),上海:上海古籍出版社,2012年版,第3页。

鉴于民众的宗教情怀,梅曾亮主张恢复庙制,强调慎终追远的儒家观念,以宗族情感替代宗教情感。《墓说》中说:"古者贵贱之士皆有庙,庙有寝,于是乎藏衣冠,于是乎求昭明。"①庙寝制度的设立,将人对神明的崇拜转为对祖先的追慕,宗法传统得以延续和维护。同时联系民众对民间迷信传说的执迷,利用"后之人以为有鬼神者,则必于是归焉耳。其享焉而格之,其慢焉而恫之,吉凶祸福之应,未有不起于此者也"②的认知,介入殡葬之礼,以之教化民心,强化族群情感,将对宗教的狂热利导成祭祀时的庄严肃穆。梅曾亮说:"后之君子有欲讲求于殡葬之终始者,则无动于吉凶之说;欲无动于吉凶之说者,备庙制之礼而立其诚焉,斯可矣。"③礼教规则的介入,促使民众精神逐渐归于理性。

四、"士人身份"认同的重建

中国古代的士阶层居于"四民"之首,以其文化身份的优越性,占有政治身份的优先性。晚清社会,商品经济的进一步发展和社会文化禁锢的松动,以及绅商阶层的出现及对政治的介入,使官僚系统构成的单一性和士人政治地位的唯一性遭到严峻挑战。梅曾亮在《士说》中说:"今以士之有类于商贾负贩也,而谓用商贾负贩者之无异于用士,此士之所以终不出欤?"④以"商贾负贩"代替"士"的现象及意识,使传统官僚体系组成中"士人身份"的纯粹性被破坏,士人的独立价值被解构,其在"四民"社会身份体系中的政治优先性模糊化,由"四民"之首逐渐跌至"四民"之中。

"士人身份"的尴尬困境,需要士人重建对自身价值的认同。梅曾

---

① ② 梅曾亮:《柏枧山房诗文集》上册(彭国忠、胡晓明校点),上海:上海古籍出版社,2012年版,第5页。
③ 同上,第6页。
④ 同上,第1页。

亮在《士说》中写道:"彼求栋梁者,不求之萑蒲竹箭之林,而惟木之求也;不以木之有类于萑蒲竹箭而变计也。故天下有不材之木,而无不成之室。"①以木喻士,以室喻国,凸显士人政治价值的不可替代性。鉴于此,他既要求朝廷给予士人外在的尊重,也强调士人自身内在的自矜,具有独立的人格形态,即将自身应有的社会身份与"商贾负贩"之流有所区分,坚定士本位的价值取向。士本位意识的强化,使得士人的自我认知和社会定位更加清晰。他在《观渔》一文中,写渔网撒入水中后:"缘愈狭,鱼之跃者愈多。有入者,有出者,有屡跃而不出者,皆经其缘而见之。"②以此喻指士人在现实政治困境中的挣扎。"人知鱼之无所逃于池也,其鱼之跃者,可悲也",③现实政治的困境始终存在,促使他们重新思考政治身份的存在方式。而"渔者观之,忽不加得失于其心"一句,则反映了不过于计较个人之得失荣辱,以平常心面对世俗社会的人格态度。他们身在现实之中,而始终自矜于"士人身份",对现实刻意保持疏离感,具有阅世的冷静和处世的从容,在践行自己政治理想的同时,保持了独立的政治人格。

此外,文化身份的优越性是"士人身份"的重要方面,这种优越性具体表现在士人的文学创作活动中。梅曾亮传承自桐城派大师姚鼐,是桐城派承上启下的领军人物。姚鼐主张"义理""考据""辞章"三者合一,他却在《杂说》中写道:"古人之作肖乎我,今人之作肖乎人。古人之作生乎情,今人之作生乎学。"④明显对学问介入文章颇有微词。的确,考据学知识充实了文章内容,但也在一定程度上破坏了文章的特质美感。梅曾亮重视士人的文学身份,因而强调文学创作的独特价值,以此重建他们对"士人身份"的认同。他主张复古,即复"我"、复"情",要求士人重视自我意识和自我情感,以"我"代"人",以"情"抗"学",认同自身价值,在文化层面上重拾"士人身份"。

在探究了重新建构自己的政治身份和文化身份的途径后,梅曾亮

---

①②③④ 梅曾亮:《柏枧山房诗文集》上册,彭国忠、胡晓明校点,上海:上海古籍出版社2012年版,第1页、第6页、第6—7页、第7页。

提出了士人的生命之乐。他在《论语说》中写道:"昔曾晳言浴沂舞雩咏归之志,为夫子所叹与。"①事出自《论语·先进》。孔子与曾晳的精神契合之处,在于曾晳所言"游而乐焉,乐而归焉,归且咏而不失其乐焉。浩浩然无所恋于其始也,熙熙然无所歉于其终也"②,具有潇洒自在的生命精神。这种生命精神的获得源自其独特的生命态度,即"其于死生富贵不足以动其中也久矣,是故其心平,而其气充;其气充,故凡物之去来消长不足以盛衰吾气"。③心平气充,于生死富贵皆能泰然处之,对自我生命有着清醒理解,对自身存在价值有着强烈认同,从而在世俗中独立不改。这是梅曾亮欣赏的。这种生命精神和生命态度,构成了士人的生命之乐。其获得方式是"学道"。《论语说》中言:"此则贤人学道之所得,非旷达所能几。"④单纯的旷达是空洞的,根于儒家圣贤之道的淡泊处世才是值得学习的。"学道"不仅是知识和经验的习得,更重要的是心性的磨炼,于世俗能入乎其中而又能出乎其外,出入之间,始终保持"士人身份"的独立性。

结　语

　　梅曾亮根据自己的政治经历,在论说文中论述了士人面临的诸多政治困境,并为其寻找政治身份存在的合理方式,强调"士人身份"本身的价值认同,重视士人的政治价值是其主要特征。他的目的,是要找到补阙时弊的方法,以救起颓丧世风。由于时代的局限性和长久以来儒家教化的影响,他的政治见解大多以士阶层为中心,未曾真正关注基层民众的政治要求,这也决定了他不可能真正解决现有的以及将来的政治困境。"善藏用"和"怀其术,择其人"之说与其说是突破,不如说是对帝王政治的一种回避。"民乐"说注重在精神文明方面端正人

---

① 梅曾亮:《柏枧山房诗文集》上册(彭国忠、胡晓明校点),上海:上海古籍出版社,2012年版,第17页。
②③④ 同上,第18页。

心,很大程度上忽略了物质基础的决定性作用。"士人身份"的价值认同论述强调了士阶层的人格独立,但从历史发展的角度看,晚清社会更需要经世致用之术精深的人才。具有革新色彩的是"均罪责"之说,但其目的仍在于稳定现有官僚统治体系。梅曾亮有淑世之心,但面对晚清近代天风海雨即将到来的场景,他终究是心有余而力不足。和许多有识之士一样,他的声音,终遭被现实慢慢吞没之命运。

(作者单位:山东大学文学院)

性别与文技

略读高彦颐《石砚里的社会百态：清初的工匠和学者》

郭婧雅

高彦颐教授是哥伦比亚大学巴纳德学院的历史系教授，她的研究领域涉及早期现代中国妇女史、文化史研究、物质和视觉文化研究。她出版有多部学术著作，其中《步步生莲：缠足的鞋》(2001)、《缠足："金莲崇拜"盛极而衰的演变》(2005)主要追溯了妇女缠足现象在历史中的流变，《闺塾师：明末清初江南的才女文化》(1994)则探讨了明清时期江南地区的才女是如何通过女性写作结成社交团体而进一步跨越了内外间的界限，她目前的研究重点在组成男性文本知识系统以外的女性纺织技术与工艺。

在《石砚的社会百态：清初的工匠和学者》一书中，作者以博物馆收藏的砚台为中心，引入科技史和社会史的视角，带领读者探索砚台在清初(1640s—1730s)如何从顽石经过工匠巧手和文人题铭，变成文房雅玩的过程。在这一过程中，从宫廷到民间，从工匠到文人，从京城到帝国各个角落，物质性的砚台促进了不同社会身份之间的转换，反映了知识传播的物质化过程，砚台也成了男性精英士人集结社交网络的有力见证者。

中国古代"重道轻器"的哲学思想和《孟子》中"劳心"与"劳力"的

相对立表明中国古代文化对手工技术（器）的轻视，以及对思想意识（道）的青睐，与此同时，严格的"四民"等级构建了界限分明的社会秩序。在引言中，作者意图挑战横亘在学者与工匠之间的严明界限和手工技术与思想意识之间的优劣区分。本书中作者观察品鉴诸多砚台，分析考察文集、笔记、方志等文献材料，通过文物材料与文献资料互证的方式，试图论证在十八世纪由于商业革命和科技文化发展带来的社会驱动力，学者与工匠间的界限并非泾渭分明。工匠和学者之间的社会界限是相对灵活和模糊的。作者指出清初由于政治环境和技术文化（Technocratic culture）的影响，士人的社会身份需要更大的社会和文化资本进行维持，许多文人开始以篆刻、古物交易为业，工艺和技术知识也因此成为了他们关注的焦点。作者提出了"Scholar-artisan"（学者式工匠）以及"Artisan-scholar"（工匠式学者）两个概念，说明由于商业革命和科技文化发展带来的社会驱动力，学者与工匠间的界限并非泾渭分明。

本书的另一重点是有关苏州女性制砚家顾二娘的生平和其作品。顾二娘，也被称为顾大家，顾青孃，是清初苏州一带名声显赫的制砚家，"顾二娘"这一名头反映了她上流的工艺和制砚水平。在丈夫顾启明去世后，她继承公公顾德林在苏州专诸巷的作坊，受砚台收藏家的委托制造砚台。她的声名通过男性文人收藏家的社交网络以及带有顾氏风格的工艺广为传播。高彦颐教授指出，性别在本书中成为了和工艺知识传播紧密相关的变量因素。顾二娘的声名之所以在男性士人收藏家的社交网络中广为传播，恰恰是因为顾二娘身为女性的特殊性。

本书的标题是"砚台的社会生命"，那么砚台的社会生命是从哪里起始呢？作者将眼光首先转向了清初宫廷。《第一章 宫廷作坊：皇帝和仆人们》介绍了清初专供皇家上用物品的机构：造办处。作者指出，网罗各类能工巧匠的造办处，是八旗"包衣"制度的延伸，它的出现标志着技术文化（Technocratic culture）在清初的兴起。"包衣"，也就是皇帝的家奴帮助皇帝经营遍布帝国的制造业和商业，实现了地方社会与中央的技术工艺和管理工艺的交互。作者论证，伴随着皇室对丝织业以及陶瓷业的强烈需求，技术工艺得到了长足发展，由造办处创造的皇室风格和技术知识支撑起清初的物质帝国（Materialist empire）。为了加强内廷和外界的区隔，清初统治者意图塑造独一无二的宫廷风格来强调其统治者身份。

第一章中作者探讨了康熙和雍正两朝皇家作坊的发展，作者以康熙皇帝时期的刘原为例，试图说明宫廷匠人是如何通过整合帝王品味以及不同物质媒介的特性来创造独一无二的清廷物质文化。作者指出刘原在塑造皇室风格过程中兼收并蓄的设计特点，对刘原制作的墨饼和砚台进行了细致入微的观察，发现他在题有"龙德"的墨饼上试图创造出立体的三维效果，刘原在墨饼表面雕刻了栩栩如生的金龙，使其盘踞在墨饼之上，联结起墨饼的正反面，这一"过墙"的雕刻技法可见于清初地方的瓷器工艺以及砚台。

通过展现造办处的沿革历史，作者指出，从对物质制造的重视和技术知识的强调可以看出清初满族统治者对于物质文化的需求。造办处的沿革开拓了地方工艺传统向上流动传播的通道，其中，在雍正时期，造办处招募来自广东和江南地区的工匠，成为"外雇匠"，这些外雇工匠在造办处的进出和活动也加速了皇家品位与地方技术知识的交互，使造办处成为了朝廷与社会间品味与技术互动的管道。本章中作者还介绍了清初统治者的审美品位如何作用于满清宫廷风格的形成。通过对雍正御用砚台的观察和造办处活计档等史料分析，作者指出雍正偏爱砚台"套装"组合，对收纳砚石的容器更为重视。在造办砚台的制作需匹配定制的盒子，雍正甚至自己亲自出马，给砚石设计色彩对比强烈的"新装"。最后作者也审慎地指出，民间和宫廷间通过工匠的交流而进行的技术知识的交换和传播并不代表宫廷的主流审美可以占据市场的话语权，尽管清廷发展出了新颖的皇室风格，然而十七至十八世纪的汉人学者依然坚持他们的品味。

砚台在本章中是清初满族统治者从"武治"转向"文治"的象征，它代表清初统治者对于士人身份和文化的渴望。通过向官员赏赐松花石砚、发展宫廷砚台风格和招募工匠，满族统治者向子民传递着"文治"的信号。作者将宫廷砚台发展的历史和皇家作坊的沿革历史相串联，向读者呈现了砚台技术工艺是如何在满族统治者编织的清初物质帝国网络里流动和传播的。作者对工艺知识在宫廷和地方社会之间的传播方式的关注也再一次提醒读者，知识的传播以及运用是体现社会身份的重要方式之一。皇帝、地方工匠以及造办处的匠人共同参与了知识的物质化过程。本章中令我感到有意思的是宫廷陶匠唐英的自白，他借用"心"（Mind）这一词汇阐发：即使是工匠，也能够有和学者一样丰富的精神世界。这是否也从侧面说明，身处权力结构之外的他们推崇的文化权威依旧是学者士人的儒家哲学？匠人需要通过借用儒家话语来合理化他们的技术权威？

本章所引发的另一个值得思考的问题是：砚台宫廷风格的发展是否也对清初统治者自我身份塑造起了重要作用？对于康熙、雍正还有之后的乾隆皇帝，他们对砚台有何偏好？这些偏好反映了他们怎样的自我身份认同？砚台是否也是关于满族统治者自我形象身份塑造的工具之一呢？

在《第二章 黄岗的石工》中，作者使用大量文本材料，探索了广东黄岗石工知识的文本化和普及化。广东省黄岗村的人们以挖掘开凿砚石为生，黄岗村从南宋开始，为士人提供质地上乘的端溪石作为砚台的原材料。然而这些和原石打交道，拥有丰富经验的石工却从学者的知识地图里隐去了。

本章中作者试图还原黄岗石工的日常经历，并且探索他们的知识和技艺是如何被文本化的。作者首先指出，石工的技术和手艺尽管没有在士人的知识世界里获得认可，但是却通过注疏文本（Notation book）的形式呈现在学者的眼前。通过北宋收藏家何渭的记述，作者发现，黄岗地方石工对于端石材料、质地的描述，体现了性别化的哲学语言逐渐渗透进地方砚工的思考的过程。轶闻杂记对石矿开采的记载,满足了士人对端溪石的想象。作者同时发现广东黄岗的地方砚工和勘探家,对于凿石工具的制作、石料的选择和鉴别都相当精通,这些知识和信息属于地方砚工和鉴别家的知识系统,工匠通过地方方言的建构形成了一套地方独有的知识体系,形成了关于砚石知识的地方化。

在本章中,作者通过"Artisanal literacy"(手工艺的读写能力)一词,提出富有创见的问题:"Literacy"(读写能力)对于工匠来说有什么用?作者首先指出,对于文人士子来说,"读"和"写"是自我表达和知识传承的最高形式。那么对于地方社会的采石工来说,他们需要"读"与"写"吗?作者认为,"读"与"写"在石工的日常经历中扮演着重要角色。供奉地方神灵"武定",参与地方事务,祭祀宗庙都使得我们有理由相信石工的日常活动也包含"读"和"写"。然而对于石工来说,他们的专业技能和知识(如甄别品质出众的原石、勘测石矿、制作工具)和读写能力并无关联。

作者在本章中观察注意到,清初的采矿者、勘探家还形成了检测地貌和开矿的专业知识。对于开采过程中石工对于石头不同部分的描述,生动地说明广东黄岗矿工对石坑有着深入的了解。通过分析北宋文人苏易简的《文房四谱》,作者发现刻砚技术知识的文本化从北宋开始,而在米芾的《砚史》中,砚台鉴赏的知识则和地方石工的专业知识联系在一起。

清初"考证学派"的兴起使学者更加注重对事实的观察。作者发现,十九世纪早期开始有了端溪石矿的地图,它们出现在书籍插图中以及砚台背面。本章中,作者还通过广东地方文人何传瑶的《宝砚堂砚编》揭示出,在清代方有的石矿和采石的专业知识文本化的特点。作者指出,《砚编》与前期砚台鉴赏传统不同的特点有二:首先,这是第一本收纳有端石砚岩的内部结构地图的论集;其次,何传瑶在《砚编》中还对广东的端石石洞进行了优劣区分。本章中作者认为,尽管学者加入石匠知识的普及化和系统化的过程,但是这并不表示石匠的本土知识不重要,相反,正是因为石洞勘探家对石坑的发掘和认识,才有了以后文人针对砚台的鉴赏手册。本章中高彦颐教授展现了技术知识与文本知识之间的关系,并且指出技术知识的存在和传播主要通过石匠来体现,和文本知识相比,技术知识在地方的传承和发展也一样具有韧性和生命力。

在《第三章 苏州(女)工匠》中,作者对博物馆收藏的砚台实物以及士人文集、笔记等进行了细致入微的分析和观察,追踪在苏州专诸巷的手工作坊里工匠的成名轨迹以及他们传播声名方式,力图还原女性制砚家顾二娘的生平。作者指出,砚台作为可收藏艺术品的价值不仅在于其原材料的高昂成本,也在于它的题铭。

清初古物鉴赏与消费蔚然成风,苏州专诸巷的作坊制作出工艺上乘,形制精美的赝品,甚至有"苏造"的美名,顾二娘的夫家就在这里制作砚台。在她丈夫顾启明去世以后,她继承了公公顾德林在专诸巷的作坊,她所制刻的砚台在文人社交圈中颇负盛名,由福州人林涪云编辑的《砚史》记录了顾二娘制作砚台的历史。"顾二娘"这一名字,也就成了"顾氏风格"的代名词。顾二娘的个体性也由此隐去了,广受关注的是她的作品。

作者通过苏州士人黄中坚委托顾德林制砚的例子说明,砚台雕刻(Inkstone—carving)从十七世纪晚期开始成为可收藏的艺术品,并且在文人与收藏家之间获得了广泛的关注。砚台作为可收藏艺术品的特性包括其高昂的原材料成本、文化品味、题铭和作为传家之宝的价值,作者通过分析清人文集、笔记等材料,论证能使工匠在文人社交圈中博得声誉的是他独一无二的制作风格。那么工匠的技术风格又如何被更广泛的市场所认可呢?作者指出:在砚台上的题铭或是签名款识,使得工匠的制作风格在文人鉴赏家的交际圈里能够广泛传播。

在还原顾二娘的生平过程中,通过对文献资料和博物馆收藏的有"顾二娘制"款识的砚台对比研究,作者发现文献材料中所记载的顾二娘所制砚台与博物馆收藏并不相符,顾氏的赞助者记载的砚台史料,都没有提及顾二娘曾经将自己的名字刻在砚台上,因此,博物馆收藏的拥有"顾二娘制"的砚台并不能完全说明他们一定是顾二娘手下所刻。

本章中作者还指出,砚台同时集合了艺术收藏品的功能性价值(Functional value)和美学价值(Aesthetic value)。作者认为,砚台的首要功能是能够生发质地良好的墨汁,其次砚石本身的质感需要符合鉴赏家的审美品味。这也决定了制砚家制砚技术的优先等级。对于工匠来说,"开池"——在砚石表面开凿出光滑平整的凹面——是决定一块砚台价值的首要因素。通过比较顾氏与杨氏兄弟以及董沧门的砚台作品,作者指出,顾二娘作为一名制砚家能够声名鹊起恰恰是因为她的性别,在委托人委托制砚人的过程中,双方都需要投入品味和眼光来决定是否将砚石交付制砚人制砚,然而对于顾二娘来说,她拥有极大的权威和自主权来决定是否接受男性人的委托。作者指出,在清初严格的性别区隔下,收藏家以及鉴赏家们热情追捧的恰恰是顾二娘作为一名技艺高超的女性制砚家的特殊性。

《第四章 苏州以外:顾二娘超品牌》分析探索了砚台的物质性。作者引领读者一同观赏带有强烈"顾氏风格"的砚台收藏,并且探讨了"顾二娘"是如何从一女性制砚家发展成为一个男性制砚工匠竞相追逐的"超品牌"(Super brand)。在第三章中作者已经提到了文本与文献材料的不一致性,作者发现,尽管许多砚台都带有"吴门顾二娘"的款识,但这些砚台并非都是顾二娘所制,那么如何判断这些砚台是"真"还是"假"? 本章中作者认为追究这些砚台的"真"与"假"并非她所要回应的问题,这些砚台所呈现的特点以及"吴门顾二娘所制"款识之间的联系才是本章重点所在。作者通过比较各类标榜为"顾二娘所制"的砚台的细微风格差异和雕刻手法,指出"顾氏"超品牌的形成是一种独特的文化现象,它借鉴了不同物质媒介如水墨画、刺绣以及篆刻和瓷器,使得砚台的母题(Motif)和其物质性完美融合在一起。这种强烈的"顾氏风格"是顾二娘的身份之一,也是男性工匠竞相模仿的对象。

本章中作者首先比较了台北故宫博物院和天津博物馆所藏的两枚"双燕砚",两枚砚台都标榜由"吴门顾二娘"所制,砚台背面都刻有燕子和杏花的母题(Motif)。通过细致入微的观察和赏玩,作者发现天津博物馆所藏的"双燕砚"砚面砚边都刻有繁复的云纹,砚台四角都被打磨得相当圆润光滑。作者进一步指出,来自天津博物馆的双燕砚的款识,带有"双刀刻法"雕琢的痕迹,更像一幅中国水墨画。和台北故宫博物院的收藏相比,天津博物馆所藏的"双燕"砚使用浮雕与凹雕的工艺技巧使得"燕子"和"杏花"的图样具有立体效果。此外,在天津博物馆的收藏中,刻工处理燕子的羽翼赋予其上下翻飞的美感。

本章中作者不仅关注砚台的赏玩,她还跨越不同物质间的界限,比对不同艺术品材料呈现的质感。作者指出,"双燕砚"中燕子羽毛的刻痕,和苏绣中的"施毛针"颇为相似。藏于天津博物馆的双燕砚更贴合顾二娘手艺的特点,因为砚台设计的巧思和工艺都符合长于苏州的顾二娘的风格。

作者认为,顾氏"超品牌"的形成与她作品的文字出版和流行以及具有"顾氏风格"的砚台交易密切相关。顾氏超品牌在十八世纪的形成包含两个重要特征:多种物质媒介特质的运用;以及通过文字和视觉主题(Trope)来获得认可的策略。作者发现,模仿"顾氏"超品牌的热潮在苏州、广东以及福建均有发生。其中福州的匠人谢汝奇运用了清初广泛使用的视觉主题"云月"以及福建地方的篆刻技术和金石学知识制作福州特色的砚台。

本章高彦颐教授还探讨了模仿失败的作品,以标有"吴门顾二娘制"的菇型砚为例,作者指出制砚人对于"蘑菇"主题的笨拙使用,并未能很好地将砚台各部分联结起来,雕刻技法也不能凸显"蘑菇"图样的真实触感。

通过分析士人文集、方志以及类书等诸多文本材料,作者在本章中论证:顾氏超品牌的形成和顾二娘形象的神秘化息息相关,为了更好地宣传顾氏超品牌影响下制作的砚台,人们意图将顾氏的个体形象神秘化,以此来吸引男性收藏家和学者的好奇和遐思。尽管对于亲自委托顾二娘制作砚台的男性士人来说,顾二娘作为一名女性工匠受到重视的是她出色的工艺,而在公众想象中,人们关注顾二娘的焦点依然在于她身上的女性特质。她的女性身份,成为了父权社会下争论的焦点。

砚台本身不会说话,砚台的历史,全凭借历史学家来解读和诠释,因此历史学家从物质材料中往往只能追求其真实性的倾向,而非绝对的真实性。高彦颐教授在第四章中梳理文本材料和物质材料,通过优美的文字和清晰的物证图片邀请读者走进了一场视觉盛宴,作者通过将砚台放置在原有的历史语境下,将砚台和清初流行的其他文物相对比,赋予砚台以新的生命力。本章让我想到文学意象与砚台母题之间的联系。诸如"燕子""杏花"等意象在诗词中也十分常见,也是诗人表达自我的方式之一。而赋予文学意象以意义,并且能够理解它们个中奥妙的是男性文人士子。这些文学意象的理解是如何转化到砚台母题上的?

《第五章 福州:收藏家们》引入地方史视角,以砚台为中心,编织起福州文人社交网络。本章主要探讨砚台收藏对福州文人收藏家们的男性身份以及社交能力的影响,勾勒出一幅文人雅士共赏砚台的交游风貌。作者首先探讨了以砚台鉴赏为中心形成的福州砚台收藏家社交圈和《砚史》出版集结的关系。作者指出,在1700年代到1740年代盛行的福州砚台收藏家组成的社交网络可分为三层:有亲属或姻亲关系共享文化资源和社会化进程的核心层;第二层是前者的亲属或是友人,他们或在福州任官,或是福州地方人士;第三层是最为边缘的一层,主要是高级官员,艺术家、举子等。作者认为,由福州文人收藏家组成的社交网络的形成史和《砚史》的文本历史互相映照。

砚台收藏家社交圈子的形成和《砚史》的出版都可以追溯到林佶、

许遇与余甸一起共同学习碑拓和篆刻工艺的少年经历。在当时福州砚台收藏家社交圈的形成过程中,对古碑铭的学习和当今砚台的题铭篆刻是同步的,收藏家们在分享石刻技艺的同时也积累了对砚台的了解,碑铭和砚铭两种不同媒介的书写形式说明当时福州文人对书写是一种物质化活动的共同认知。

本章中作者还指出砚台的收藏行为并非起源于清初,砚台收藏的热潮由北宋时期宫廷开始。作者通过探索宫廷轶事与民俗故事,以米芾、包拯等人为例,论证砚台收藏者的文化形象与砚台鉴赏息息相关,描摹了砚台收藏者多面的个人形象。在北宋时期,宫廷的政治特权和文化品味仍然主导着品味和价值标准的确立。而清初文人鉴赏家对于砚台品味知识相关话语权的争夺则蕴含着地方文人士子的渴望,他们将对砚台收藏的喜爱和狂热辐射到帝国其他地区,并且希望以此与帝国其他地方对技术文化不屑一顾的达官显贵们区分开来。

在砚台的鉴赏与收藏过程中,砚台在男性文人的公共、日常和精神生活中占据重要位置,以砚台为中心的鉴赏和收藏知识分享是性别化的,是纯粹的男性精英士人活动,砚台的鉴赏和收藏知识、砚台的使用及赏玩都是以男性为中心,男性拥有特权去解释手中握有的小小一方砚台。需要共享审美经历和知识的士人团体进行"解码",这些鉴赏知识包括它的形制、材料来源、颜色、触感等等物质特性,只有对砚台制作工艺的来龙去脉了如指掌的文人雅士才有资格参与到市场的交换,方能有幸一窥名砚风采。

在编织男性士人社交网络的过程中,作者还发现,女性的声音在砚铭中由此隐去,女性身份在砚台鉴赏知识呈现的过程之中由男性声音所建构,这因此进一步论证了砚台性别化的特质,提醒着我们清初的性别界限在人们对事物的经历和喜爱上也难以改变。这是否和清前期女性参与诗作活动中引发的男性焦虑有关呢?

结语中作者介绍了"文技"(Craft of wen)一词的概念,文,在中文里可以表示"文字""文学""文化""写作"。在本书中,它可以指向清初满族统治者对于"以文治国"的向往,也可以指向士人对自我身份的认知,也可以指向砚台上的题铭和文本上的文字。"技"则指向属于工匠的工艺技术传统,"文"与"技"看似格格不入,作者却在结语中提出,清初乾嘉考据学派的兴起,使得处于文化和政治边缘地带的文人开始热衷于工艺技术知识的传播和学习,不少士人开始学习砚台品鉴、金石学、书法、书籍印刷等知识。这样一来,"士"与"工"的社会身份定义也并非铁板一块,作者提出"Artisan-scholar"和"Scholar-artisan"两个概念,前者指那些放弃仕途而转投技术工艺的工匠,他们借由技术工艺安身立命。后者则是指那些并未放弃儒家经典学习和科举考试,同时精通书法和篆刻等技术性知识的文人。《石砚里的社会百态:清初的工匠和学者》使我们了解到,统治者、采石工、刻砚家、文人士子都参与到了建构砚台社会生命的过程中,而这些个体的参与也在不同阶段重新定义砚台的文化意义。作者笔下仔细探索的砚台也是一枚镜子,它观照出历史上身处不同社会阶层的个体对自我的认知和觉察,也反映出个体与个体的阶层界限在历史的大环境下是如此的灵活和模糊。

(作者单位:塔夫茨大学)

砚 的 背 后

侯冬琛

　　高彦颐(Dorothy Ko)在她的新书 The Social Life of Inkstones: Artisans and Scholars in Early Qing China 中以砚这一文人书写的工具为主角讲述了其背后交织的文人社会。砚不仅是文人书写中的一个很重要的物质工具,也具有很强的象征意义。由于砚便携等特点,文人们携带它或进京应试赶考,或馈赠子孙亲朋,或通过砚铭寄托情感。

　　通过小小的砚石,作者指出了一个根本而迫切的问题:自古以来的学者高于工匠的等级制度是否合理。这种层级观念从孟子的话中可见一斑:"劳心者治人,劳力者治于人。"长久以来,工匠们的创造能力和技艺知识大都被埋藏在主流文人话语之中,难被找寻。学者优而工匠劣的层级观念并不仅仅因为文人学者长久以来拥有的话语优势,而来自更深层次的认识论的问题,即怎样的知识被认为具有学术价值。将研究的视野转向砚并以匠人的技艺作为本书背后的推动力,作者旨在质问和反思以知识主导的认知体系,同时通过匠人们富于身体经验的创作寻求不同的视角和可能性。正如作者所说,此书要讨论的两个概念,"学者"及"工匠",远非先定,而是包含了很多流动性和不确定性。从晚明到清初,商业改革带来的社会变动使得这两个概念在技巧和知识方面产生了诸多重合之处。作者在书中区分出了两类人,

"Scholar-artisans"和"Artisan-scholars"来展现丰富而复杂的清初文人与工匠之间日渐模糊的地带。作者在此书中就借助砚的社会生活流转轨迹来展现其背后匠人与文人社会、书写媒介与书写内容之间盘根错节的复杂状态,从而为打破"学者—匠人"的二分法提供一个具体的实例。

作者并不仅仅着眼在砚石本身的物质文化意义,而意在考察砚石在社会中的流转轨迹,社会关系和知识构成。书中五个章节讨论了砚在不同社会场景和地域中产生的社会关系与张力,展开对劳力分工、性别分工、智力与身体、权力与社会等层面的讨论。第一章讲述了清朝政府如何实现自上而下对砚的样式的创新。满族皇帝借助砚这一极具文士象征意义的书写工具重塑政治统治的身份。清朝皇帝的支持促使了制砚技艺在朝廷与民间之间的不断沟通和交流。

很快地,作者将视野转向了主流(男性)文人叙事以外的场景来找寻砚的"前生"。第二章带领读者来到端砚的产生地,广东黄岗。工匠在制砚的过程中倾注了大量的个人经验、情感和身体感受。在砚石的获取、买卖、收藏和找寻的过程中,学士们与石匠、琢砚匠之间产生了密切的知识往来,正因如此,这些匠人们或积极或被动地参与到文人知识的建构之中。甚至可以说,匠人身体力行的采石、琢石和对砚石好坏标准的判断很大程度上决定了文人学者群体对砚的欣赏和知识。

第三章和第四章中,作者特意选取一位女性砚匠顾二娘作为本书的中心角色。虽然顾二娘在清初已经享有盛誉,但奇怪的是,顾二娘的形象在官方记载中却一直难以找寻。这一女性形象的扑朔迷离反而促使我们探索其形成的社会文化机制。清初艺术品市场上,"顾二娘"的名号变成了人尽皆知的"超级品牌"(Super-brand),以至于许多仿造者刻意刻上她的名字来提高身价。作者并非意在鉴定和找寻"真迹",恰恰相反,作者通过打着"顾二娘"名号的仿造品及其买卖、赠与、收藏等行为来勾勒艺术品市场上的供需关系。仿造品和仿造者是推动顾二娘"品牌"形成的重要推手,仿造品的出现展现了人们对顾二娘技艺的肯定和对她的社会想象，也推动了琢砚工艺的创新。当清朝皇帝正在推动宫廷样式的同时，清初社会上围绕"顾二娘"而展开的想象和创造活动也在进行着。

第五章讲述以砚石为中心形成的福州文人圈。人们通过砚铭刻来产生与砚石的关联（Entanglement），《砚史》便是人们通过砚寄托情感的结果。在后记中作者指出，福州文人圈用手艺人的方法（Craft-man-like approach）探讨书写和知识。虽然福州圈在当时并非主流，但他们透过物质文化和身体实践（Embodied practice）来作"文"。不同于之前文人社会对文本内容的过度关注，作者通过详实而细致的历史梳理，为读者再现了另一种理解"文"的角度。清初一系列围绕砚展开的情景事件展现了一种深深扎根于身体感知和体验层面的认知模式。这种模式不追求抽象思辨，超越了儒家哲学中对文人书写的过分推崇，而是像手艺人一样，通过日常世俗生活的活动来展现"文"是如何被"作"（Craft）出来的。在这里，充满技艺的手（Artisanal hand）将所谓的社会分工消解了：这个手既可以提笔挥毫，也可以拿起刻刀。伴随而来的是学者和琢砚匠之间差别的消解："文"归根到底，是由个人的身体感受建立起来的。

与消解了的"学者—工匠"之间的差别相伴而来的是对文人社会性别差异的重新思考。砚台作为传统文人社会的代表，也是男性中心的知识权力的集中体现。女性虽然可以使用砚，但女性与砚的互动和经验在文字记载中十分鲜见。顾二娘作为为数不多的以技艺见长并闻名于砚圈的女工匠，只是个例。然而这个个例却成为作者笔下的主角。通过与顾二娘同时期的男性工匠作对比，如男性工匠如何有意识地留下署名而顾二娘的真实署名却一直难有定论，作者指出了以砚为中心的男性文人社会对女性的边缘化。这种性别边缘化在清初重视技艺文化的大环境下也在所难免。

作者在方法论上刻意不用抽象的研究方法来介入这一主题，而是自己戴上工匠的视角来追踪砚的前世今生。运用大量的历史描述作为起点打破了"学者—工匠"之间本来看似清晰确凿的界限。通过这种细致的梳理,作者自己身体力行地在文人主导的话语中发出匠人的声音。但是我们要注意的是,作者并不是要批判文人传统。正如作者所说,如果没有文人记录下来的文本资料,今天这本谈论砚匠们的书也不可能问世。正是在主流文人书写和叙事的夹缝之中作者找寻到了被淹没的匠人的声音。以文字搭建起来的文人传统不应该也不可能与支持其产生的物质和技艺(再)生产相分离。

从砚石到社会生活(Social life),我们今天不禁要问,承载了数年积攒下的文人想象和传统,砚在今天的社会生活又是怎样的?当回归传统文化已经成为当今社会政治话语的风向标时,是否另一层权力话语和知识体系正在被构建起来?当今学者中不乏像高彦颐(Dorothy Ko)这样主动带入与文人视角不同的工匠视角来反思文人社会产生的知识体系和意识形态基础,从技艺出发主动通过身体感知来考察一直习以为常的知识秩序(Order of things)。那么作为学者,在不自觉地被文人知识结构物所形塑的同时,应该保有怎样的自觉性和警惕性而不至流于"学者—工匠"的二分法逻辑之中,沦为政治话语的代言人?

不合时宜的慢书

高彦颐

打从十五年前开始,我便打算写一本书,把性别研究带进当时刚起步的物质文化研究领域中。在构思上一部书,也就是后来以《缠足:"金莲崇拜"由盛极而衰的演变》为题的缠足史(英文原著2005年出版;中译本2009出版)的时候,便意识到绣花鞋,甚或是缠脚带等织品文物,能和文献对照,互补不足,加强历史研究的深度和广度,更帮助我们接近不识字的小人物们的日常生活、身体感觉。虽然对文物学是外行,但我依然,有些怦然心动。中、西汉学界,一直秉承"重道轻器"的传统,以文献史料为证史的凭据和立论的基础。用系统的理论和方法研究物质文化的,主要是考古学、人类学和鉴赏学界。把这些方法和议题带进历史研究,是一个不小的难题,更遑论添加性别视角了。

北大宋史的研究者邓小南先生是我敬佩的学人之一。她多年前偶尔说的一句话,成了我治学追求的目标:"不重复别人,也不重复自己。"要不重复自己,唯一的方法是重新当学生。于是我大胆地走回教室,坐在后排一角,旁听考古学、艺术史和鉴赏方法等课程,同时积极在历史档案中找研究对象。唐宋墓出土的陶瓷粉盒和化妆品,清末民初的刺绣家沈寿的"仿真绣",都曾成为考虑对象,努力试图相知相交,但结果都未能如愿。琢砚家顾二娘,就是在"众里寻她千百度"的迷离境界下,渐渐现身眼前,最后成了"真命天子"。"对顾二娘的关注"是我"开始这项研究的源头"。研究起步后,碰到的难关很多,包括鉴定顾砚的真伪和如何以图证史。不少论点,说服得了自己却说服不了别人。也许这跟科学客观主义依然主导中国史学界有关。

描述与分析

在十九世纪的实证主义影响下所发展出来的史学方法以客观主义为依归。所谓科学客观(Scientific objectivity),可以理解成为一种君临天下、高高在上的俯视姿态。客观的视角,有人称为"全知神的眼睛"(God's seeing eyes)。要锻炼出这双神眼,需要摒弃个人的直觉、主观经验和想象,刻意经营"知者"和"被知对象"之间的距离,才能站在更高点看得更远,并且进一步把收在眼底的丛生万象,一一比较、归类、分析。我们在研究院受的史学训练,说穿了不外就是对这客观距离的培养。支撑我们作为专业学者、史学家的权威性的,正是这不自然的、经年累月培养出来的、以神人自居的视点。

科学客观性在十九世纪作为崭新"认知价值"的兴起,是和当时日新月异的制图和图像复制技术发展相辅相成的。甚至可以吊诡地说,科学客观性本身是透过主观的视觉经验和判断才成为可能。柏林马普科技史研究所所长罗瑞·达丝顿(Lorraine Daston)就和哈佛大学科学史教授彼得·伽力臣(Peter Galison),合著了一本题为《客观》的书,描述了科学客观主义在欧洲逐渐取代其他视点和认证标准的漫长过程。他们指出,在追求客观的同时,十九世纪的研究者们也充分认识到主观认知、观察和判断的重要性。

十九世纪出现的科学客观方法是可贵的,今天依然值得重视,但它不是唯一的科学方法。如何恰当地引进主观判断去更顺应这个时代的客观,是当今科学界悬而未决的问题,值得我们一起探索。我从事明清社会史研究时,一直有一个困惑:我们所用的分析范畴,无论是"族群""阶层"或是"性别",都是现代概念,我们凭什么可以确定,当时人们的认知,是我们今天所想一样的呢?尤其是说到"社会身份"和"等级",现代社会的认识可能和明清社会有较大的落差。现代科学话语,讲究精准明确。出身进士,曾为康熙抄御书的林佶,应该毫无疑问看成是学者,但是如果我们感受到他对维护自己学者或"士"这身份的极度焦虑,便认识到一个人的社会身份,不是单凭主观意愿便能定夺的,还有很多其他因素,例如穿戴打扮、身体感觉、家中有没有田产可供消费、被谁邀请参加文人酒会等等。在明清社会,一个人的社会身份,是一种摆出来的身段、姿态、视点(Posture),随时会变,而且是需要不断被人认可的。用客观的社会科学词汇,很难准确地传达这不稳定性。

我在写《石砚里的社会百态》一书时,作了一些不成熟的尝试。我首先认定,清初学者的身段和视点,不止一种,而是千姿百态,匠人、女人,也是如此。假如我们先不预设我们已经了解"学者""工匠"长什么样,从研究开始便把这些标签套在当事人头上,我们会不会能用较新的视角去认识清初社会的复杂性和流动性?这是我坚持在书的前数章,不用标签,只用众多的人名去叙事的理由。一直写到最后"结语"的时候,才具体引入"学者式工匠"以及"工匠式学者"两个标签,把前述的现象,略作解说。《略读高彦颐〈石砚里的社会百态清初的工匠和学者〉》作者郭婧雅的总结可说是一语中的:"个体与个体的阶层界限在历史的大环境下是如此的灵活和模糊。"我采用寓分析于描述的写作策略,虽然难免议论繁杂,为读者带来困扰,但很庆幸还是达到了目的。

《砚的背后》的作者侯冬琛问得好:"作为学者,在不自觉地被文人知识结构所形塑的同时,应该保有怎样的自觉性和警惕性而不至流于'学者—工匠'的二分法逻辑之中?"我想"寓分析于描述"也许是可尝试的策略之一。描述越具体,就越能建构一块自由的空间,让我们行文时游移在主、客之间而不至流于模糊不清或产生歧义。小时候喜欢哲学的我，比较倾向抽象思维，甚至有时会不自觉地轻视"形而下"的具体叙述。读艺术史时才充分认识到，要准确地把握一块手掌大小、漆黑哑亮的石砚上的凹凸形诸文字，比读通十本高深理论著作更难。

做学问也是一门手艺

拙著结尾一章，英文题为"The Craft of Wen"，颇难为了三位机灵的读者。译为"文技""文之艺"，都是好主意。我尤其欣赏侯冬琛对"文作"的描述："清初一系列围绕砚展开的情景事件展现了一种深深扎根于身体感知和体验层面的认知模式。这种模式不追求抽象思辨，超越了儒家哲学中对文人书写的过分推崇，而是像手艺人一样，通过日常世俗生活的活动来展现"文"是如何被"作"（Craft）出来的。"把身体感知和体验带进学术研究是我写作本书最大的愿望，也是今后继续努力的方向。

在研究采石、琢砚工艺的过程当中，我有幸地认识了多位手工艺人，或是"学者式工匠"，他们钻研技艺的认真，精益求精的干劲，处事的干练周到，待人的坦率热情，都给我留下深刻印象。从他们身上，我学到专注一刀一凿，在具体而微的小方块上把大事化小的重要性。学者追求概括性的抽象思维，从归纳陈述中，找普遍性的定理，恰好和工匠的具体思维相反。手工艺在现代社会应该扮演什么角色是当下的热门话题，议论五花八门，都是值得关注的，希望以后有机会详细讨论。只想在这里说的是，我生长在六七十年代的香港，亲历过香港纺织、成衣和电子业的繁荣，对机械文明所服膺的高速、效率并不陌生。最近这二十多年，国内经济起飞，工业发展屡创高峰，更使人体会到速度和效率对改善人民物质生活的重要。也许是有过这些经历，在步入中年以后，反而越来越珍惜慢条斯理的生活步调，追求"慢食""慢思""慢写"。手工艺给我最大的启示，就是任何技术的磨炼，都需要时间、耐心和专注。

　　陈妍蓉把这精神描述为"匠心",最为贴切不过,她对书的综合评论,尤其敏锐:"正是因为作者一片匠心在书中,这本书也给读者带来挑战。书中技术性词汇也不少,加之论点不集中,没有某种具体形式的结构,同一人物或史料在全书所有地方高频率分散出现,这些因素使得这本书不太适合以浏览方式快速阅读,而是要求慢读,要求读者的匠心。"感谢书评人和其他读者,为这本不合时宜的慢书所付出的时间、耐心和专注。您们的匠心和宽容是对作者最大的鼓舞。

　　　　　　　　（作者单位:哥伦比亚大学巴纳德学院）

回应高彦颐

陈妍蓉

虽然从未与高老师谋面,但阅读《石砚里的社会百态》的过程已让作为读者的我心生亲切感。高彦颐老师在回应中说这是一本"不合时宜的慢书",我觉得更是一本逆流而上的好书。学术界的年轻一代对于分析性描述的方法,对于回归历史人物和语境,对于批判性地审视现代学者与历史的距离,少品评、多理解——这很多的理念都是比较认同的。作为一个不是专门研究物质文化史的读者,我厚着脸皮写了一篇读后感式的书评,享受阅读的喜悦之余,竟然还有与高彦颐老师笔谈的机会,我非常兴奋和感激。简单写在下面的,其实都是一些与老师有共鸣的感受和观点,但它们也是我在研究和写作中对自己的反诘。希望请老师答疑解惑或将来有机会面谈。

一、关于专业史学训练追求科学客观,使得研究者以神人自居这一点,我完全同意。不仅不存在没有主观认知和观察判断的客观历史,而且我们也容易被自己的学者身份蒙蔽双眼,反而拉大了与历史人物和场景的距离。但我的疑惑是,当专业史学家主动承认和消解这种所谓的客观性和权威身份时,我们的工作和身份意义又在哪里?当严谨的研究者已经穷尽了可以穷尽的一切史料去叙写一个话题时,某种程度的想象力也必须参与到历史写作中,司马迁写《史记》也是如此。但在自媒体当道和人文写作门槛降低的今天——尤其在史学方面，历史爱好者比比皆是，史学研究工作的专业性如何区别于虚构写作？这或许是一个自私的问题，源自我对自己的研究和身份产生的质疑。

二、关于现代观念不完全适用于历史语境的问题，我也经常碰到。我研究明清时期译自欧洲天主教传统的汉语文献和当时中国的书籍文化，一些现代标签分明是不合时宜的。比如"宗教"相对于"科学"，这对二元对立关系在现代的中西语境中已经有不同的含义，当绝大多数的研究完全以此为出发点探讨十七、十八世纪的西学与明清社会时，完全不理会"宗教"这一概念在当时都还没确立，而且二者也不构成对立，反而是一方脱胎于另一方的关系。打破标签和以现代观念对历史划分的界线，我是再同意不过了。但是，不破不立，"破"后又如何"立"呢？一旦彻底摒弃标签符号，为一个个现代概念正本清源，作为现代人的研究者本人就已经要失语了。就如我所研究的题目，我深知"译"这个字都不完全符合那些汉语天主教文本实际的生产流通和阅读消费过程，但还是不得已把它们说成是"译"本，因为这是学术话语和受众唯一接受的观念。越研究，我自己竟越没有合适的语言去表达它们是什么。这是现代与历史的距离，老师也说，"很难准确地传达这不稳定性"。那么，我们唯一能做的，就是给既有标签补充一些细节，补充一些某一标签对立面的特质来缩短对立标签之间的距离吗，就像为"学者"和"工匠"引入"学者式工匠"和"工匠式学者"那样？

三、关于"把身体感知和体验带进学术研究"，我很感兴趣，这似乎也是艺术史和物质文化研究领域比较流行的方法。一个无知的问题是，身体感知和体验是作为对单纯学者式书写和思辨的一种挑战和补充才受到强调的，那当学者的书写把这种感性和感知融入学术研究时，学术写作是否会，或者怎样影响学者对感性感知的表达？成型后的学术作品的主要功能是什么？受众是谁？我对这种方法只有浅薄的理解，很外行，或许老师也可以建议一些参考书目使我学习。

"匠心"著作让小人物发声

——回应高彦颐

侯冬琛

高老师在对书评的回应中提到她著写本书的缘起,是为了"把性别研究带进当时刚起步的物质文化研究领域中"。希望物质文化研究能够与文献和历史研究互相补充,帮助读者接近文字记载中常常忽略的小人物的世界。在认识论上来说,这也是高老师对传统汉学界"重道轻器"传统以及具有悠久传统的客观主义研究方法的质疑和超越。

高老师对本书创作动机的介绍让我想起我自己的学术追求历程。学院派训练出来的我们常常或有意或无意地带上"分析者"的眼镜,以客观的视角看待文学文本和历史史料。大量的理论训练让学者们不自觉地把丰富而多彩的物质世界套入到既定的理论框架内。直到接触了人类学研究方法,我才意识到单纯的理论分析的不足,也让我认识到给予研究对象足够的尊重,充分描述他们的复杂性和在具体历史语境下的变动是多么重要。科学客观的研究方法固然重要,但如何平衡科学性的"上帝"视角和对具体研究对象的细致观察,我想大概是每个学者应该在自己的研究工作中努力寻求的。正如高老师对我的书评中提出的问题做出的回应:"寓分析于描述"是可尝试的策略之一。这种策略与人类学所推崇的民族志研究方法有异曲同工之妙,都是努力将研究者与研究对象之间以及研究对象内部的充满流动性的空间描述出来。具体而微的描述和研究过程体现了学者对研究对象的尊重姿态，而把分析建筑在具体的描述之上也为打破"形而上"和"形而下"的认识论分野提供了突破。在《石砚的社会百态》这本"慢书"中，高老师采取的这种看似出力不讨好的写作方式——从对石砚的大量描述开始，而不是从理论出发——却有幸让我们反思这种"不合时宜"背后的良苦用心。作为读者，我特别感谢高老师这一本倾注了"匠心"的著作，促使我们思考如何让那些淹没在历史文本叙述中的小人物有重新发声的可能。

社团,仪式与微观史

奇情、方法与中国微观史
——评王笛《袍哥：1940年代川西乡村的暴力与秩序》

乐桓宇

在《微观史：我所知之二三事》(*Microhistory: Two or Three Things That I know about*)这篇文章里，金斯堡（Ginzburg）指出，在甫初出现之时，微观史一词曾经是有负面的含义的，因为，正按布罗代尔（Braudel）的说辞，

"微观史有着精确但负面的含义。这个词是与事件史同义的，对此，'传统历史'见证了'所谓的世界史'被管弦乐队指挥一样的故事主角所支配的时刻。""microhistoire had a precise but negative connotation. It was synonymous with that 'history of events' [histoire evenementielle], with that 'traditional history' that saw the 'so-called history of the world' dominated by protagonists who resembled orchestra directors."[①]

[①] Carlo Ginzburg, "Microhistory: Two or Three Things That I know about It", Translated by John and Anne C. Tedeschi, *Critical Inquiry*, Vol. 20, No. 1 (Autumn, 1993), p. 13.

这里布罗代尔对早期微观史的批评揭示了一个问题：即微观层面的历史书写，其实也未必是真正意义上的"微观史"。有些历史书写，不过是对伟大人物的细描，或者是广为人知的大事件的细小片段，其实很大意义上，依旧和所谓的宏大叙事的视角站在一边，因此，这样的历史书写即使是从小的切口进入，也很难被归类为理想的微观史的作品。实际上，作为一种写作方法，微观史在发展过程中，正如金斯堡所暗示的，后来已经逐渐转向了对下层的，被遗忘的人物或者组织的研究，其理论框架亦逐渐稳定。微观史的主角也不再显赫声名，而是普通群众，是被压迫的庶民（Subaltern），是被压抑的底层声音，是被忽略人群，甚至是被故意从官方记录里抹去的形象。

从这个意义上来说，王笛教授的《袍哥》一书，确实是中国微观史的极佳范例。无论是书中故事主角雷明远，还是多年前研究袍哥社团的沈宝媛，还是袍哥作为一个群体本身，都有意或者无意地被官方或主流的声音忽略了。所以此书的出现，颇有自下而上为中国底层历史发声的意义。

有趣的是，若我们"宏观地"从整个微观史的脉络来看《袍哥》，尤其是从中国微观史的脉络来看，此书有很多颇有意思的地方。

首先，从目前东西方的微观史著作谱系来看，微观史写作的内容有很大一部分都是"奇案"式的案例，或涉及刑事案件和暴力事件，或涉及宗教审判。如娜塔莉·戴维斯（Natalie Davis）的名著《马丁·盖尔归来》是众所周知的骗子顶替外出丈夫的奇案；金斯堡的《奶酪与蛆虫》和《夜间的战斗》都是有关宗教的审判；勒华拉杜里的《蒙塔尤》，也是脱胎于法国山村的宗教审判记录。在中国研究领域内，史景迁的《王氏之死》是关于一例情杀案件，而王笛教授的导师罗威廉的《红雨》，则直接是书写湖北小地方麻城十四世纪到二十世纪的暴力史，《袍哥》也不例外，一开始即是袍哥副首领雷明远杀女的情节。一言以蔽之，这样"拍案惊奇"式的著作从内容上来看确实很抢眼，其中的奇情噱头也相当吸引读者,但这些故事,很可能不是当时历史环境里"正常人"的生活。如何透过这种微观的特殊案例来观看甚至还原当时的普通人的生活,确实是摆在微观史家面前的一个难题和挑战。

金斯堡在《奶酪与蛆虫》里认为,这些微观史的案例都具有"特殊的正常性"(Unusual normal),而这些从属的阶层(Subordinated class)中的特别的案例,说不定正代表了大众的实际情况。因为这种下层生存状态的"异常的正常"(Abnormal normality)可能正是被广泛压抑或者忽略的。所以金斯堡暗示说,当下层与上层发生冲突的时候,下层的实际境遇才会被迫浮出表面,形成"正常的例外(Normal exception)"这样的案例。[1] 从这个角度辩护,金斯堡为微观史对奇情案例的研究提供了正当性。

金斯堡同时也指出,对微观个例的研究可以连接上一种"循环性"(Circularity):"在占统治地位的阶级的文化和从属阶级的文化之间存在着……一种由互相影响构成的循环关系,这种影响从下层传递到高层,也会从高层传送到下层。"[2] 比如在《袍哥》中,正如王笛所指出的,袍哥的组织里虽然大多数是普通民众,但是四川的政治也基本上被袍哥把持,袍哥领袖张澜作为民主人士,最终也进入了共产党政治的高层,此为从下层往上层的影响;同时,共产党也利用了袍哥的组织,袍哥成为"进行革命活动的工具"[3],此所谓上层影响下层。

---

[1] 正如 Sigurdur Gylfi Magnusson 所阐发的:"In microhistory the term 'normal exception' is used to penetrate the importance of this perspective, meaning that each and every one of us do not show our full hand of cards. Seeing what is usually kept hidden from the outside world, we realize that our focus has only been on the 'normal exception'; those who in one segment of society are considered obscure, strange, and even dangerous. They might be, in other circles, at the center of attention and fully accepted in their daily affairs." See Sigurdur Gylfi Magnusson, *What Is Microhistory?* Link: https://historynewsnetwork.org/article/23720.

[2] "between the culture of the dominant classes and that of the subordinate classes there existed... a circular relationship composed of reciprocal influences, which travelled from low to high as well as from high to low." 参见 Carlo Ginzburg, "Preface to the English Edition", in *The Cheese and the Worms: The Cosmos of a Sixteenth-Century Miller*. Translated by John & Anne Tedeschi. Baltimore: The Johns Hopkins University Press, 1976, p. XII.

[3] 王笛:《袍哥:1940年代川西乡村的暴力与秩序》,北京:北京大学出版社,2018年版,第266页。

其次，从本书的结构上来看，此书和娜塔莉·戴维斯的微观史名著《马丁·盖尔归来》(The Return of the Martin Guerre)竟有神似之处。两本书都是两段式的架构：书的前半部分以故事为中心(Story-oriented)，最大程度地保持了叙事的流畅与生动，有历史的分析，但也尽量不打扰叙事本身，而后半段则是以历史为中心(History-oriented)，将历史学的分析和研究和盘托出。

先说戴维斯的《马丁·盖尔归来》一书，从第一章到第九章集中论述了马丁盖尔的故事，而从《第十章讲故事的人》开始，戴维斯的镜头开始转向研究故事背后的研究者：在她之前写过马丁·盖尔的故事的作者，让·德·科拉斯，纪尧姆·勒叙厄尔以及蒙田，主要集中于描写和分析让·德·科拉斯，科拉斯是审判马丁·盖尔的法官之一，是马丁·盖尔案的第一手材料的接触者，并且在案件结束后，写作出了《难忘的判决》一书。总体上来说，《马丁·盖尔归来》一书前半部分流畅地，不受干扰地认真讲述了马丁·盖尔案的故事，而在书的后半部分元叙事似的，开始探究故事背后的讲故事的主体：让·德·科拉斯。戴维斯发现科拉斯身上竟然和假马丁有相似之处，戴维斯明写或者暗示地对比了两人的相似点，比如假马丁也有科拉斯的记忆力和辩才，两人都有些激情和冲动的性格，都有与长辈的法律纠纷，都善于对妻子表达狂热的爱，戴维斯因此认为，科拉斯在假马丁·盖尔身上看到了自己，因此在笔下产生了同情。甚至，巧合的是，科拉斯和假马丁共享了悲惨的人生结局：他们都被处以绞刑而死。

相似地，在《袍哥》一书中，王笛从第一到第三部分（即第一章到第十二章），流畅地讲述和分析了袍哥首领雷明远的故事，以及袍哥这个组织的内部结构、行动规律和秘密语言，从第十三章开始，《袍哥》一书开始探讨袍哥故事背后的人——《一个农村社团家庭》的作者沈宝媛。巧合的是，《袍哥》第十三章的中文标题与《马丁·盖尔归来》中译版第十章的标题都一样，是《讲故事的人》，这也许是一种致敬？虽然在书的后半部分，王笛并没有寻找沈宝媛和雷明远的相似之处，但是像戴维斯一样,他也清楚描绘了两个不同阶级的人是怎样产生交集,并且逐渐缩短两者之间的距离的:沈下乡之后是雷明远儿子和女儿的农村补习学校的老师,雷的女儿要去沈那里补习英文,所以巩固了友谊的基础,而在对雷的接触和调查的过程中,雷对知识分子的尊敬和帮助,也使得沈跟雷家建立起了更深的联系,同时也激发了她更多的如陈寅恪所说的那种"同情之理解"。本质上来说,无论出于什么原因,同时代的研究者和被研究者之间产生同情或联系并不奇怪,两者都是被历史进程裹挟的个体,不论社会阶层和身份如何不同,实际上他们的会面即揭示了他们遭遇着相似的生命和历史处境,以及可预料到的未来可能相似的命运结局。而反过来说,对他们的微观研究,都可以很好的以小见大,从个体或者小群体的遭遇反观整个国族的历史生活。从这个角度上来说,王笛和戴维斯的写作都非常成功,两段式的写作都保证了流畅叙事和严谨历史研究之间的平衡。

但是,两本书似乎也共享了一个问题,戴维斯有些过分使用让·德·科拉斯的《难忘的判决》,而《袍哥》也有些过分依赖沈宝媛的《一个农村社团家庭》。虽然两位作者也都非常详尽而不辞辛劳地使用了他们所能搜罗的任何档案和文献来书写各自的微观史,但是《难忘的判决》和《一个农村的社团家庭》被捧在了核心的位置。而且两位作者对这两本文献,基本很少持批判态度,书中引用的其他档案、材料以及文献,很多时候都被拿来证明科拉斯和沈宝媛的叙述和论说的合理性和正确性。虽然王笛教授也认为,沈宝媛写作此论文时毕竟是本科生,论文水平其实有限,[①]但是这种批评的意味,在书中似乎被感激和欣赏的表达所掩盖了过去。王笛甚至在后记里说,"没有沈宝媛在1945年

---

① "应该指出的是,沈宝媛的这篇调查,在论述方面还是很表面的,毕竟只是一个尚未毕业的大学生,所使用的理论和方法都比较粗糙,没有真正深入的分析和细致的论述。但是她这篇论文的可取之处,就在于她所学到的理论和方法,促使她去思考和提出问题,尽管她对这些问题的综合分析能力还是有限的,但是她所记录的资料却是非常珍贵的。从一定程度上说,我的这个研究就是接着完成她所未能完成的任务,尽管这已经是70年以后了。"见王笛:《沈宝媛的调查报告》(下),南方都市报,2015年11月03日。这段文字亦见《袍哥》,北京:北京大学出版社,2018年版,第212页。

那个夏天的调查,就没有这本书"。我的疑问是,沈的论文学理上是否如此有分量,如果这篇论文有问题,问题可能出在哪里?《袍哥》一书中文版的附录3附上了沈宝媛论文全文,给予我们机会去一探究竟。

我在此仅举一隅。沈宝媛文章的方法论部分,可能就有问题。沈在"论文提要"中说:"引用了一个新的社会人类学方法——运算方法(Operational Method),从功能的观点,研究袍哥的社会现象。"①接着,她又在第一章第三节"研究的困难与方法"中解释道:

"至于研究之方法,在提要中原已说明,在此也略为叙述及之,是称为运算方法(Operational Method),这是人与人之间互动关系的测量,研究不易捉摸的微妙生活关系以内的材料,以达到了解现象的目的。

运算方法的产生是继批评学派(Critical School)与功能学派以后,在美国社会人类学中新近的产物,是二者观点综合以后的结晶,它主张用功能的观点,应用数学的方法,研究文化现象。并预测未来事态之发生。这是一个极有趣味,具有真实意义的预测。本文所作就是对此科学方法一个小小应征的实验。"②

对于沈的方法论问题,王笛的解释是,"她表明这篇论文采取的是数学方法和关系叙述,而且她认为,关系叙述也是'科学上的任务',因此是'运算方法中所必不可少的要件'。在她看来,两种方法是相辅相成的。不过,通读全文,我并没有发现她对这个新方法的具体运用。数学的方法一般采宏观的视野,它将统计学原理和数学方法应用到调查研究中来,运用公式计算,了解影响或决定事物变化的各种条件和因素在数量上的增减或消除情况。也可能她有采用这样的方法进行下一步研究的打算,不过等她完成了毕业论文,似乎没有机会再考虑

---

①② 王笛:《袍哥》,北京:北京大学出版社,2018年版,第312页、第318页。

这个研究课题了。"①王笛的这段解释,似乎是为沈奇怪的方法论定义和她论文中实际并未运用任何数学方法这两者之间存在的奇怪的错位和断裂做开脱和圆场,而实际上,沈可能对什么是人类学中的Operational Method并没有充分理解,她对这个方法的解释可能也不准确。

关于人类学中的Operational Method,与沈宝媛同时期的人类学家劳拉·汤普森(Laura Thompson)写过一篇文章,题为《行动人类学作为一门新兴的学科》(*Operational Anthropology as an Emergent Discipline*),这篇文章发表在1951年冬,而沈宝媛的论文完成于民国三十五年(1946年)。汤普森还有一本专著,《关岛及其人民》(*Guam and Its people*),初版1942年,再版1947年,研究的是关岛的查莫罗人的文化和社群。②汤普森的著作和文章与沈的论文,两者基本处于同时期,所以两者谈论和运用的是同一个人类学方法的可能性非常大。在《行动人类学作为一门新兴的学科》这篇文章中,汤普森认为:

> "行动人类学可能被认为是一门新兴的、综合的学科,但目前还没有理论系统化,但是在显著程度上已经证明了其有益之处。这种益处的形成是因为行动人类学是通过一系列具体的概念和方法发展起来的——主要从人类学、社会学、生态学和精神病学——客观地应用在大范围的人类问题上,特别是关于那些社会群体和区域治理中需要急迫的解决方案的问题。在动态的实地条件下,在人民福利处于危险关头,甚至一大群人性命攸关的情况下,当前社会科学的一些具体的目标和方法已经被证明操作性上是合乎需要的,而另一些则被揭示为有局限和有缺陷的。"

---

① 王笛:《袍哥》,北京:北京大学出版社,2018年版,第211页。
② 汤普森在40年代出版后即再版,影响可能颇大,两个版本的出版信息如下Laura Thompson: *Guam and its people: a study of culture change and colonial education*. San Francisco ; New York ; Honolulu : American Council Institute of Pacific Relations ; published in cooperation with the University of Hawaii, 1942. Laura Thompson: *Guam and its people, with a village journal by Jesus C. Barcinas*. Princeton, *N.J.* Princeton University Press, 1947.

Operational anthropology may be thought of as an emergent, integrative discipline which has not yet been theoretically systematized, but which has demonstrated its usefulness to a marked degree. This has come about because operational anthropology has developed mainly through the experimental use of certain concepts and methods—chiefly from anthropology, sociology, ecology, and psychiatry—clinically applied to large scale human problems, especially those of community and regional administration, wherein the need for solutions has been urgent. In the dynamic field situation, with the welfare and even the lives of large numbers of people at stake, certain orientations and methods of con-temporary social science have proved operationally adequate; others have been revealed clearly to have limitations and inadequacies。①

所以，实际上，行动人类学的手段是通过人类学和社会学的方法，操作性地解决一个社群或者区域中出现的问题，有些时候这种问题甚至是该人类社群的危机，行动人类学强调的是一种应用研究（Applied research）。所以，"运算"应该是 Operational 的误译，这里的 Operation 应该是"行动"或者"操作"的意思，准确的翻译应为"行动人类学"。所以，沈说要使用数学方法，或者"依功能观点中的函数关系来解释"，②可能只是沈根据"运算"一词生发的学术想象？有趣的是，关于行为人类学方法的使用，汤普森还进一步澄清：

---

① Laura Thompson：" Operational Anthropology as an Emergent Discipline". A Review of General Semantics, Vol. 8, No. 2（WINTER 1951）, p. 117.
② 王笛:《袍哥》,北京:北京大学出版社2018年版,第142页。

"然而,行动人类学的实用效益,并不依赖于发现的任何,甚至是拓扑的,数学的调查结果的公式,尽管这种公式可能在预期中能加速研究的发展。"

The practical usefulness of operational anthropology, however, does not depend on any, even topological, mathematical formulation of the findings, although such formulation may be expected to accelerate its development.①

汤普森认为,在行动人类学中,数学方法和调查等"客观手段"可能并没有那么重要,因为通过调查收集到的数据属于已有的事实,而行动人类学的目标却是要解决即将到来的问题。从这个意义上来说,沈宝媛倒似乎误打误撞地,符合了一点行动人类学的目的,她成功预测了袍哥"这个乡村腐朽的社团将要淹没在新时代的浪潮里。"②沈宝媛的这种误打误撞的契合,可能如同王笛提到的,与当时的结构功能学派(Structural Functionalism)的盛行有关系,同时就如书中提到的,很多林指导的学生,和沈一样,反复提到研究关系网络以及"预测未来",③这确实是结构功能学派恰好和行为人类学的观点类似和重合之处,但是遗憾的是,这两者其实跟沈宝媛的数学方法其实都毫无关系。所以,从这个小切口进入看沈的研究,我们会发现她的方法论出的问题并没有那么简单。更有趣的是,正如王笛所发现,林耀华的教学和研究与其学生对他教授的理论的接受和运用之间,也存在着断裂:林似乎在他的著作里对数学方法也"着墨不多",且无正面评价④,然而沈和她的同学却都在论文中反复提及林教授他们"数学的方法"⑤。这是为什么呢?是林耀华其实也没有弄清楚数学方法、结构功

---

① Laura Thompson:"*Operational Anthropology as an Emergent Discipline*", A Renew of Geneerd Semantics, Vol.8, No.2 (WINTER 1951), p.123.
②③④⑤ 王笛:《袍哥》,北京:北京大学出版社,2018年版,第348页、第212页、第211—212页、第212页。

能主义和行为人类学之间的关系,还是沈和她的同学们都误用了老师教授的内容,误解了他的观点态度?这些问题都是我好奇并且想向王笛教授进一步请教的。

诚然,王笛也说,"对我来说,她(沈宝媛)使用什么方法和理论并不重要,我关注的是她怎样真实地记载了田野调查的所见所闻",①这当然是退一步的说法,然而从研究本身来说,一篇方法论有问题的论文,其研究深度和客观性到底应当如何看待呢?沈的论文和沈本人,是否其实也是金斯堡所说的"扭曲的观点与中介"呢?沈的论文不太成熟的地方可能还很多,比如论文中时常流露出满溢的革命的抒情话语(当然王笛也指出沈深受共产党及左翼思想影响②),而王笛对沈论文中的这些问题都几笔带过,或者忽略了。而我好奇的,正是沈充满问题的研究方法以及产出的成果,究竟对后来的研究者认识袍哥产生了什么样的影响呢?在这一点上,我们除了应该摆脱沈的方法论带来的遮蔽,以另一种角度还原真实以外,是否应该也去探究,在微观史研究的滤镜下,那些被遮蔽、扭曲的事实和真相,是经过何种方式变成了其现在的扭曲的表现形式呢?

紧接着王笛教授对沈宝媛研究的推崇,是我的另一个好奇。追寻沈的这条线并没有问题,确实王笛也挖掘出了沈的生平,沈的家学渊源(特别是她的父亲沈祖荣),以及当时中国社会学研究的状态(尤其沈的老师林耀华),这些微观的发掘和研究,确实都对理解当时社会学知识分子的活动和沈的袍哥研究,非常有帮助。我好奇的是,既然王笛已经通过袍哥第十五章的充分而精彩的考证,证明了沈论文中的"望镇"即是成都崇义桥,那么为什么书中没有关于雷家后人的更多的调查和叙述?王笛教授没有去追寻雷明远一家的后人(虽然他有去崇义桥实地考察并拍下照片③)是出于有意无意的忽略,还是出于资料的

---

①② 王笛:《袍哥》,北京:北京大学出版社,2018年版,第211页、第188页。
③ *Violence and Order on the Chengdu Plain*, p. 105.

短缺以至于无法追踪雷明远在沈宝媛论文写成之后的故事？就已经掌握的雷氏家庭关系来看，雷明远的后人，除了被他亲手枪毙的大女淑清和雷大娘的夭折的大女，尚有两儿两女，七十多年过去，成为老人的他们，现在依然健在的可能性未必没有，他们的后人说不定还有人生活在崇义桥附近。我想，若能在成都崇义桥实地考察，或许能够得到记忆和印象之外的更扎实的一手资料？拯救雷家的故事结局堕入历史的虚无与遗忘？当然，这可能只是我站着说话不腰疼的臆想，因为口述史在实地的操作是会遇见各种各样的意想不到的困难，努力和收获也未必能成正比，实地考察也未必能得其所期，所以，这些疑问可能只是我的偏执、偏激与偏狭吧。

王笛在《袍哥》第四部分的结尾，推测了雷明远的多个结局：雷可能加入暴乱组织；可能抽鸦片已使他一无所有；也可能鸦片使他折寿，当共产党到来之时雷已经入土。但推测总归是推测，有一种过分发挥想象的危险。但如果能够找到雷家的后人，是否雷的真正命运就会就此揭开呢？或者在王笛看来，雷明远的命运，在整个袍哥组织的覆灭阴影下，已经显得不那么重要了？不过《袍哥》一书的结尾确实令人寻味："这样一个暴力团伙一度是具有远大抱负的革命'组织'，貌似建立了坚固的地方秩序，但是无论它多么强大，成员数量多么众多，所掌握的资源多么丰富，却可悲地走到了民众的对立面，最终难逃覆灭的命运。"[①]

总体上来说，《袍哥》是一本有精到论述和丰赡材料，对读者非常友好又很有阅读吸引力的书。此书的友好，是因为前面已经说过的前后两部分的结构，这将叙事和理论背景分开，非常合理，前半部分叙事流畅，后半部分关于雷明远故事之外的沈宝媛生平的探索以及微观史学的讨论也非常有学理价值（特别是《第十七章 叙事和文本》，让人获益良多）。此书的阅读吸引力，在于王笛教授充分利用了微观历史

[①] 王笛：《袍哥》，北京：北京大学出版社，2018年版，第273页。

事件的文学性。在讲袍哥故事的时候,他不仅善于控制叙事的节奏,而且还设置悬念,埋下叙述的包袱,然后又适时揭晓答案。比如全书的开头便是雷明远杀女的画面,令人好奇是什么原因会导致父亲杀死亲生女儿,便迫不及待读了下去;第四章对望镇的灵动美好的乡村描述,让人心生向往,但又不立刻揭晓望镇的位置;第五章在分析袍哥领袖的时候,有详细叙述袍哥头子贺松的穷凶极恶,然而又暂时不揭露其结局,不禁让读者好奇这个恶霸的下场最终如何;这些悬念都引诱着读者一路读下去。当在书的后半段这些答案一一揭晓的时候,读者因此也获得了很大的满足感。我想这就是微观史的魅力之一:在充分的历史沉浸感中讲述极其抓人心弦的故事。

《袍哥》一书是先有英文版,然后才有的中文版。王笛教授没有选择像很多作者那样,找译者逐字翻译过来完事,而是自己着手于中文版的写作。对照英文版可以发现,其实他已经不是自己翻译原文,而是用自己的语言重写了一篇,而且中文作为第一语言,自然比英文版更详尽,还加多了章节,很多具体的问题也能更充分展开,这相当于两倍多的辛苦,努力和认真的态度值得景仰。

另外,《袍哥》一书许多章节的写作也很有亮点,比如《第二章 川西的农村》,如一篇环境史的论文,将川西的地理历史环境很好地再现了出来,文辞优美,读来令人沉醉,王笛在书的《序言》里说,他作为"上山下乡"的知识青年在成都平原落户的体验居然成了他撰写本书的第一手材料,而他的回忆使得他对川西农村的描绘如此栩栩如生,这当然是一件幸事;第十五章考证"何处是'望镇'"时,写到崇义桥的人文地理,特别是写到知识分子乘坐"鸡公车"的部分,我竟感受到了读传统掌故的兴味乐趣。作为一位四川人,我非常喜欢这本书,在阅读此书的过程中,不仅得到智识上的快乐,感动和亲切也一直伴随,特别是读到袍哥语言在四川话里的留存。20世纪40年代四川历史上的风土人情,似乎离现在也不那么遥远了,在阅读的过程中,王笛教授提及的方言和轶事,也不时地将我拉回童年的回忆里。总的来说,《袍哥》不仅仅是中国微观史和文化史的杰作,也是一出对成都地方传统的颂赞和对消失的袍哥文化的挽歌。

总之,作为微观史写作的《袍哥》一书的重要意义,主要有三点:

(1)本书发掘了袍哥这个深具影响力,但又被官方和之前的学术研究广泛忽略的群体,重新唤起了四川作为地方的关于袍哥的逐渐被遗忘的记忆。特别是其语言词汇深入川渝地区的方言的潜意识里,成为很多"言子"①,读来倍感生动;

(2)袍哥留下的异常足迹,在王笛娓娓道来的笔下,确实反映了成都人民在新中国成立前夕的生活,关于袍哥的记载细细碎碎,如无数小小的折射镜面,映射出破碎又完整的图像;

(3)从袍哥的案例中,王笛有一些点睛之笔,打碎了已经建立的一些历史的刻板观念、印象和认识,袍哥作为一个反例,揭示了历史的新的一些侧面。

(作者单位:圣路易斯华盛顿大学东亚系)

---

① "言子",四川话里指最小的方言词汇或短语单位,类似于所谓的口头禅或者小段子。

评王笛《袍哥》的书写

潘博成

　　澳门大学历史系王笛教授的新著《袍哥：1940年代川西乡村的暴力与秩序》延续了他长期以来对成都社会文化的研究旨趣，亦是他史学理论的具体实践成果。这是一项极具挑战性的微观史写作计划：如何将《跨出封闭的世界：长江上游区域社会研究（1644—1911）》中不过数页的"袍哥"扩展为一部专书，又如何以一份不过两万余字的本科生社会调查报告作为全书核心史料。单凭这两点，便足以使读者对该著产生强烈期待。以下首先评述该著的主要内容与学术贡献，再提出两点初步思考与作者探讨。

　　要言之，该著由袍哥及其与川西平原政治、经济、社会和文化的繁复关系探问"现代中国的地方控制与社会模式"（英文版，第2页）。全书以袍哥雷明远"杀死亲生女"这个在当地耸动一时的事件为开端，进而勾描出川西平原的地理、经济和人口等环境（第二章）以及袍哥势力在川西的形成历史（第三章）。作者明确指出，袍哥可能是当地最强大的社会组织，既是"地方社会稳定的积极因素"，却也常是"破坏地方秩序的一种消极力量"（第56页，以下为中文版页码）。应当说，这恰当地揭示出袍哥在川西乡村社会中的影响力。他们如同蛛网上的蜘蛛（第143页），作为地方控制以及协调当地不同权力的枢纽和中介。

整个故事的主角在第四、五章陆续登场。沈宝媛是燕京大学社会学系大学生,雷明远则是当地袍哥组织的副首领和雷家主人,也是一个佃户。雷明远在当地政治、社会或经济领域多重身份的展现,使我们跳脱出秘密社会的单一视角,而转向雷明远与其所在社会之关系的微观视角看待袍哥群体。在随后的第六到九章,作者借由隐秘语言、仪式和规范等议题,讨论了袍哥组织如何在内部与外部构建起权威性,又如何强有力地介入地方秩序的运作。作者以沈宝媛的社会调查报告为主线,结合广泛的地方性史料,成功描画出袍哥如何在不同群体内控制、主持和协调地方秩序。由此反映出非官方力量在基层社会对官方司法权的"分化"现象(第123页)。当然,恰如本书中文版副标题的关键词之一——"暴力",如果作者能够更多地回顾"暴力"如何使雷明远奠定袍哥地位,读者将可以更系统地理解袍哥进入地方社会的过程(相关过程在沈宝媛调查报告曾有记述,第326—327页)。

雷明远一方面在地方社会影响巨大,同时也受制于家庭关系、社会身份和经济关系等地方社会因素(第十至十二章)。尤其是雷明远在袍哥社团中的地位与声望,高度仰赖于经济实力。当家庭经济发生危机时,其在袍哥中的地位也随之陷入窘境。最有意思的是,雷明远不能以暴力胁迫地主。这一微观个案展示了地方社会内部不同权力主体间的经济和社会秩序的协调与平衡。

至此,雷明远的故事暂告段落。可能有读者认为,本书以一份两万余字的本科生社会调查报告作为核心史料,是否稍显单薄?但在作者的巧妙构思下,读者得以进一步探寻与考证雷明远的书写者沈宝媛的故事(第十三至十六章)。在以下数章,作者缜密地考据沈宝媛的知识结构、知识习得脉络以及调查报告的撰写背景,进而又推断出雷明远的具体活动区域。这些考证工作重建了史料的生产脉络,使之不再仅仅是一份提供了"史实"的材料。

全书最后部分转入了方法论与史学理论层次的探讨(第十七、十八章)。在新文化史的影响下,作者结合现代中国(也包括了1949年以后的史料状况)具体情境,逐一讨论了档案、小说和"文史资料"等史料类别的生产过程与特性。在分析方法层面,正如贯穿全书的思路,作者关注的是不同史料背后的叙事逻辑与视角,尝试寻求其间的"共性"(第250页)。方法论层面讨论对现代中国微观史书写具有很好的参考价值。中国缺少如欧洲宗教裁判所的系统史料(《序言》第5页)。在这种情况下,我们要以何种史料及讨论思路书写现代中国脉络下的微观史?沈艾娣(Henrietta Harrison)在《梦醒子:一位华北乡居者的人生(1857—1942)》(*The Man Awakened from Dreams: One Man's Life in a North China Village, 1857—1942*)中以刘大鹏日记微观地呈现了其人在不同历史时期与不同身份下的个人史。笔者以为,相较于这部偏向"个人的微观史"著述,王笛教授更多地由"社会的微观史"展开讨论。这正是得益于对时人学术成果、档案、小说和"文史资料"等历史材料的广泛征引与深入探讨。研究者借鉴着类似研究思路,或能书写更多的现代中国微观史著述。

《袍哥》固然具有种种学术贡献,想必也将成为现代中国微观史的里程碑作品,不过我们仍有两个问题盼与作者讨论。本书以充分史料论证了袍哥在川西乡村的巨大影响力。在其巅峰时期,很可能有多达七成成年男子是袍哥成员(第35—36页)。但有趣的是,袍哥的早期历史使其社团文化具有相当隐秘的色彩。如果以"文化研究"的理论看,这可能是一种社会中的"亚文化"或"次文化"。但我们可否进一步考虑,袍哥组织既然覆盖了相当宽泛的乡村成年男性,那么它的"精神世界"或社团仪式是否仍旧是一种带有神秘感的"亚文化",抑或很可能早已是川西乡村社会中的"主流文化"的一部分?我们倒不是要寻求一种明确界定,而是希望由此探问,袍哥文化在乡村日常生活中的影响力如何,乡村民众对此有无挪用、改变或再度诠释等文化实践环节。它或许能够从(新)文化史维度,进一步论证袍哥在川西乡村对社会文化的多重影响。

最后,让我们再次回到"杀死亲生女"(第一章)和茶馆"讲理"(第八章)的情景,故事里的袍哥组织显然是控制社会秩序的重要力量,并且街坊邻里也可以以之作为"民事法庭"(第124页)。但如果回到故事的结尾,由于雷明远可能再纳小妾,而引发了雷大娘的激烈反对。细读之下,我们或许会感到些许讶异。雷大娘在寻求熟人帮忙之外,也开始准备到法院打官司(第182—184页,沈宝媛对此事件的记录见第345—346页)。由此或可探问,为何雷大娘会有到法院打官司的考虑? 由于史料缺乏,我们不容易了解雷大娘的真实想法。但如果作者能够提供一些同时期类似的纠纷案例,读者应该可以更立体化地理解川西乡村社会运作的逻辑,看到袍哥等非官方力量某些可能的"限度"。以袍哥为代表的非官方权力当然有在官方权力"真空"之时乘虚而入的过程,但对于某些社会群体或在一些社会领域而言,非官方权力是否并未取代官方权力,后者仍旧等同于地方统治权威?

当然,正如书评开篇所言,《袍哥》的书写颇具挑战性,更何况作者另一部时间跨度更大且材料更甚丰富的三卷本《袍哥》已在写作,或许我们的好奇将在那里得到更多满足。

(作者单位:台湾交通大学社会与文化研究所)

王笛《袍哥——1940年代川西乡村的暴力与秩序》书评

张倍瑜

　　这是一本关于川西秘密社团的微观文化史。作者王笛围绕着一部尘封将近七十年的社会调查报告,辅之以档案、文史资料、小说以及回忆录,勾勒了川西平原的历史、人文及政治图景。王笛的故事里面没有宏大的叙事和理论,有的是关乎袍哥这个群体的日常生活、信仰、思想和挣扎。它们虽然是琐碎的,但是并非无关紧要。正如王笛自己解释道:"在研究历史的时候,细节经常可以给我们展示不同的面相……甚至经常表面上我们看到的是正常的机体,但是通过对血液的解析、显微镜下对细胞的观察,却能看到完全不同的面貌"(第2页)。如果对袍哥的细节剖根究底,会发现它关乎民族国家的建立和现代化进程,关乎民间社会的自治与社会控制(Social control),关乎女性在男权社会的诉求,更关乎川西平原在其近几百年来独特的自然地理环境影响下形成的生活模式。可以说,王笛的这本著作弥补了学界的几大空白。第一,《袍哥》向大众解密了这一被神秘色彩笼罩着的民间社团组织。第二,它向人们还原了一个栩栩如生的川西乡村社会以及生活在这块土地上的庶民们。第三,从方法论上看,《袍哥》可代表中国学界与西方新文化史对话,进一步丰富发展了新文化史在世界范围内的应用。

阅读《袍哥》是一个轻松愉悦且充满启发的过程,读者在沉浸于作者细致入微的文学式的描写的同时,亦被其严谨的历史分析所触动。本书开篇讲述了发生在1939年成都附近的(虚拟)"望镇"的杀女案。与其他刑事案件不同的是,这是一个关于袍哥首领雷明远亲手把女儿推入死亡之渊的故事。让人惊讶的是,凶手雷明远不仅没有受到法律制裁,而且这种私刑家法似乎在地方社会畅通无阻。那么该事件究竟是在怎样的社会土壤发生的,而袍哥又在其中扮演着什么样的角色?所以它作为一个引子,把读者带入了袍哥所生活的世界。在接下来一章中,王笛开始向读者"深描"了袍哥所处的自然、地理、社会环境。首先,川西社会的移民历史是其社团发展强大的动因,这点在其他拥有移民历史的族群上亦可得到佐证。比如,二十世纪初华南人口大量南迁到东南亚和北美洲,在缺乏宗族纽带的异乡,当移民需要寻找帮助与庇护时,社会组织便应运而生,这也解释了为什么在世界各地的海外华人离散地,秘密社团以各种形式存在并扮演着协调华人内部问题的重要角色。另一方面,川西平原相对独立的地理环境以及其农业生产方式导致了人们对集市的依赖,而集市的繁荣进一步催生了茶馆文化。而袍哥与集市、茶馆一起构成了成都寻常老百姓的日常生活。

在第三章中,王笛追溯了袍哥从清朝到民国时期迅猛发展的历史。作者惊乎于袍哥网络的广泛和势力之庞大的同时,开始着手搜集地方县志、官方档案以及地方小报,剖析了袍哥如何利用动乱的社会,先后渗透到清兵和革命军之中发展壮大,民国时期袍哥更是在川省军阀混战之际,利用政府行政无能,渗透到社会底层,对地方社会进行控制。这一部分同时与后面的《第八章 在茶馆"讲理"》以及《第九章 仪式与规范》,遥相呼应。可以说,如何看待地方社会自治与国家权力是《袍哥》的中心论点,王笛从多个维度对这一对相互竞争的力量进行了深度分析。其一,茶馆作为一个公共空间,成为成都老百姓解决日常纠纷的地方,而袍哥作为关键协调人,其声望便是地方自治的依据。

这表明国家权力往往无法制约地方社会，需要依赖于社会精英对地方实施控制。当1949年解放军进入成都，新政权开始接管地方社会时，袍哥们并没有进行武装抵抗，但是的确发生了武装"暴乱"。在《第十六章 袍哥的覆没》中，王笛对1949年后袍哥与新政权的冲突给出了新的诠释。袍哥在共产党进入川西后，并没有采取敌对状态，相反，许多袍哥亦曾是进步人士，例如张澜，所以不存在袍哥与新政权争夺权力的阶级斗争。

作者以袍哥的组织帮规《海底》为依据，向读者解密了袍哥的语言、手势、行话以及精神信仰。王笛认为，"就袍哥而言，我们可以从他们自己的语言和文书规则中找到他们的声音，揭示他们的活动，为我们理解他们的思想、行为、组织、成员、内外关系及政治文化打开一扇窗"（第104页）。不难看出，在这里，作者试图将中国历史与西方新文化史接轨，尤其是"心态史"（Histoire des mentalities）。心态史起源于二十世纪六十年代，由法国文化史的年鉴学派（Annales School）主导，探索了特定时代人们的思想、世界观以及态度。而王笛要探求的，恰恰是中国社会底层的"庶民"的内心世界。如何发掘出他们真实的声音，便是作者试图回答的问题。首先，《海底》这部被袍哥视为"圣经"般的文书为我们了解袍哥的精神世界提供第一手的材料。通过剖析《海底》里面的隐语和暗号，我们看到了一个讲义气的、次文化的形成。更重要的是，作者指出，《海底》的记载一部分是袍哥的真实历史，一部分是想象出来的历史。通过重复宣传"汉留""反清复明"等充满政治意义的符号，袍哥们实际上利用《海底》对自我的身份认同进行了想象和编辑。我们不禁发问，这份来自《海底》的声音是否是真实的呢？文化史的一大弊病便在于依赖文学类史料，使得学者过分解读某种文化和群体。但是，在《袍哥》一书中，作者很好地结合了《海底》与其他关于袍哥的社会调查资料。我们看到许多被《海底》记载的仪式和暗语，亦被沈宝媛收录于对雷明远的调查之中。只是，毕竟王笛是在沈的社会调查基础上展开的历史分析，所以很多问题他并无法从袍哥那里得到一手资料,例如,《海底》到底在袍哥的日常生活中起到怎样的作用?作为一本反清复明的书,《海底》是怎样得到流通和传播的?并且,王笛亦在书中指出,他看到的《海底》的三个版本,都不是沈宝媛所列出的版本,那么不同版本的差异性是否会影响作者对袍哥内心世界的解读呢?

《袍哥》一书最精彩之处在于对多元化史料的运用和综合。在《叙事与文本》一章中,作者对史料展开了"自反"(Self-reflexivity)。"自反性"这一词来源于人类学,意指人类学家反思自己研究过程中使用的方法以及思维,以及其如何影响并决定着某种知识的产生。史学界的"文化转向"(Cultural turn),即文化史的发展,很大程度上受人类学的理论体系的影响,因此王笛在此对史料进行自反,能更好地帮助我们判断作者对袍哥历史的构建的真实性。首先,这是一部关于边缘群体的历史,为了能让庶民发声,作者批判地解读了官方构建的袍哥历史,这对于"膜拜"档案和官方记载的中国史学家来说,无疑是一极大的"挑衅"。其实,文化史刚在西方兴起的时候,亦受到了传统史学界的质疑。那些"上不了台面"的民间文学到底能不能还原历史的真实性?然而,随着文化史的发展,越来越多的声音开始质问档案的虚构性。作为精英和当权者的代言人,档案执笔人手下的文字记载又会比民间文学可靠多少呢?所以,王笛是很喜欢用小说中的图景去想象当时的川西平原社会的,一方面,他结合了档案和当事人的回忆,使得文学资料多了一份可信度;另一方面,文学的叙事使他更像是一个茶馆的说书先生,向你娓娓道来一个关于袍哥的故事,拉近了与读者的距离。但是,史学家必须要警惕任何形式的文字记载,因为无论是哪种类型的史料,它都是前人的构建,而史学家面对的是构建之上的构建,尽管历史学家总是尽力去还原历史,但是我们永远也还原不了历史,"追本溯源"其实是一种迷思罢了。

值得一提的是,《袍哥》这本微观文化史中最重要的史料,是一位燕京大学的名叫沈宝媛的大学生于1946年所做的农村社会调查报告。可以说,以二手史料(Secondary source)为主要依据进行历史解读的方法既是创新的,更是冒险的,因为二手史料不可避免地加入了调查者的主观性,无论他如何强调自己的客观公正。作为一份调查报告,调查者沈宝媛从搭建框架、提出和解决问题到研究方法都是对原始材料进行提取、加工和整合而得到的。可以说,王笛拿到的调查报告已经是一份关于袍哥雷明远的、系统化构建的知识。对待原始史料,史学家往往直接提取其中的信息加以整合分析,但是面对这样一份调查报告,史学家必须进行深层的解构,即抽丝剥茧般地去解读文本信息,从而尽最大可能获得客观真实的事物原貌。这就好比人类学家Clifford Geertz所提出的"深描"(Thick description),即人类学家在写作民族志的时候对研究对象的行为进行尽可能详尽的描写,通过深入的分析去走入研究对象的"自我",这种方法的目的是对特定文本给予文化的"阐释"(Interpretation)。对王笛来说,无疑,这份社会调查报告,就好比是一份亟待阐释的民族志文本。例如,沈在报告中陈述到雷明远佃户的身份,作者非常敏锐地抓住了这一关键,对当时川西乡村的农业生产和消费模式进行深度解剖,把袍哥雷明远的破产置于具体的情境中去(Contextualize);又如,沈的报告中提到雷明远有吸食鸦片的习惯,根据这一信息,作者进一步对当时四川鸦片泛滥的社会情况进行了详细说明,在当时的社会环境下,雷家的没落也就显得更加合乎情理。如此一来,王笛在写作《袍哥》时,是把聚光灯投注在了与雷明远相关的个人和家庭生活之上,而整个社会的政治和历史便成了舞台的背景,衬托着主人公(雷明远)的起起伏伏。把个人的命运置于具体的社会历史的情境中去,不仅让我们理解了雷家和袍哥的起起落落,更看到了个人如何与社会政治运动的大背景纠葛着(Entangle)。所以,微观文化史虽然是关于个体的历史,却也是与宏大的社会政治和历史分不开的。可以说,王笛对二手史料的解读做到了以小见大,管中窥豹。

关于如何对资料进行"自反",这里不得不提一下作者是如何将沈宝媛置于其特定的历史语境中去解构她自身的知识体系的形成。首先,袍哥得以以学术研究的方式展现在大众面前,离不开二十世纪三十年代西方人类学与社会学在中国的发展,尤其是早期学者对农村问题的关注。而沈宝媛,就读于燕京大学,师从当时中国社会学科奠基人,其思想体系的形成与这种学潮是分不开的。例如,沈的报告对袍哥的评价带有明显的"左倾"意识,这点在了解了沈的思想体系形成的背景之后,便显得无可厚非了。所以,《袍哥》其实是一场"戏中戏"(Play within a play),作者既讲述了袍哥的历史,又讲述了当时知识分子怎样认识和看待袍哥的故事。

最后,作为一部以男性为主角的研究,王笛并没有忽略女性在袍哥中微弱的声音,他甚至用一章节专门讨论"女人的命运"。但是,关于女性在四十年代川西乡村社会扮演的角色,他并没有给出特别让人信服的分析。这点可以从他大量依赖沈宝媛调查报告中对雷大娘、女儿淑英和淑清、仆人俊芳以及雷明远的情人的描写可以看出。这几位女性其实在《袍哥》中展现了截然不同的特色和面貌,有些甚至是极为矛盾,而这些矛盾的刻画并没有得到很好的阐释。例如,王笛和沈宝媛都认为淑清被雷明远杀害的悲剧体现了女性地位低下,被封建传统礼教压迫而无力反抗的现实;而雷大娘雷厉风行的性格却可以很大程度地影响着雷明远,并帮助他在袍哥中建立威信;雷大娘的女儿淑英虽然不受重视但毕竟在学校接受教育;同时,雷明远后来找了一个非常摩登的情人,不仅穿着时髦,而且还是小学教员;而他对仆人俊芳是最为鄙夷的。这五种女性的刻画原本就是非常矛盾的。如果说雷明远骨子里是非常鄙视女性的甚至把女性当成玩物,那么他完全可以把情人养着,何必上升到结婚呢?那么这位接受了较好教育的摩登女郎又为什么会在雷明远落魄的时候选择和他在一起?是不是"自由恋爱"也折射到了极度封建传统的袍哥雷明远身上呢?还是说雷明远对女性的偏见与其低下的经济社会地位是分不开的,比如俊芳,以及他前任黄氏之女淑清。毕竟,四十年代的中国已经经历一波又一波的社会改革和运动,妇女地位已经有了很大的提高,如果依旧下结论说妇女仍然受桎梏于封建礼教似乎有些草率,女性的地位与其家庭背景、教育程度以及在地方社会从事的生产活动的重要性是分不开的。而且讽刺的是,这部以男性为主的袍哥的历史,恰恰是通过一个女性(雷大娘)的口述展开的。

《袍哥——1940年代川西乡村的暴力与秩序》向我们打开了川西秘密社团的大门,不仅把我们引入了袍哥的内心世界,更向我们展示了社会底层的个体是如何在几百年的历史变革中挣扎生存的。虽然标题写明是"1940年代的川西乡村",但实际上王笛追溯了袍哥在明朝的起源,清朝的发展,民国时期的壮大以及新中国成立后年后的没落。文化史学者尤其不愿意使用严格的历史分期(Periodization),因为文化史并非只关注某场革命运动,抑或是某个民族政权的形成,它关注的是某个时代下的特定的群体的文化特征。而文化的形成和演变并没有一个明确的起止时间,所以文化研究者,比如人类学,倾向于研究稳定的文化结构,而历史学更多地关注变化着的社会,这两股看似矛盾的力量正开始更多地进行对话和借鉴,例如史学界的"文化转向"以及历史人类学的兴起和发展。我们现在看到的这本《袍哥》可以说很好地展示了历史学和文化研究的结合,它既关注袍哥这个群体身上的文化特征,又还原了袍哥在变迁着的历史环境下的起起伏伏。

关于《袍哥》书评的回应

王 笛

首先感谢CCSA组织这个"Talk to the Author"活动,三篇书评都写得很有水平,而且都能把这本书放到微观历史和新文化史的学术大背景中进行分析,我读后获益良多(如果能将这几个书评放在本书豆瓣主页,无疑将帮助广大读者对本书的阅读)。下面是我对书评提出的几个主要问题的回答。

问:虽然王笛教授也认为,沈宝媛写作此论文时毕竟是本科生,论文水平其实有限,但是这种批评的意味,在书中似乎被感激和欣赏的表达所掩盖了过去。王笛甚至在后记里说,"没有沈宝媛在1945年那个夏天的调查,就没有这本书"。我的疑问是,沈的论文是否学理上如此有分量,如果这篇论文有问题,问题可能出在哪里?《袍哥》一书中文版的附录3附上了沈宝媛论文全文,给予我们机会去一探究竟。

答:正如我在书中和媒体的采访中反复提到的,我看重沈宝媛的调查报告,主要有以下几点,一是调查的对象的高度集中,提供了难得的故事和细节;二是虽然沈宝媛在报告中多少显示了她对袍哥的看法和批评,但是从通篇报告来看,她基本上还是客观的;三是沈没有对调查做更多的处理,这是作为一篇论文的不足之处,但是反过来则最大限度地保留了当时她所看到的乡村袍哥的原貌。

对我来说，她使用什么方法和理论其实并不十分重要，我关注的是她怎样真实地记载了她田野调查的所见所闻。从她的描述看，尽管她不时用现代化的、西式教育下精英的眼光，对她所记述的人和事进行一番评论，但是她的描述至少是尽量不带主观偏见的。她力图去了解他们的生活和内心世界，对他们进行客观的观察。但在我看来，她更多的是采取田野调查中的微观的手段和个别访问和观察的调查方法。在这种方法中，观察是十分重要的，从各种细节来发现经济情况、社会地位、性格爱好、宗教信仰等。

该书评作者乐桓宇问道："沈的论文是否学理上如此有分量，如果这篇论文有问题，问题可能出在哪里？"这个问题问得有道理，是合理的质疑。从学理上，这篇报告的确没有那么重的分量，甚至可以说是一个半成品。但正是因为缺乏加工的资料，才对我分外重要，才给了我发挥的空间。我自来主张对所有资料，哪怕是档案，都必须持批判的态度，而不是照单接收。虽然我没有列专章专节对这个资料进行批判，但是几乎在每一次沈宝媛对雷明远或者袍哥进行评论的时候，我都进行了分析。例如她对袍哥命运的预测，对雷大娘读张恨水小说的蔑视等。我在后记中所表述的"没有沈宝媛在1945年那个夏天的调查，就没有这本书"，除了对沈宝媛工作的肯定外，其实讲的是一个事实，因为写微观史资料是关键。准确地说，没有沈宝媛的这个报告，我就无法写成这本微观史。或者也可以说，我写的袍哥就完全是一本不同的著作。

问：正如王笛所发现，林耀华的教学和研究与其学生对他教授的理论的接受和运用之间，也存在着断裂：林似乎在他的著作里对数学方法也"着墨不多"，且无正面评价，然而沈和她的同学却都在论文中反复提及林教授他们"数学的方法"。这是为什么呢？是林耀华其实也没有弄清楚数学方法、结构功能主义和行为人类学之间的关系，还是沈和她的同学们都误用了老师教授的内容，误解了他的观点态度？

答：乐桓宇对沈宝媛论文中"运算"方法的探讨非常有启发，特别是作者追溯了劳拉·汤普森关于"行动人类学"（Operational Anthropology）的概念：

"运算"应该是Operational的误译，这里的Operation应该是"行动"或者"操作"的意思，准确的翻译应为"行动人类学"。所以，沈说要使用数学方法，或者"依功能观点中的函数关系来解释"，可能只是沈根据"运算"一词生发的学术想象？

我倾向于同意把Operational Method翻译成为"运算方法"是不恰当的，或许"操作方法"更准确。关于这个问题，我在《史学月刊》2018年第9期所发表的论文《社会学与1940年代的秘密社会调查——以沈宝媛〈一个农村社团家庭〉为例中》，有进一步的说明：

按照A.洛曼克斯（Alan Lomax）所编的关于民歌体例和文化一书中对"Operational Method"的解释来说，这种方法是民族志和文化人类学相结合的方法，利用调查者所采集的数据去确定调查的模式、形式、行为、标志、风格和文化等，再用分类、比较、个案等手段来达到认识对象的目的。

为什么沈宝媛把"Operational Method"翻译成为"运算方法"，我猜想是采用了林耀华当时的翻译。林耀华的另一个学生杨树因在其论文《一个农村手工业的家庭——石羊场杜家实地研究报告》中，开宗明义便称：

本文主要的目的是在介绍一个新的社会人类学的方法——运算方法（Operational Method），换言之，即是比较的数学的方法。它主张从功能的观点，应用数学的方法，去研究文化现象，本文就是运算方法的一个小小的实验，以方法为经，以事实为纬，层层推进，来验证这科学的方法。

杨的论文还提及，在1942—1943年修林耀华教授的"社会制度"的课程中，林教授将这个观点"介绍给同学"，并称这一理论是"在注重文化功能研究、实地描写之外，同时考察历史过程"的方法，同时其也运用了比较的数学方法，来"用划一的单位来考察人与人之间的互动关系,并预测未来"。林耀华是杨树因毕业论文的指导老师,这比沈宝媛的关系还要近一层。同样,在杨的论文中,我也没有发现运算方法的运用。

乐桓宇问"是林耀华其实也没有弄清楚数学方法、结构功能主义和行为人类学之间的关系,还是沈和她的同学们都误用了老师教授的内容,误解了他的观点态度?"由于缺乏林上课的具体内容,对此无法做出判断。林晚年自己在全面总结自己研究方法的《社会人类学讲义》中,对这个方法着墨不多,只是在评论人类学的批评派的时候说"惟在研究技术方面,应用统计数字去分析文化,因而复原民族文化的历史,似嫌机械化,且与事实毫无补益。"

为什么林的学生反复提到数学方法,而林本人好像并非对这种方法作非常积极的评价?我在书中做了两种可能的解释,一是林本人的研究和研究方法,从1940年代以来,也在不断地变化。也可能他随后对西方社会学和人类学的理论和方法,从早期的热情接受,到后期的批判性思考。二是林虽然早期教授学生时,对这个方法有热情的介绍,但是自己也始终没有付诸实践,可能在操作的过程中,还面临诸多的困难,以至于最后将这种方法束之高阁。不过,在评论一的启发下,我也觉得还应该增加第三种解释,就是林耀华当时对这种方法乃至中文翻译也存在某种缺陷或误解。

问:沈的论文不太成熟的地方可能还很多,比如论文中时常流露的满溢的革命的抒情话语(当然王笛也指出沈深受共产党及左翼思想影响),而王笛对沈论文中的这些问题都几笔带过,或者忽略了。而我好奇的,正是沈充满问题的研究方法以及产出的成果,究竟对后来的研究者认识袍哥产生了什么样的影响呢?在这一点上,我们除了应该摆脱沈的方法论带来的遮蔽,以另一种角度还原真实以外,是否应该也去探究,在微观史研究的滤镜下,那些被遮蔽、扭曲的事实和真相,是经过何种方式变成了其现在的扭曲的表现形式呢?

答:我在书中分析过,虽然沈宝媛对袍哥和雷明远有一些批评,但是比较1949年以后的类似作品，应该是相对客观的。评论一问："而我好奇的，正是沈充满问题的研究方法以及产出的成果，究竟对后来的研究者认识袍哥产生了什么样的影响呢？"其实，如果没有这本袍哥研究，沈的这篇调查报告对我们今天认识袍哥就不会产生任何影响，因为已经被埋没多年了，但是一旦这份资料成了本书的主要资料，对我们今后认识袍哥，无疑将扮演重要角色。这里我要强调的是，这本书对沈宝媛调查的解读，只能代表我的眼光和认识。

我曾经反复说过，对一个历史事件，往往有各种记载。而对每一种记载，我们都不能简单地视为信史，而只是一种文本。对文本的解读，可能是各种各样的，我们甚至很难确定哪一种解读更接近历史的真相，但是每一种解读（除了那些有明显政治目的地有意歪曲历史的），都推动我们向历史真相接近了一步。

正如我前面提到的，沈宝媛的报告还是以记述为主，有可能她对袍哥的记述有扭曲或者持偏见的地方，但是总体来看是客观的记录。当然，哪怕是"客观的记录"，也并不是说就可以不加批判地使用。其实，我认为，正是由于沈在许多情况下，注入了她自己的看法和判断，才给了我分析她思想倾向的机会。

问：我好奇的是，既然王笛已经通过《袍哥》第十五章的充分而精彩的考证，证明了沈论文中的"望镇"即是成都崇义桥，那么为什么书中没有关于雷家后人的更多的调查和叙述？王笛教授没有去追寻雷明远一家的后人（虽然他有去崇义桥实地考察并拍下照片）这是出于有意无意的忽略，还是出于资料的短缺以至于无法追踪雷明远在沈宝媛论文写成之后的故事？

答：我觉得乐桓宇提出是一个合理的问题，寻找沈宝媛的同时，我开始考证她所调查的真实地方（即本书的第15章），在确定是崇义桥以后，我去了那里做实地考察，想找到原来的居民了解进一步的情况。但是由于城市的扩张，崇义桥已经几乎没有了乡村的原貌，原来的村落、林盘、乡场都已经不复存在，被新开辟的公路、立交桥、工厂、商店、街坊等所取代,所以打听雷明远及其家庭的去向,成了不可能的事。另外的障碍是,我们仍然不知道雷明远的真实姓名,所以即使通过派出所(如果有公安这条线的内部关系)帮助查找也没有任何头绪,无从下手。不过,我还是怀着某天奇迹出现的期望:万一某个老家是崇义桥的读者,发现了雷明远的故事就是他们家的故事,能够联系上我,听他们的后代讲述雷的故事,以后为《袍哥》这本书再增写一两章,甚至写出续篇,也并不是完全不可能的事情。

问:袍哥组织既然覆盖了相当宽泛的乡村成年男性,那么它的"精神世界"或社团仪式是否仍旧是一种带有神秘感的"亚文化",抑或很可能早已是川西乡村社会中的"主流文化"的一部分?我们倒不是要寻求一种明确界定,而是希望由此探问,袍哥文化在乡村日常生活中的影响力如何,乡村民众对此有无挪用、改变或再度诠释等文化实践环节。它或许能够从(新)文化史维度,进一步论证袍哥在川西乡村对社会文化的多重影响。

答:潘博成提出的问题很有道理。如果我们考虑袍哥成员的普遍性,虽然他们是边缘人群的文化,但是当持有这种的文化的人群成了大多数,就成了主流。所以研究历史的趣味就在这里,其实并没有确定性,也没有什么一成不变的轨迹。在某个时期,它可能是亚文化或者边缘文化,但是在另一个时期,有可能成为主流的文化。所以,我觉得可以这样表述:在清代,袍哥文化在四川是边缘人群的文化。但是在辛亥革命之后,随着袍哥逐渐进入主流社会,他们的文化也进入主流文化,但是这个过程并没有完成。也正是由于在民国时期进入到主流文化的这样一个事实,由于曾经在这个地区的广泛散布,曾经深入到地方文化之中,所以哪怕半个多世纪已经过去了,哪怕社会经历过疾风暴雨般的洗礼,但是那种文化的某些因素,仍然顽强地传承下来了。

我曾经不止一次地在书和文章中阐述过,文化是最顽固的因素,存在于我们的血液之中,不可能像政治那样在短时间内便发生翻天覆地的变化,而是潜移默化的。有的东西从表面上看是改变了,但是骨子里是根深蒂固,或者改变并不是看起来那么巨大。这也就是我在《街头文化》一书中所阐发的,"变化"(Changes)和"持续"(Continuity)总是相互依存的,文化的持续性必须认真地看待和研究。今天四川(包括分出去的重庆地区)的语言、性格、为人处世方式等等,可能在某些方面,仍然受到这种文化的影响。

至于袍哥文化在多大程度上影响了乡村民众的生活,我认为在当时是非常巨大,如下面提到的"吃讲茶",就几乎无处不在。还有书里面提到的地方社会基本上就是袍哥的天下,各行业的人几乎都参加袍哥以求得保护,便是明证。

问:为何雷大娘会有到法院打官司的考虑?由于史料缺乏,我们不容易了解雷大娘的真实想法。但如果作者能够提供一些同时期类似的纠纷案例,读者应该可以更立体化地理解川西乡村社会运作的逻辑,看到袍哥等非官方力量某些可能的"限度"。以袍哥为代表的非官方权力当然有在官方权力"真空"之时乘虚而入的过程,但对于某些社会群体或在一些社会领域而言,非官方权力是否并未取代官方权力,后者仍旧等同于地方统治权威?

答:我倒是认为雷大娘所谓的打官司,更多的是做一种反对的姿态,民国时期,纳妾并不违法,仅从这件事情上看,雷大娘没有什么好牌可以打赢官司。但是我想,雷大娘既然想到了这一步,估计也有什么可以拿捏住雷明远的地方,她到法庭去告雷明远,甚至可能不是纳妾的问题,而是一些外人所不知道的秘密。作为一个袍哥首领,还开着本身就是违法的鸦片烟馆,如果雷大娘孤注一掷,把雷的秘密在法庭上抖搂出来,估计雷明远会吃不了兜着走。这甚至可能是他最后放弃纳妾的主要原因。不过,沈的报告中,对这些方面没有透露哪怕是任何蛛丝马迹。

关于茶馆讲理,我几年前在《史学月刊》上发表过一篇题为《"吃讲茶"——成都茶馆、袍哥与地方政治空间》的论文,讨论了这种行为在地方扮演的角色,也列举了若干茶馆"讲理"的案例,对此感兴趣、希望探索究竟的读者,可以参考。

"吃讲茶"或"茶馆讲理",不需要政府或官员的介入,反映了强烈的社会自治的观念和广泛的实践。给地方精英一个极好的机会在地方社区建立他们的影响和主导权。袍哥是茶馆的常客,他们甚至把茶馆作为码头,"吃讲茶"的活动经常都有他们的参与。

虽然这种非官方力量从来没有发展到与官方对立或直接挑战的地步,但是它的存在及其对社会的影响,都使官方的"司法权"在社会的基层被分化。遇到争端,居民们大多喜欢选择茶馆讲理,而不是到地方衙门告状,这一情况不仅表明人们不信任国家权力,而且也可以反映出地方非官方力量的扩张。袍哥参与"吃讲茶"的活动,表现了如何处理个人之间以及个人与社会之间的冲突。这也是一个观察基层社区如何维持社会稳定,民间秩序如何存在于官方司法系统之外的窗口。人们把自己的公平、正义和命运尽量掌握在自己手中,至少是自己认可的人的手中。

不过,这种调解也是很有局限的,也没有一种力量保证其公正,更何况政府对此加以控制和取缔,在国家的权力之下,这种社会力量显得是那么脆弱。这种缺陷也是我们经常忽视和低估中国民间社会力量的原因之一。如果我们认真考察这种活动的存在及其存在的环境,我们便不得不惊叹其韧性和社会的深厚土壤。

问:如果说雷明远骨子里是非常鄙视女性的甚至把女性当成玩物,那么他完全可以把情人养着,何必上升到结婚呢?那么这位接受了较好教育的摩登女郎又为什么会在雷明远落魄的时候选择和他在一起?是不是"自由恋爱"也折射到了极度封建传统的袍哥雷明远身上呢?……四十年代的中国已经经历一波又一波的社会改革和运动,妇女地位已经有了很大的提高,如果依旧下结论说妇女仍然受桎梏于封建礼教似乎有些草率。

答:张倍瑜注意到这本书虽然是描绘的一个男人的世界,但是也描述了望镇妇女的命运,书中有若干女性形象:沈宝媛、雷大娘、女儿淑英和淑清、仆人俊芳等。她们有不同的背景、处境和故事。

　　从大的背景来看,说传统社会那"吃人的"礼教杀死了淑清应该没有错,毕竟雷明远不过是因为所谓"偷情"的谣传就杀死了亲生女,毕竟"猪笼沉潭"等私刑是普遍存在的。但是我也同意张倍瑜女性视角的看法,这几个不同类型女人的命运,其实还有一些分析的空间,本书还没有把现有的信息使用到极致。

　　张倍瑜认为雷明远"把女性当成玩物",我觉得有些过分解读,说那位摩登女郎是雷明远的"情人",也缺乏进一步的证据。在第十二章,出场了另外一个女人,沈宝媛是这样记述的:"雷大娘从旁处打听而来的消息,说雷大爷又准备与另外一个女人结婚了。这女人也是再醮的,只有母亲,家里有三十亩田,住成都外西,也是开烟馆的。她还烫的头发,穿的蓝布长衫,很时髦,传说在××小学当教员呢!"

　　沈宝媛关于这个女人的描述太简单,也让我困惑,如果信息更多一点,也可能使这本书关于妇女的处境,更丰满一些,至少多一个有趣的故事。不过,这个书评者提出的问题,倒是提醒了我,其实关于这点信息,还是可以进一步做点文章出来,可以进行一些合理的推断和分析。

　　沈没有透露他们是怎么认识的,而且时髦的小学老师,怎么会找一个已经破产的鸦片烟鬼呢?这使我百思不得其解。我猜想,对于这个女人来讲,有依靠这个袍哥首领的意味,哪怕是过气袍哥首领。对雷明远来说,时髦的女人对他显然有吸引力,而且他很可能还有经济的考虑。他现在正是需要钱的时候,那女人有三十亩田,的确可以帮助解决雷的燃眉之急。可能也就是雷要娶她的另一个原因。对雷大娘来说,这个女人进入家门,肯定是一个巨大的威胁,除了雷明远移情所造成的心理伤害,还会造成她家庭地位的下降。在年龄、外貌和教育上都无法与这个女人相比,再加上那个女人带来的三十亩田,这个新来者无疑会在家里有相当的话语权。这也是雷大娘拼死都要反对雷明远纳这个小妾的原因吧。

著述评价

哲学在场的诗歌实验

——读杨健民《拐弯的光》

郑珊珊

> 诗歌在所有写作中具有的可能性空间,就在于它是一切生活的开始和终结,是最具哲学意义的献给灵魂的礼物。
>
> ——杨健民

2018年初,诗集《拐弯的光》①正式出版,并在文艺界引起了不小的反响。这种反响缘于很多方面:一是诗人的身份,杨健民主要是一位资深的学者和学术期刊主编,近年才开始正式写诗,刚步入诗坛就展现出一种既成熟又富有青春活力的诗风;二是他的创作既快又好,近些年来每周都会推出数篇短语或诗歌,充满新鲜有趣的思想、感性的情怀,引人入胜又发人深省;三是他是个手机控,这些短语和诗歌都是在手机上写成的,最初只发表于他自己的微信朋友圈,然后经朋友们的不断转发,在网络公共文化空间引起了不小的反响,继而被"转载"到一些正式出版的报刊上。2015年,《健民短语》出版时,就有学者将这种"微信写作"的随笔或小品称之为"另一种文学样式","是当代

---

① 杨健民:《拐弯的光》,福州:海峡文艺出版社,2018年版。后文所引杨健民诗歌均出于该诗集,未免繁琐,不再一一注明出处。

知识分子写作主动适应和介入网络数字时代的具体表现"。①而这些评语,如今同样适用于他的诗歌写作。当然,与大多数广泛流行、浅白流俗、碎片化的网络文学不同的是,杨健民的诗歌始终坚守着富有深度和广度的文化精神,对这些诗歌的解读亦可以富有深度和广度。

一、哲学在场的私人语言

维特根斯坦曾提出一种"私人语言":"一个人可以用这种语言写下或者说出他的内在经验——他的感情、情绪以及其它——以供他个人使用? ……这种语言的单词所指的应该是只有说话的人知道的东西,是他的直接的私人感觉。因此,另一个人是不可能懂得这种语言的。"②从某种程度上说,诗就是诗人的私人语言,是诗人直接的私人感觉的文学表达。确切而言,读者不可能完全懂得诗人的私人感觉。语言一旦产生,就可能引起歧义。但正所谓"一千个观众心中有一千个哈姆雷特",好的文学作品一定具有丰富多彩的内涵,好的诗歌一定能引发不同读者各自不同的感受。而就诗人而言,他的私人语言也可能与其公共形象大相径庭。

在许多人眼里,杨健民老师是一位睿智风趣、开朗健谈的长者。但他在诗的字里行间,却时不时流露出一丝忧伤。"目光走不出的依旧是荒芜 / 不如一起耗尽明日的流连"(《百花巷》)、"如果我搬不出体内的伤口 / 就用孤独填满我的一世"(《与一朵花对视》)、"我突然觉得凋敝,搬不动形而上的自己"(《理解一场雨》)、"红尘落下,断成一枝折翼的云 / 拥抱前世的离愁今生的漂泊"(《画之思》)……这些诗句颇有婉约派宋词的味道,幽微缱绻,情思绵长,美得令人心软。乍一读,很是意外,这些诗展露了诗人与平时截然不同的一面,但细想之下,这其实就是诗人敏感温柔的内心的诗化表现。一朵花、一杯茶、一场雨、一条

---

① 刘小新:《微信写作——另一种文学样式》,《福建日报》,2015年12月6日。
② 维特根斯坦:《哲学研究》,李步楼译,北京:商务印书馆,2000年版,第133页。

河、一座城、一个节日、一件往事……都能引发诗人千回百转、纷繁复杂的独特感受，被他写进诗里的，都是他的生活经历，但却远远跳出了"生活气息"。他的表达从来不停留于事物表面，往往将其转化为哲学命题来进行诗性地抒发。例如《黄河密码》，诗里的黄河富有历史感而又抽象：

  河滩被芦苇拉出血口，马很瘦
  马蹄一不小心，踏回五千年前的绿
  风在战国的烟尘里斑驳着细小的经脉
  没有一棵草能摔落昨夜星辰
  只有斜阳系缆的余响，动了河岸的翅膀
  淋漓成沧海，掠过王朝的几重背影

  我是公元前最后到来的去客和归人
  踯躅着魏晋的奢侈，一步步被马踩醒
  河水早已不宽了，沉浮的还是芸芸
  ……
  历史是个黑漆漆的名字，等待黄河洗清
  战栗和性感永远是风的两座暗哨
  河里汹涌而出的，除了鸿蒙还是鸿蒙

  极富跳跃性的诗句展现了一些朦胧晦涩的历史场景，仿佛一次次逆流而上地穿越历史。诗人没有直接描写黄河的现实风景，而是特意采用了芦苇、风、马等带有象征意味的意象连接现代和古代，描绘一幅意涵丰富又意韵幽微的图景，呈现出这一条哺育了华夏文明的大河的深沉力量。
  这种写作手法极富个人风格。杨健民诗里空间和时间的跨度都很大，但又不是纯粹的宏大叙事，而是有深沉的历史感和开放辽阔的

视野。即使是非常纯粹的私人语言,也能写成一道远年的哲学命题:

> 其实我更喜欢汉朝和魏晋,一律红尘归俗
> 那个时候提着一壶酒就可以云游四方
> 汉朝是剥蚀的城墙,朗读者就坐在上面
> 对着天空泼词对着大地押韵。仪式感
> 趴在时间背后,不断地解析那支梦
> 我在等待嵇康在酒里退潮,退回竹林
> ……
> 无论庾信还是阮籍,每一个字都将弹出
> 一道远年的哲学命题:为什么要远行
> 我究竟属于这里面的哪一座朝代?最后
> 是屈原送给我一个答案:天问不是问
>
> 　　　　　　　(《插一支梦给朗读者》)

这首诗像是一段自言自语的哲学反思,又像是天马行空的自我想象,很难明确诗人到底要表达什么,但跳脱大胆的用词和节奏,似是魏晋风骨的现代表达,使人感受到诗中若隐若现的不羁的灵魂和自由的心。

杨健民曾直言:"我写诗追求的就是触及灵魂,是哲学在场。既然是哲学在场,就离不开精神分析。哲学和我的文学是一个硬币的两面。"哲学和文学的交融实际上是一种古老的文化传统。古今中外的文学经典无不包含深邃的哲思,只是或隐或显。杨健民的写作手法和写作目的,显露了他富有"野心"的文学追求。他试图表达一种诗对于世界的看法,包括历史感和哲学感,也就是一种精神跨度。这种跨度,是哲学在场的语言张力,是充满个性的私人语言。维特根斯坦认为,"在日常语言游戏中有其用途的私人语言不可能"。而杨健民的诗歌论证了,私人语言存在于诗中,存在于哲学在场的诗歌写作中;这样的

私人语言或许晦涩难懂,但依然有生动的感染力。

二、语言的飞翔的诗歌实验

新诗传入中国已有百年,作为一个相对新生的文学体裁,"新诗建立了一套思、说、写趋于统一的言说语系,在存在感、个体经验、细节感受、求真意志、自由灵性、陌生化诗意诸方面都有突破,特别是晚近时段,新诗朝向更具现代活力的方向开掘"。① 每个新诗创作者都有对新诗的各自理解,基于此,他们在新诗创作方面也有着各自的重点,或是韵律,或是意境,或是语言。

对于杨健民而言,其诗观的关键在于语言的灵动与自由:"诗是一种语言的飞翔,一堆词语扑腾出鸟的回声,额前那些欲望的雨滴,都属于我的生和我的活。"这种富有诗意的表达,与其诗歌创作是一致的,是一种在语言方面"更具现代活力"的诗歌实验。他的大胆实验,打开了语言对于诗的形象思维上的张力及其可能性空间。所以,他的诗里有不少用法别致的词汇,让诗更意味深长,如"奶奶用眼神为某个词汇削皮"(《清明》)、"历史不断地返青,只有诗歌渐渐衰老"(《阳光房》)、"流光徐徐,滴落一山蝉鸣"(《画之思》)、"被时光咀嚼过的,一定是我的命门"(《拉开窗帘的一刻》)……这些诗题,这些词汇,单看起来并不新鲜,但经过诗人的巧妙组合,整首诗展现出一种令人新鲜又惊奇的表达效果:诗还能这么写,词语还能这样使用。试看《午后的键盘》:

整个下午,我都在按键盘
按住那些文字,生怕它们跳起来
碰伤任何一个词。最后选择逃离

---

① 陈仲义:《新诗百年:如何接受,怎样评价?》,《人民日报》2017年4月18日。

昨晚有谁肯定没睡,从一个标点开始
穿越这个夜晚的一生。我一早醒来
像一缕惊魂匆匆赶到会场,一座声音
从高处落下:你是沙漏滴下来的
尺,量不出昨夜有多长梦有多长

我的梦很早就丢了,只有天知道
会议终于散场,如同退潮。我像
一片踏上归途的水,没有被风诱捕
风随意地来随意地走,说出我不敢说的
犹豫,然后声音一提,与一截时间追尾

我在下午的键盘里生存,用鼻息
跟一座山拔河,以保持呼吸的平衡
一堆逗号在逗我玩,寻找天空。谁在
收拾情人节的残局?有人失忆,有人空巢
还有人大喊:我受到成吨的伤害

东张西望,高楼的阳台像乳房
像沟壑,像甲壳虫四处攀爬
我在键盘上琢磨很久,留下半个
梦中之梦。家里那座阳光书房
等着我去翻阅九十九种不坏的心情
此时有人还在西湖踯躅,缅怀一段湖水
把那颗潮湿的心,淋到忧伤

我说,刀锋从血,湖水从泪

键盘呢？从生从死，又从一个标点开始

  按住文字、碰伤任何一个词、一座声音从高处落下、沙漏滴下来的尺、逗号在逗我玩、翻阅心情……这些组合意味深长，赋予语言不同寻常的意义，增添了一些力量和动感。这首诗像是从普通的工作场景中蹦出来的：前一晚写了半首诗的诗人，经过了早上的匆忙赴会，在午后突然灵光乍现，敲击键盘完成了整首诗。而那些别致的语言，牵引着读者感受诗人写诗的心路历程：从前一晚到早上的迷茫困惑，最后到下午的一气呵成心神激荡。语言使用得如此精妙，似乎"在这种情况下，不是诗人在用语言表达自己，而是语言在通过诗人表达它自身，是语言蜂拥麇集到诗人身上寻找出口。诗人……让语言的各种元素在其中碰撞，化合成新的东西"。[①] 这可谓是诗人的天才之笔，赋予了诗歌鲜活的生命力。

  杨健民曾提到："我的诗的哲学是让语言飞翔起来。既要沉入词语，让词语真正能够表达我对现实世界的感受；又要让词语走向一个全新的飞扬的思维空间，不想重复别人触碰过的意念。"其实，他在一些诗里，也表达了他的这种理念，如"语言像空气那样无遮无拦"（《节日，我和"自己"说话》），"我躲到一个词语里，寄存一些思想的句子"（《台风过后》），"我质疑我的诗句除了放生还能放牧什么""词语不断地被擦亮，时间只能用来聚散"（《行宫》）。正是他在创作中始终坚持探索和不断反思诗的哲学，才使得他能够突破汉语新诗的语言空间，让诗歌具有相当大的语言张力，并树立起独特的个人风格。

  实验性最明显的就是用网络热词写诗。在当下，网络热词的热度往往来得快去得快，据说热词的寿命大都不超过两个月，一般人仅仅是出于猎奇、从众的心理使用一时，就抛诸脑后。但杨健民显然对这些热词另眼相待。"一言不合就××"突然莫名流行起来之时，他写了一

[①] 江弱水：《诗的八堂课》，北京：商务印书馆，2017年版，第7页。

首《一言不合……》，但其中的意蕴与网络热词的调侃意味截然不同：

　　一言不合，就电闪雷鸣就倾盆大雨
　　我看见一把枪瞄准着黑色的远山
　　斜飞的雨像烧过的火柴棍穿过身体
　　在思想之外，乌云绑架了我的名字

　　水浇灌着天空，转基因的道路四处逃遁
　　没有我必须去的地方和必须写的诗
　　只好死命拍打时间，去低估这个午后
　　然后提着闪电，走进一片空白的书页

　　……
　　每一句诗都在否定之否定中重新出发
　　最初的那一句一定是仓皇逃逸的岁月
　　把它拽回来，装进属于我的思想的毒酒
　　……

　　一言不合原来是滂沱的叫春，却叫出夏天
　　城市碎裂之前，声音会不会害怕死亡
　　这一场宋朝的雨，撕不掉的还是夜的日历
　　我躲在另一个街角缝补被雨横穿的身体

　　显然这是诗人借着网络热词，对语言和诗的更多可能性进行了深刻的反思和具体的探索。网络热词是网民们集体无意识的狂欢，但却唤醒了语言的另一种富有生命力的表达："在否定之否定中重新出发。"一个网络热词或许很快冷却消退，但它的出现并非毫无意义，它是人们对现实世界的崭新的表达；而对于诗人来说，"一言不合原来是滂沱的叫春,却叫出夏天",网络热词在某种程度上是对语言传统的更新与颠覆,从这个视角来看,新的语言空间正在新的公共文化空间中次第打开。

2017年6月21日,新华社微信公众号发布的新闻标题"刚刚,沙特王储被废了"突然火遍全网,网民们正在为一向板着权威官方面孔的新华社,也能如此接地气,主动成为网红而欢欣雀跃时,诗人则用诗写下:"'刚刚'是浮在时间之上的一声浅浅的叹息／那里堆满前天那一场暴雨误闯入的修辞／夜色撩开一个口,收回我的诗的成命／所有的标点都去赶雨,才有今日的放晴……时间永远是一场'刚刚',消逝一直在消逝／未被命名的日常,依然是过道里的隐喻"(《刚刚》)。这样的诗句,显示了诗人比常人更为敏感的内心。一场场网络狂欢风过水无痕,只有诗人敏锐地感觉到,世界上的每一件事都有合理的意义。那些转眼被我们抛到九霄云外的网络热词,曾经带给我们真实的快乐;那些生命中擦肩而过的路人,也都真正地丰富了这个世界。每一个语词,每一个人,每一件事,都可以是我们的小美好、小确幸。网络时代的更新换代过于快速,快得听不到时间的叹息,或许我们该学习一下诗人的这种生活态度:有时可以稍稍暂停一下,回味一下"刚刚"。

当然,实验难免会有失败。在我看来,诗集中偶有的败笔也是因为网络热词,如诗里出现过的"贺涵""三生三世十里桃花"这类的词就容易令我"出戏"。或许是诗人并未看过营造出这些热词的网红电视剧,他仅仅是从一些网络评论和字面上理解这些词,而对于反感这些网红电视剧的部分读者而言,这些词多少有点破坏诗意。不过,对于这些网红剧的粉丝而言,这些诗应该别有意趣。无论如何,这种网红热词的诗歌创作,也是一种别具一格的创新。在融合了诗人深沉的哲学性思考后,这些诗摆脱了网络热词的浅薄和流俗,从格调和意境上,都有了相当高的提升。南帆曾说过:"文学对于语言形式的各种探索与实验,可以理解为拓展精神空间的各种努力。这个意义上,建立种种新的表达方式,远非某种无关紧要的文字游戏。"①因此,杨健民这种网络热词的创新性提升意义非凡,对于现代诗创作而言,很有启发。

三、守诗如玉

这几年,"诗与远方"这个词非常流行。"中国诗词大会"等热门综艺节目又激发了大众对诗歌的热情,许多诗歌节的开办和诗歌公众号的传播,似乎也验证了这一股热情。看起来,诗歌似乎开始走进大众,走进生活。但杨健民以他的敏锐开始思考:"诗"为什么与"远方"息息相关? 他认为,这是因为诗歌还在边缘,还没有完全进入我们的生活。生活就在眼前,诗歌却在远方。我们的努力就是要拉近诗与现实的距离;而诗歌能挣脱日常语言使用的功利性,从而回归语言源头的强大力量。"守诗如玉"这个词是杨健民的新创,用来表达他对诗的坚守,坚守纯粹的精神、宁静的心境、自由的呼吸和韵致的生活。而这些坚守,才能让诗真正进入生活,让生活浸润在诗意之中。

更为难得的是,这种坚守不仅仅是一种文学的自觉,而是有着深厚的理论底蕴。早在二十世纪八十年代初,作为一位美学研究者,杨健民就对艺术灵感、艺术观察和艺术感觉进行过深入的理论探讨和扎实的理论设置。他提出:"人脑的思维功能具有可以后天训练的性质,生活积累越多,其艺术敏感性也就越强。……不断地、长期地、反复地进行这方面的训练和培养,灵感就会经常不期而至。"②如此看来,杨健民的诗歌创作虽然并没有刻意地进行长期训练和培养,但长年的美学研究和文艺批评经历,使得他最终确立了"守诗如玉"的文学追求。在当前复杂而喧嚣的文化场域中,这种文学追求显得难能可贵。

有人曾评价杨健民"青春期特别长",我觉得这个评语太贴切了。

---

① 南帆:《论"纯文学"》,《南帆文集9·多维的关系》,福州:福建教育出版社,2018年版,第165页。

② 杨健民:《艺术灵感试探》,《思想的边界——健民文论自选集》,北京:社会科学文献出版社,2017年版,第179页。

一个人年轻与否,并非和年龄有着必然关系。有些还算年轻的人,却始终在拒绝新生事物——拒绝用手机,拒绝网购,拒绝移动支付,拒绝社交网络……对生活如此保守的人,在其他方面又能有多少创新呢?杨健民却对新生事物往往欣然接受,他总是能发现新生事物的正能量,总是能以"守诗如玉"般的态度对待生活的方方面面。在别的手机控都沉迷于用微信转发"养生之道"或"投票"时,他这个手机控却用微信进行文学创作。《健民短语》出版时,他这么解释他的微信创作:"我用微信参与了我的思想的诞生,借助微信,对于人生、事物和现象的极度感觉,成为了我的语言抵达我的内心的表达形式之一。"借用一个俗套的评价,在网络文学的滥俗洪流中,杨健民的创作无疑是一股清流。回看现代以来文学的创作载体和传播空间的变化发展,从纸笔书刊到键盘互联网,再到当前的智能手机和社交网络,科技的日新月异给文学带来了巨大的变化。但对于真正的文学家而言,他并不会在光怪陆离的滔滔世海中迷失自我,反而能借此打开新的世界,获取新的意义,不断重塑更新更好的自己。这也是杨健民与其《拐弯的光》的文艺价值所在。

(作者单位:福州外语外贸学院)

《台湾当代散文空间诗学研究》的新视野

谢泽昆　陈亚丽

福建师大林强的《台湾当代散文空间诗学研究——以台北为中心》一书,是近年来关于台湾散文研究的新成果。林强通过对文学地理学理论的运用,以空间诗学为切入点,对台湾当代散文中关于"台北空间书写的散文"做了一次学理性的巡礼。作者并未局限于文本本身,对于台湾散文作品中所涉及的如街道、楼宇、场所、区域等特定的实感空间,也做了相应的描述,作者将实感空间与散文作品结合起来进行阐释,这本身就凸显了与小说空间诗学研究的差异,充分显示出散文空间诗学的独特之处。恰恰因为这种两相结合的思路,使得这本研究专著的可读性,在不经意间得到加强,不像某些学术著作那样枯燥乏味。此书是在诸多空间诗学理论及相关研究的基础上对台湾当代散文所做的深入探讨,所以作者在梳理研究思路时,已经有了一个总体框架,如何"排兵布阵",全按预想的设计,读者感受到的只是作者阐述的从容与淡定。

文学地理学堪称当今学术研究的热点之一,它主要"研究文学发生发展的地理空间、区域景观、环境系统",并探究"文学生成的原因、文化特质、发展轨迹,及其传播交融的过程和人文地理空间的关系"。[①] 文

---

① 杨义:《文学地理学的渊源与视境》,《文学评论》,2012年第4期。

学地理学已成为构建一个区域文学脉络的首选方法。林强运用文学地理学的方法来构筑台湾散文的空间诗学,进而对台湾的散文进行文学史的梳理,其研究的重点则是福摩萨的心脏——台北。书中的书写特色也是从文学地理学出发,突出了对地方空间建构的尝试、空间的细致刻画及对感觉结构在文学史上的运用。

一、对于地方空间构建的尝试

文学地理学经历了十余年的发展,其运用方法日趋成熟。但是也应该注意到文学地理学的运用当中,对于地方的构建尚属缺席。文学地理学的倡导者杨义希望创造一副精美的中国文学地图,他认为每一种地方特色都可以构筑起属于自身的文学特色。地方文学的特色必然存在于地方的文学作品之中。在文学体验和文学阅读之中,不同特色的地方语言和地方习俗则是自然浸润在文学作品之中的。

但是这还不是地方空间的构建,地方空间的构建不只是语言和习俗上的二维构筑,而是要加入实感空间的三维构筑。这种构筑是"是使人文之化成、文学之审美与地理元素互动、互补、互释,从而使精神的成果落到人类活动的大地上"[1],即地理与人文的耦合。在林强的研究中,第二章为《高楼诗学》,著述不是从理论入手,也不是从文本入手的,而是从国际性大都市台北的地标性建筑切入的:"一座现代都市的标志物是什么?"一个设问开门见山直逼"主题",阐述标志物的作用与特性之后,随即抛出"'台北101'无疑是座具有丰富象征意味的标志物"。[2]第一节是《由巷弄到高楼的空间转型》,作者在此节之初,又花了大量篇幅去梳理1967至1987年这二十年间台北都市面貌的变迁。用大量详实的数据及史料比如《台北老地图散步》、"台湾大学土木工

---

[1] 曾大兴:《文学地理学的研究方法》,《人文杂志》,2016年第5期,第60—65页。
[2] 林强:《台湾当代散文空间诗学研究——以台北为中心》,北京:人民出版社,2017年版,第78页。

程研究所都市计划室"的诸多研究成果,来证明这种变迁。而对于作家笔下的巷弄,作者并未做出过多细致地描述,相反,只是一笔带过,归结出巷弄是很多作家"始终念兹在兹的精神原乡",指出他们"都曾经用华彩之笔描绘出充满童趣与奇趣兼具市井味与古典味的巷弄空间"①,在随后的章节里,作者适时列举出诸如柯裕棻《恍惚的慢板》、蔡诗萍《不夜城市手记》等台湾散文家的散文作品作为例证,是对杨义所论述的"第三维耦合"的极好实践。通过对地方实感空间的建构,关照文学地理中的人与空间,使得文学的关照可以扩大对于空间和空间中的人的覆盖,这是林强对于台湾散文研究中文学地理学运用的一大特色。恰如学者所言:"讲文学地理学就是使我们确确实实的使文学回到自己生于斯长于斯的这块土地上,体验'这里'有别'那里'的文化遗传和生存形态。人文地理学就是研究'这里'的人学"②。

　　林强在梳理的过程中非常注意空间对象的选取,林强梳理和叙述的中心集中在台北,这是因为台北是整个台湾的最大公约数。在台湾文学的发展过程中,不同的历史时期有着不同的文学风格和感情样貌,而台湾的不同地区更是存在着不同的地方特色。台湾历史上经历了数次政治变动,从郑明、清治、日据、光复、戒严到解严,每一个时期的台湾文学特色都各不相同。同样的,台湾作为拥有2300万人口的祖国第一大岛,不同的区域分布也有不同的文学特色,山地中的原住民文学、城市里的都市文学,眷村的思乡怀人等等。而且台湾同时还有前线和后方的区别,有对峙的战场也有平稳的后方,种种的复杂性构成了台湾的全貌。而台北作为台湾的统治中心汇集着台湾各地的人群:拥有城市的繁华和乡村的样貌;作为交通枢纽使得不同行者在这里相汇;军队中枢的存在使得这里同时具备前线和后方的双重样貌。

　　最大公约数台北的选择保证了林强在叙述中可以兼顾全面性和

---

　　① 林强:《台湾当代散文空间诗学研究——以台北为中心》,北京:人民出版社,2017年版,第86页。
　　② 杨义:《文学地理学的渊源与视境》,《文学评论》,2012年第4期,第73—84页。

多样性,通过对一个地区的梳理辐射整个台湾地区。框定台北,使得林强的叙述可以更加具体,同时明确了什么样的"景观"属于台北,选择范围是怎样的。在这个框定之中,运用了自然地理的分界,同样运用了人文地理的分界如铁路和捷运系统。

这样的梳理使得林强突出了对于台北这一地方空间建构的尝试,使得理论和叙述操作得到了有机结合,在论述和阅读上的条理更加清晰明了,为下一步的细致构建做好了框架上的准备。

二、构建中的刻画

在文学地理学的应用中,现存的论述材料存在的局限性在于地理细节刻画的缺失,文学地理学用来关照古代文学文本有巨大的优势,斯人已逝但山河仍在,因而在文学地理学的研究中,现地研究法就主张:"回到作品产生的现地,以科学方法验证相关的古代文献,提供贴近诗人作品及生活的资讯,现地有三:真实的山川大地;曾经亲历其地者所记录的世界;古人生活的客观条件。"[1]所以在众多的文学地理学的古代文学研究中,边塞诗、地域文学作品的流变都是研究的热门,研究中对于古人的思想脉络、个人作品、文学创作都有很详尽的把握,但是对于研究最应该关照的地理却缺少刻画。

在林强的著作中对于地理的细节刻画却是独具一格的,林强从作家对于台北的细节景观描写中进行刻画"第一,是作家个体对具体地方的空间感知与文学表达。研究作家空间感知的具体形态和基本法则,研究文学表达空间的基本语义学和美学规范问题。第二是,世代作家空间和表达空间的结构与类型问题。研究世代作家感觉结构的生成与演化、世代作家之间感觉结构裂变脉络与作家个体的空间感知。"[2]同时

---

[1] 曾大兴:《文学地理学的研究方法》,《人文杂志》,2016年第5期,第60—65页。
[2] 林强:《台湾当代散文空间诗学研究——以台北为中心》,北京:人民出版社,2017年版,第211页。

这种刻画借助了凯文·林奇的观点,《城市的意象》中划分城市为道路、边界、区域、节点、标志物这五种元素,在对于这种划分的运用上构成城市的道路、高楼、各种场所区域和城市的边界都在讨论范围之内,不同区域之间的诗学场景造就了作家的不同感知,而作家的不同感知又使得诗学场景不断演变。把握的过程当中体现出来的是台北的细节空间。"在50年代至70年代的西门町和城中区,存在着一种独特的空间形式,那就是咖啡馆。在威权体制之中,咖啡馆既是青年人叛逆威权体制的独特空间也是文艺共同体产生认同、追求现代化与抵抗威权的心灵空间。"①

对于细节的把握使得台北的呈现更加具体化,这也正是林强构思的精妙之处。他在进行地方空间的建构尝试之后开始着手对于地方空间的内部进行细节的搭建,搭建中运用到了诸如咖啡馆、高楼、老街等诸多城市细胞,"位于衡阳路十六号二楼的'田园'咖啡馆也以播放西洋古典音乐出名"。②这些细胞不仅构成了城市,并且在散文的梳理上展开了一种新的脉络,在对于台北散文的汇总梳理中,不同的城市景观构成台北的同时,不同散文中体现出来的台北的散文因素也构成了整个台北的散文脉络,在下一步的研究中可以以此为思路对于整个台湾的散文和文学史进行此类的整理,这是林强在研究道路上的开拓和创新。

值得关注的是,对于细节的刻画使得对景观的关照会更加的全面,如台北的咖啡馆正是在这种关照下呈现出了不同的历史脉络。在威权时期这里是文艺的心灵空间,是对于威权的反抗,也是台湾从日据到国民党统治之后施行咖啡等生活物资专营政策的写照。宏大的空间固然拥有宏大的意义,但是微型空间的支撑使得历史的演变、政治的走向、文学的书写通过更小的场域进行了更为深入的镌刻。巨大的空间是一种象征,但是象征意义会存在着过于泛化的情况,而细

---

①② 林强:《台湾当代散文空间诗学研究——以台北为中心》,北京:人民出版社2017年版,第133页、第137页。

小空间的把握体现出的是更为具体的象征意义与感知。在台北咖啡馆表现出的感知是台北人的文艺史略。而中山堂、贵德街等其他的景观感知也不同，中山堂从巡抚衙门就职一直到"中华民国总统"就职的专用场所，并且是旧台北唯一的文艺演出地，表露的是整个台湾的政治变迁和台湾的文艺文化变迁。贵德街见证着台北老街的兴亡，这之中蕴含的是塑造不同时代台北人的商业氛围和交流氛围，整个台北可以是商业化的也可以是对外开放，但是这种感知体现在哪里呢？就是以贵德街这样的老街为根基开始的。这样的微小空间感知的把握呈现的却是更大的台北的空间。

　　林强对空间建构中细节的刻画使其更能照顾到不同世代之间的差异。在对于台湾文学的讨论中，世代的差异是一个无法回避的重点，台湾的世代差异主要由台湾的政治环境造成，在这种差异之下，不同世代的人存在着不同的文学体验。"殖民、威权、情欲、异国与梦幻等诸多含义彼此绾成，构成中山北路混杂而矛盾的精神品格，这也恰好表征了台北这座现代化都市的精神结构。"[1]在台北不同时期的不同空间意味着不同的话语表达，不仅中山北路如此，台北的老街、商业区、河流等都是根据时间而有不同的表达。世代的刻画不仅是时间源流的关照，还是不同时期的台北空间的具体化特征。台北的空间感知通过细小的空间和建筑的刻画可以被填充，但是赋予这种空间意义的是不同世代也就是不同时间的差异，在不同的时间中，咖啡馆是不同的人文感知，中山北路是不同的政治感知，东区和西门町是不同的商业感知。时间的差异性的关照赋予了空间的话语。

　　这种对台北的描写和刻画是对于大的时间脉络和小的空间的把握，空间和时间的纠缠共同塑造出了完整的台北。细小空间和区域的把握表达出对于地方的认知和把握，时间和空间的纠缠体现出的是在地方上认知、表达和创作的别样。

---

[1] 林强：《台湾当代散文空间诗学研究——以台北为中心》，北京：人民出版社，2017年版，第63页。

三、景观细节中的感觉结构

感觉结构是一种生活的特殊感觉,一种不需要特意表示的特殊社群经验。感觉结构的塑造是空间诗学的构成基础。感觉结构的构成是人和景观的互动。在林强的研究中,感觉结构的提出是在空间构建的基础上进行的细节刻画的进一步深入。

在细节的刻画上,林强的研究关照了台北空间的历史属性和政治属性,但是这种关照是一种单向的对建筑物的见证,缺乏一种双向的互动结构,解释人和建筑物之间的关系和特殊情感产生的原因,感觉结构的提出是对这一原因的解答。林强的研究为文学史的梳理进行了路径上的探索,这是思路上的创新,感觉结构的运用是文学史纳入的标准的提出。只有对"当地"的感觉结构进行反映的作品,在这种梳理中才更能被体现。

感觉结构的双向互动是一种人对景观的感知同时也是景观对人的感知。"垃圾弃置之地,死亡和腐烂的场所……淡水河从生活世界的中心地带、人与自然的和谐地景变成现代生活的边缘与异域。"①作为台北母亲河的淡水河,从原来的水上贸易的咽喉通道转变为了河堤,被野狗翻找垃圾占领,河中恶臭使人连跳河都跳不了。母亲河的感知也就发生了转移,对于淡水河的滋养和贸易繁茂的水上风情的描述转变为了对城市工业肮脏的嫌恶、懊悔与对城市的反思。

感觉结构也是人和景观之间情感互动"曲折而斑驳的巷弄早已是世代居民精神结构的物化形态,象征着农业社会时期世代居民的感觉结构类型"。②而对于"新生代的都市人早已斩断了与乡土巷弄的血缘关系,他们无法明了巷弄的前世今生和历史人文脉络。作为陌生人,

---

①② 林强:《台湾当代散文空间诗学研究——以台北为中心》,北京:人民出版社,2017年版,第203页、第38页。

新生代只能捕捉巷弄残破的空间印象和个人化的空间感觉;再凭借词语锚定身体和巷弄的关系"①。

道路、高楼、场所、区域、边界和城市中的人、生存中的人构成了感觉结构,不同的感知构建了不同的在地体验,这种对于不同空间的在地体验,构成了在文学中的诗学意象。台北的大厦、巷弄、道路、田地、西门町、东区都是台北的意象,它们背后是城市的衰落、童年的回想、殖民的话语、威权统治,是构成诗学台北的要素。

总之,林强的梳理有一个渐进的过程,在梳理的过程中寻找到了台湾文学的最大公约数,同时进行了前人所未曾尝试过的在文学地理学上的具体空间的刻画。这刻画背后的意义不仅仅是为了建构台湾或台北这一"地方"的具体感知,更是为梳理文学史提供了一条难得的思路,在这一路径上,感觉结构的提出为梳理提出了标准的同时对于文学与地理与人之间的关系进行了新的勾勒,这之中不仅是台北的构建,也是在文字之后人的构建与文学样态的构建。

(作者单位:首都师范大学)

---

① 林强:《台湾当代散文空间诗学研究——以台北为中心》,北京:人民出版社2017年版,第44页。

编 后 记

  梅子留酸软齿牙,芭蕉分绿与窗纱。这夏意深深之际,《细读》第二辑终于定稿了。

  一如既往,本辑《细读》继续一种开放、包容和多元的风格,邀请多元异质的论述方向,促进跨学科、跨地域的学术交流与争鸣。

  本辑"新文学话语与现代性"中的几篇论文,分别涉及现代游记、人民话语、版本变迁以及海外华语文学的性别问题,可谓议题繁复。但这几篇论文共享了同一个问题架构,在"现代性"这个纽结上众声喧哗。

  "文思与认同"的两篇论文均聚焦传统中国文本,分别从绘画美学理念的跨文化传播和士人的身份政治,探讨文人与其时代的蝉联纠葛。

  "性别与文技"里面的一组文章围绕历史学者高彦颐教授的新作《石砚里的社会百态》展开评论、交锋和对话,涉及物质文化、性别和历史学的诸多前沿议题与方法论等,内容不一而足。

  "社团,仪式与微观史"则聚焦于王笛教授的新作《袍哥:1940年代川西乡村的暴力与秩序》展开饶有趣味的互动和争鸣,这一组论文涉及的议题亦颇为多元,人类学、微观史等。尤其可贵的是,作者本人都对这些讨论进行了回应和答辩。有心的读者可以在这两个板块中一窥当代人文学科的范式转换和前沿议题。

编 后 记

"著述评介"栏目意在以评论的形式,推介文学创作、学术思考、影视戏剧等方面的作品。本辑两篇文章,分别评论了杨健民先生的诗集《拐弯的光》和林强教授的学术著作《台湾当代散文空间诗学研究:以台北为中心》。前者空灵而深邃,后者厚重又澄明,都是我们值得用心去品读的好书。

编　者

2019年7月